KB019998

나는 천사의 말을
극장에서 배웠지

나는 천사의 말을
극장에서 배웠지

김지율 詩네마 에세이

도서 출판 북인

"좋은 詩네마는 우리를 더 먼 곳으로 데리고 간다"

우리는 그 어느 때보다 풍요로운 시대를 살아가지만, 여전히 현실은 불안정하고 혼란스럽다. 일상에서 겪게 되는 아주 작은 일로 하루에도 마음이 수백 번씩 흔들린다. 현실의 그 미묘한 순간에 찾아오는 시와 영화들이 있다.

이 책은 『아직 돌아오지 않은 것들』에 이은 두 번째 시네마 이야기다. 지난 3년간 라디오에서 소개한 원고들을 재구성하고 필요한 부분은 새롭게 썼다. 좋은 시와 영화를 대중들에게 알려야 한다는 의무감에 딱 몇 달만 하자고 마음먹고 시작한 방송이 햇수로 3년째다.

시와 영화는 동시대에 일어나는 동일한 사건에 대해 각자 자기의 색깔로 말하고 이미지화한다. 비슷한 사건과 감정이지만 시가 전달하는 방식이 다르고 영화가 전달하는 방법이 조금씩 다르다.

말하자면 '시는 말하는 그림이고, 영화는 눈으로 보는 시'이다.

장 뤽 고다르는 "우리가 영화를 선택한 것이 아니라 영화가 우리를 선택한 것"이라고 했다. 그래서 어쩌면 이 책에 묶인 시와 영화가 나를, 그리고 우리를 선택한 것인지도 모른다. 읽고 나서 오랫동안 입속에 맴돌던 시들, 러닝타임이 끝나고 마지막 엔딩크레딧이 올라갈 때까지 멍한 순간들을 선물했던 영화들이 이 책의 주인공들이다. 말하자면 영화의 한 장면과 시의 한 구절은 이 현실에서 지치지 않게 우리를 붙들어매는 어떤 자기장 같은 힘이 있다. 때로는 그것이 우리 인생을 바꿀 수도 있고 삶을 새롭게 구성할 수 있다는 믿음.

그러므로 한 편의 시와 한 편의 영화는 어떤 사물과 존재를 입체적이고 깊이 있게 이해하기 위한 상생의 관계에 있다. 시와 영화를 좋아하고 즐기는 일은 우리에게 한층 더 깊고 풍부한 감성과 지성을 선물한다. 이 책에는 내공 있는 시인들과 영화감독들의 104편의 작품이 실려 있다. 그 한 편 한 편의 시와 영화 속에 담긴 삶의 진정성과 표현의 미학성을 독자들과 같이 느끼고 알아갈 때 그것이 더 풍부한 의미로 완성될 수 있을 것이다.

세상의 모든 시와 영화는 첫 시이고 첫 영화다. 그 시와 영화들은 새로움을 향해 죽고 또 새로움을 향해 다시 살아가기 때문에 매 순간 어떤 모험을 무릅쓰고 우리에게 온다. '최선'을 말하는 것이 아니라 '다음'을 보여주는 그런 시와 영화는 나와 우리의 테두리를 점점 희미하고 아름답게 만들 것이다.

이 책을 통해 가장 익숙한 것으로부터 가장 낯선 질문을 발견하고, 눈에 보이지 않는 것에서 우연한 길을 찾길 기대한다. 페르난두 페소아의 말처럼 시와 영화는 '내가 홀로 있는 방식'이지만 동시에 '우리가 함께 있는 방식'이기도 하다. 부디 당신이 좀 더 자유롭고 좀 더 가볍게 춤출 그런 순간들을 오래 맞이하길 바라며.

끝으로 오랜 시간 진주 KBS1 〈정보 주는 라디오〉에서 함께 호흡을 맞춰준 진정수 PD와 임소정 진행자, 그리고 이서윤 작가에게 고마움을 전한다. 시와 영화가 라디오라는 감성을 통해 더 깊고 아름다운 빛깔의 목소리로 거듭날 수 있었다.

2023년 11월
김지율

Contents

Part 1

내가 만든 안전한 굴窟이
내 무덤이 될 수 있다

─ 일상이라는 현실

이원 시인 「영웅」

이승훈 시인 「인생은 언제나 속였다」

알폰소 쿠아론 감독 〈그래비티〉

고영민 시인 「계란 한 판」

짐 자무쉬 감독 〈패터슨〉

켄 로치 감독 〈나, 다니엘 블레이크〉

피터 위어 감독 〈트루먼 쇼〉

벨라 타르 감독 〈사탄 탱고〉, 〈토리노의 말〉

언젠가 추운 겨울 영하 15도가 넘는 동유럽을 여행하다 석양이 지고 있는 어둔 들판을 보며 아무도 모르게 이대로 끝없이 가버리면 어떻게 될까. 어디에도 마음을 붙이지 못하고 어슬렁거리며 늘 마음 한편이 서늘하게 아팠던 그때. 황량하고 외로웠던 긴 여행에 피폐해져 앞으로도 뒤로도 움직일 수 없었던 그날. 그 춥고 막막하던 폴란드와 체코의 하늘에서 다시 찾고 싶었던 것은 아이러니하게도 늘 탈출하고 싶었던 '일상'이었다. 매일 똑같은 일상에 지쳐 도망치듯 떠나왔는데 그 일상이 다시 그리워질 줄이야. 이 인생에는 설명할 수 없는 것 투성이지만 변하지 않는 것이 있다면 이 현실은 언제나 '리얼리티'라는 것.

그러니까 오늘도 거창한 구호나 기대 없이 하루를 산다. 둘러보면 모두 비슷비슷하다. 때로는 보이지 않는 짐을 가득 짊어지고 어제의 나와 오늘의 내가 정말 너무 똑같다는 투덜거림으로. 달력과 거울을 볼 때마다 다짐한다. 이 삶이 우리에게 주는 것을 거부하지 않고, 허용하지 않는 것은 바라지 말자고. 그럼에도 이 더운 여름, 눈사람은 제 몸이 녹을 때 어떤 심정이었을까를 생각한다. 내일도 오늘처럼 깜짝 놀랄 기적은 일어나지 않겠지만.

하루만 정리하지 않아도 책과 편지가 쌓이는 우편함 앞에서, 갓

구운 스콘을 접시에 놓고 맛있는 커피를 내릴 때, 그리고 햇살이 내리쬐는 오후에 한적한 거리를 어슬렁거리는 것만으로도 사실은 무척 설레는 하루가 될 때가 많다. 고백하자면 이 일상에서 한없이 작은 것과 또 한없이 지루한 것에 적응하면서 현실과 삶이 조금씩 다르게 보이기 시작했다. 뭔지 모르게 마음속에 느리고 부드러운 것이 눈처럼 조용히 쌓여가면서.

왼쪽으로 기운 것은 오토바이가 아니라 어쩌면 우리 인생일 거야
― 이원 시인의 「영웅」

중국집 짜장면 배달원은 왼쪽으로 기운 것은 어쩌면 오토바이가 아니라 자기 삶일지도 모른다고 한다. 몸이 기운 쪽 거기가 바로 지금 자신의 '중심'이라는 것. 오토바이를 타면서 몸을 기울이지 않으면 어떤 중심도 생기지 않는다. 몸을 기울인다는 것은 길과 오토바이와 속도의 균형을 만드는 것이다. 오토바이를 타고 허공을 가르며 길을 폈다가 오므리는 배달원에게 하루의 순간순간은 위험하고 위태롭기 짝이 없는 현실이다. 단무지와 양파와 춘장을 철가방에 넣고 불에 오그라든 '플라스틱 그릇에 담은 짜장면'을 랩으로 싸서 면발이 붓기 전에 달려야 한다. 오토바이가 기울어도 짜장면이 한쪽으로 쏠리지 않는 거기, 바로 거기에 남은 '내 생의 중력'이 있다는 말씀.

누구나 이 삶의 중심을 잃지 않으려고 애를 쓴다. 현실의 환멸이 아무리 크다고 해도 어느 쪽으로든 몸을 기울이지 않으면 중력이 생기지 않으니까. 어쩌면 '생이란 말은 너무 진지'해서 가끔은 거기에서 이탈하고 싶지만 '삼류도 못 되는 정치판 같은 트릭'은 절대 쓰지 않는 당신이 바로 이 시대 '영웅'이라고. 그러니까 영화 〈똥파리〉에서 철없던 고등학생이 던졌던 말, '너 인생 그렇게 살지 마라!'. 고백하자면 그 말에 가슴이 철렁했던 그런 시절이 있었다는 것.

내가 다가가면 발로 차고 내가 도망가면 팔을 잡았다, 인생은
— 이승훈 시인의 「인생은 언제나 속였다」

우리 현실의 삶은 그렇게 호락호락하거나 호의적이지 않다. 오늘 내가 왜 이런 일을 겪었는지, 그녀가 왜 내 곁을 떠났는지, 그렇게 노력한 결과가 왜 이모양인지 알 수가 없다. 그래서 종종 이 인생이 우리를 속이고 있다는 생각이 든다. 내가 바라는 대로 잘 흘러가지 않는 삶처럼 원치 않아도 만날 사람은 만나고 어긋나는 사람은 어긋난다. 내가 가장 예뻤을 때 내 옆에 네가 없었던 것처럼. 그래서 부지런히 성실하게 사는 삶을 꼭 잘 사는 삶이라고 말할 자신이 점점 줄어든다는 말.

가끔 '너의 눈을 볼 때', '너와 차를 마실 때' 그리고 지는 노을을 바라볼 때 문득 이 인생이 아름답다고 생각한다. 새벽 두 시에 일어나 불을 켜면서, 책상 위의 냉수를 마시면서, 시든 사과를 한 입 베어물며 이 인생이 불현듯 '무섭다'고 느낄 때도 있다. 때로 인생이 나에게 '오리발'을 내밀거나 '뒤통수'를 칠 때 현실이 자꾸 삐걱거릴 때. 견딜 수 있는 만남과 견딜 수 없는 이별 속에 수없이 많은 사람들을 맞이하거나 떠나보낼 때는 이 인생이 나를 속이고 있다는 생각. 실패와 포기의 중간에서 슬퍼도 울지 못하고 솟구쳐오르는 이 감정들을 어떤 말로 표현해야 할지.

스피노자는 『에티카』에서 '자신을 보존하고자 하는 힘씀'을 '코나투스'라고 했다. '코나투스'는 모든 존재의 가장 기본적인 동기이며 우리는 이것을 통해 스스로를 나아가게 하고 또 행복을 추구한다. 현실은 원인과 결과라는 필연성으로 움직이지만 그 원인이 정확하게 무엇인지를 알면 그것으로부터 자유롭다고 했다. 하지만 평생 그렇게 노력했던 그도 이 세상에서 정말 좋은 것은 너무나 희귀하고 드물다고 했다는 것은 아이러니하다.

사람들이 당연하다고 말하는 당연의 세계와 물론의 세계가 왜 나만 불편하고 힘들까를 진지하게 고민하던 시절. 너에게 가지 않으려고 미친 듯이 몸부림쳤던 그 무수한 길들이 실은 너에게로 가는 길이었다는 어느 시인의 고백처럼 결국 일어날 일은 일어난다. 그러니까 인생이 우리에게 해준 게 아무것도 없다고 태클을 걸어도 결국 나에게 일어날 일은 일어난다는 것.

두 발을 딱 버티고 제대로 살아가는 거야
— 알폰소 쿠아론 감독의 〈그래비티〉

영화 〈그래비티〉는 허블 우주망원경을 수리하기 위해 우주를 탐사하던 라이언 스톤 박사가 폭파된 인공위성의 잔해와 부딪혀 우주 한가운데에 홀로 남겨지며 시작되는 재난영화다. 소리를 전달하는 매질도 없고 기압도 산소도 없는 광활한 우주의 어둠 속에 고립된 한 인간. 거대한 어둠으로 뒤덮인 그 공간은 신비롭고 무한하기도 하지만 동시에 폐쇄와 공포감을 느끼게 한다. 생존에 대한 희망을 포기하는 순간, 소리 소문도 없이 블랙홀로 조용히 사라져버릴 수 있는 공간.

영화 속 '우주'는 실제 공간을 말하는 것이면서 동시에 주인공 라이언의 심적 상태를 의미한다. 우주의 표류 또한 하나밖에 없는 어린 딸이 죽고 난 후 찾아온 방황과 회의를 뜻한다. 그런 라이언이 고정된 카메라 시점에서 멀어지다 결국 하나의 점에서 사라지며 어둠만 남는 우주에서의 고립. 그것은 진공 속의 소멸에 대한 공포가 얼마나 외롭고 무서운지를 동시에 인간이 또 얼마나 강인할 수 있는지 그 실존의 이중성을 그려내고 있다.

'라이언'을 연기했던 산드라 블록은 지금 내 인생이 나아질 거라는 조짐도 없고 더 이상 노력할 이유가 아무것도 없을 때 무엇 때문에 숨을 쉬고 살아야 하는지. 모든 이유를 상실한 막막한 현실 앞에서 그래도 한 걸음이라도 더 나아가려는 그 지점을 연기하고 싶었다고 한다. 그러니까 최선을 다해 죽을 이유가 있다면 최선을 다해 살아야 할 이유 또한 있을 거라는 것.

누구나 떠나보면 알게 되듯, 우주에서 본 장엄한 일출이 가장 아름답다웠다는 라이언은 갠지즈강 위의 아름다운 해도 꼭 봐야 한다고 말한다. 우주의 '고요' 속에 파란 지구를 마주 보며 칠흑 같은 어둠 속에 까만 먼지처럼 떠 있는 라이언. 태아처럼 웅크리고 있는 그녀의 모습을 보면 우리가 이 우주에 산다는 것이 어떤 의미인지를 잠시 생각하게 한다.

'그래비티Gravity'는 무언가를 끌어당기는 '중력'이라는 말이다. 삶의 모든 의욕을 잃은 채 우주 미아가 된 라이언에게 어쩌면 가장 절실한 단어이기도 하다. 모든 희망을 잃고 그 고통으로부터 벗어나기를 간절히 소망했던 곳. 우주에 고립되어 어둠 속에서 발버둥칠 때 단파 무선에 잡힌 희미한 잡음. 그것은 바로 지구에서 들리는 소리였다. 그 희미한 소리에 마침내 눈물을 흘리던 라이언. "두 발 딱 버티고 제대로 살아가는 거야"라는 말을 남기고 혼자 유유히 우주로 사라진 '맷'의 말처럼 '중력'은 우리가 놓은 것들, 우리가 잃어버린 것들을 다시 끌어당겨 그 스스로를 자기 삶의 중심이게 한다.

영화 〈러브 어페어〉에 나오는 대사다. "원하는 것을 가졌다고 행복하다고 생각하는 것은 철없는 생각이야. 인생의 묘미는 원하는 걸 얻는 것보다 그것을 얻은 후에도 계속 원할 수 있는가에 있어"라는 말. 우리 스스로가 '우리 자신'이게 하는 것이 무엇인지, '우리 자신'을 유지해나가는 것이 무엇인지. '당신이 흙이 되었으니 나는 이 다음에 나무가 될 거야'라는 말처럼 자신의 존엄성은 그 스스로가 자신의 가장 소중하고 숭고한 것을 지켜나가는 것이라는 생각.

삼천 원짜리 계란 한 판에 담긴 삶의 무게
— 고영민 시인의 「계란 한 판」

대낮에 골방에서 혼자 시를 쓰고 있는 시인, 집중해서 시를 쓰려는데 밖에서 계속 들리는 소리. "계란~ 계란 한 판에 삼천 원". 가만히 들어보니 이 말 속에 오묘한 무엇이 있다.

시에서는 '계란'하고 괄호 속에 '짧은 침묵', 또 '계란'하고 괄호 속에 '긴 침묵'이라고 적혀 있다. 시인이 괄호 속에 쓴 '짧고 긴 침묵'이라는 말들이 이 '계란'이라는 말과 대조를 이루며 어떤 묘한 긴장을 불러온다. 계란장수의 확성기에서 울리는 말들이 감감적이고 리얼하다. '계란', '계란 한 판', '계란 한 판에 삼처너 원'. 말과 말 사이의 공백이 긴장을 불러온다. 그 공백이 '여백의 미'를 완성하며 소리에 예민한 시인답게 소음에 지나지 않을 계란장수의 말에서 '침묵'이 가지는 절묘함을 구사해낸다.

아마 초보 장수라면 "계란이 있습니다. 계란 한 판에 삼천 원입니다"처럼 아주 친절한 산문투로 말했을 것이다. 하지만 시에 등장하는 계란장수의 노련한 말투에는 생략이나 비약 그리고 압축과 같은 시적이고 역동적인 여백이 숨어 있다. 이러한 '여백의 미'

는 긴박하고 고달픈 생활까지도 관조하며 때로는 그것에 침묵할 때 가능하다. 그러니까 이 '여백의 미'를 구사하는 계란장수도 그 아름다움과 정신을 읽어낸 시인도 사실은 모두 상당한 내공의 소유자들이라는 것.

침묵의 '여백의 미'를 발견한 시인은 시의 후반부에서 '생계의 운율'을 다시 말하고 있다. 이 '생계의 운율'은 책을 통해 배운 지식이나 교훈과 달리 현장에서 몸으로 직접 배우고 느낀 것들이다. 어쩌면 사회적 편견으로부터 왜곡되거나 무시당하면서 자신도 모르는 사이 터득되어 몸속에 자리한 것일 테다.

인간은 누구나 인생의 길에서 어떤 식으로든 자신만의 '생의 리듬'을 만들며 살아간다. 매일의 생계를 유지하는 그 호락호락하지 않은 삶의 고비를 넘고 건디다보면 누추한 삶에서도 고수로서의 내공이 빚어내는 미학 같은 것이 창조된다. 그것을 소중하게 발견하고 알려주는 것이 또 시인과 시의 역할일 것이다.

그러니까 '마르고 닳도록 외치다', '인이 박혀 생긴' 이 '생계의 리듬'에는 생활의 단단함과 어떤 진실을 담고 있다. 하루 벌어 하루 사는 그 가난한 생계의 묵묵함 앞에는 어떤 수식도 부차적이다. 이 적나라한 삶의 현실에서 자연스럽게 만들어진 '생계의 리듬'처럼 삶의 참모습을 보게 되면 그것이 곧 '시의 진실'이 된다.

현실에 대한 애정을 명료한 이미지의 시로 보여주고 있는 고영민 시인은 첫 시집 『악어』의 '시인의 말'에 '타인능해他人能解'라는 말로 시정신의 중심을 찾는다고 했다. 이 말의 출처는 구례군의

'운조루'에 있는 문화 유 씨의 고택에 있는 '뒤주'이다. 이 '운조루'는 영조 52년에 낙안군수를 지낸 류이수가 지은 것으로, 이 집 안에는 통나무를 파서 만든 큰 뒤주가 있다. 쌀 두 가마니 반이나 들어가는 이 뒤주의 아래쪽에 마개를 만들어놓고 그곳에 '타인능해'라는 글자를 새겨놓았다. '쌀이 필요한 사람은 누구나 이 뒤주의 마개를 열고 가져갈 수 있다'는 뜻이다.

가난한 이들의 자존심을 생각했던 그 고택에서는 또, 밥 짓는 연기를 피우는 것이 미안해서 집안의 굴뚝을 모두 낮췄다고 한다. 고영민 시인은 첫 시집에 이 말을 써놓고 내내 시의 바닥이 들킬까봐 혼자 풀려고 했던 떨리는 마음을 고백했다. 시인이 밤잠을 설치며 말하려고 했던 떨리는 마음, 그것이 바로 시의 진정성이고 시의 깊이가 아니었을까.

때론 '텅 빈 페이지'가 가장 많은 '가능성'을 선사하죠
— 짐 자무쉬 감독의 〈패터슨〉

영화 〈패터슨〉은 일상의 소소한 시적 순간들을 감각적 영상으로 담아낸 짐 자무쉬 감독의 작품이다. 1980년대 〈천국보다 낯선〉과 단편 〈커피와 담배〉 시리즈로 국제적 명성을 얻은 그는 1990년대 〈지상의 밤〉과 〈데드맨〉 그리고 비교적 근작 〈오직 사랑하는 이들만이 살아남는다〉 등을 연출했다. 콜롬비아대학에서 문학을 전공하던 시절 작가가 되려했으나 대학 4학년 때 파리에

교환학생으로 1년 머무르면서 영화를 접했고 다시 돌아와 대학원을 영화과로 진학했다.

영화 〈패터슨〉의 주인공 패터슨은 누구나 다 가지고 있는 스마트폰이 없다. 그가 살고 있는 도시의 이름 또한 패터슨인데 이 도시는 뉴저지주에 있으며 퓰리처상을 받은 윌리엄 카를로스 윌리엄스와 프랭크 오하라 두 시인이 살았던 곳이다. 그는 이 작은 도시의 버스 운전사이다. 자신이 자랑스러워하는 두 시인을 생각하며 매일 시를 쓴다. 동료들과 나누는 수다와 버스 안에서 들리는 사람들의 이야기 그리고 퇴근 후 아내와 그날 있었던 일을 서로 주고받으며, 때로는 펍에서 나누는 사람들의 시시콜콜한 이야기까지 그는 매일 사소한 일상에서 시를 발견한다. 그 일상의 작은 변화에는 신도 해독하지 못하는 어떤 내밀함이 있다는 것을 패터슨은 잘 알고 있다.

그는 매일 걸어서 출퇴근하고, 같은 길을 반복해서 운전한다. 하지만 그에게 똑같은 길과 풍경은 없다. 반복되는 일상에서 새로움을 발견할 줄 아는 눈. 어제와 똑같은 시간에 똑같은 장소를 지나지만 마주치는 사람들이 다르다는 것. 어제와 똑같은 장소에서 똑같은 사람이 버스를 타더라도 그 사람의 차림새나 행동들이 다르다는 것. 그 다름을 가능성이나 새로움으로 변화시킬 줄 아는 것. 그것이 바로 시를 쓸 수 있는 행운이자 능력이라는 것.

몇 년 동안 쓴 시를 강아지 마빈이 산산조각내는 대형(?)사고를 칠 때도 그는 여느 때와 다름없이 마빈과 산책을 한다. 패터슨을 연기한 아담 드라이버는 영화 속에 그냥 머물면서 그 캐릭터로 존재하는 것처럼 모든 것이 자연스럽다. 연기를 한다기보다 그냥 상황에 반응하고 있다는 느낌이 들 정도로.

패터슨은 뭔가를 만들기 위해 새로운 삶을 추구하거나 신기한 경험을 애써 하지 않는다. 어떤 성공이나 실패라는 것도 매일매일 반복되는 나만의 일상이 누적된 것이라는 걸 알기 때문일까. 시인들이 시를 쓸 수 있는 것 또한 특별한 삶을 살아서가 아니라 반복되는 일상에서 펼쳐지는 리듬의 아름다움과 미묘함을 느낄 수 있기 때문이다.

인생은 어쩌면 기억되는 것보다 잊혀지는 것이 더 많을지도 모른다. 우리는 수없이 되풀이되고 잊혀져가는 이 현실 어디에도 끝내주는 인생이 잘 펼쳐지지 않는다는 것을 안다. "그 노래에는 노새도 있고 돼지도 있지만, 내 머릿속에는 딱 한 구절 '차라리 물고기만 될래'만 떠오른다"고 쓴 패터슨의 「더 라인」이라는 시. 그처럼 어쩌면 '가장 시적인 것'이 '가장 현실적인 것'이라는 진실을 패터슨은 누구보다 잘 알고 있었던 것이다.

너무 많이 생각하지 말고 의미를 다 헤아릴 필요도 없어요

짐 자무쉬는 창작의 영감을 주로 어디서 얻느냐는 말에 다음과 같이 말했다. "어떤 울림을 주거나 상상력을 끓어오르게 하는 것이라면 무엇이든 다 훔쳐라. 옛날 영화, 신작 영화, 음악, 책, 그림, 사진, 시, 꿈, 대화, 건축물, 다리, 간판, 나무, 구름, 물줄기, 빛과 그림자 등. 당신의 영혼에 정면으로 호소하는 것들만 가려내서 훔치면, 당신의 작품은 진품이 될 것이다." 그리고 영화와 관련하여 "너무 많이 생각하지 말고 의미를 다 헤아릴 필요도 없으며 사실 자신도 잘 모른다"고 했다. 이 말은 자신이 쓴 시에 대한 해석이나 의미를 시험문제에 대한 정답처럼 요구하는 독자들에게 시인들이 자주 하는 말이기도 하다.

믿고 싶거나 믿는 것과 상관없이 실존하는 이 현실은 우리가 사는 이 세계 혹은 우리가 인식하는 한계를 의미하는 것이기도 하다. 어떤 이에게는 현실이 지극히 평화롭고 아름답겠지만 어떤 이에게는 아주 힘든 그 무엇이다. 우리가 현실을 어떤 기준으로 보느냐에 따라 다르겠지만 한 인간으로 태어난 이상 이 현실은 우리에게 평화롭고 아름답지 않은 것만은 분명하다. 그럼에도 이 불편한 현실에서 눈을 돌리거나 미화하지 않고 깊이 천착하는 것에는 언제나 지극한 그 무엇이 있다.

하루하루 우리는 이 현실의 희망과 절망 사이를 왔다갔다 한다. 언젠가는 합격하고 또 언젠가는 승진될 거라는 기대로, 언젠가는 그녀가 나를 제대로 이해하고 사랑할 거라는 희망으로, 로또를 사면서 룰렛을 돌리며. 가끔은 오늘이 내 인생의 단 한번 바로 '그날'이 될지도 모른다는 설레임으로.

흔히 우리 인생에 찾아온다는 세 번의 기회. 그 기회가 언제 어떻게 오는지는 아무도 모른다. 영화 〈신의 한 수〉에서는 이런 대사가 귀에 와닿는다. "예전에 주님이 물었지. 우리 삶에 신의 한 수가 있겠느냐고. 이제 알겠어. 그런 묘수는 없다는 걸. 그냥 매일을 묵묵히 사는 게 우리가 할 수 있는 '최선의 수'라는 거지." 그렇다. 어쩌면 별 탈 없이 보낸 소소한 오늘 하루. 살아가는 것과 살아 있는 것과 그리고 살아내는 것과 함께 있는 이 모든 순간이 바로 '신의 한 수' 바로 '그날'이라고.

나, 다니엘 블레이크는 개가 아니라 인간입니다
— 켄 로치 감독의 〈나, 다니엘 블레이크〉

영국 사회보장제도의 현실을 소재로 한 영화 〈나, 다니엘 블레이크〉는 2016년도 칸영화제 황금종려상을 수상한 켄 로치 감독의 작품이다. 켄 로치 감독은 〈보리밭을 흔드는 바람〉에서 민족과 공동체에 대한 이념의 차이를 그렸고, 2019년 〈미안해요, 리키〉에서는 우리 사회의 택배노동자들에 대한 현실을 아주 사실적으로 묘사했다. 그는 우리가 놓치기 쉬운 사회의 약자와 불평등한 현실을 동정이나 연민의 시선으로 섣부르게 미화하지 않는다.

주인공 블레이크는 런던 북부 뉴캐슬에 사는 59살의 평범한 목수다. 심근경색으로 더 이상 일을 할 수 없게 된 그는 질병수당을 국가에 신청하려고 한다. 하지만 까다로운 신청 절차와 공무원들의 관료주의적 권위 앞에서 블레이크의 모든 노력은 수포로 돌아가버리고 결국 혼자서 힘든 투쟁을 이어나간다. 하지만 항고를 준비하던 중 법원 화장실에서 그만 생을 마감하게 된다.

켄 로치 감독이 오랜 시간 이야기하려고 했던 것이 인간에 대한 믿음과 자본주의나 국가관료주의에 대한 비판이었다. 이 영화에서 하나 더 주목한다면 바로 '연대'의 깊은 성찰이다. 지금 우리 사회의 인간들 사이에는 어떤 종류의 연대가 가능한지. 이 연대가 한 인간의 일상에 필요한 이유와 오늘날 현실에서 이 연대를 가로막고 있는 것이 무엇인지를 조용하고 사실적인 눈으로 그려낸다.

함께 일했던 작업장 동료들과도 나이와 삶의 방식이 다른 이웃집 흑인 청년과도 위로하고 서로 돕는 연대감. 미혼모로 어렵게 살고 있는 케이티와도 그렇고 무엇보다 감독의 탁월한 점은 어른과 아이들 사이의 연대를 아주 섬세하게 포착해낸다는 것이다. 즉 방식의 차이는 있지만 평등한 인격들이 서로 소통할 수 있고 현실의 흑백 논리를 경계할 수 있는 어떤 힘으로서의 이 연대의 중요성과 실천을 강조하고 있다는 것.

굿모닝, 굿애프터눈, 굿이브닝!
— 피터 위어 감독의 〈트루먼 쇼〉

어떤 영화는 쉽게 잊히지만, 어떤 영화는 오랫동안 기억 속에서 끝없는 질문을 만든다. 누군가 지금 이 현실의 자신의 삶을 '가짜' 라고 한다면 우리는 그것을 어떻게 감당할 수 있을까.

때로는 자신 삶이 진짜일까라는 다소 촌스러울 수 있는 질문 앞에 가끔 흔들린다. 그것을 알고 싶은 열망과 덮어두려는 두려움이 요란하게 부딪치기 때문이다. 자신이 원하는 삶을 위해 죽을 고비를 넘기며 24시간 생방송되는 〈트루먼 쇼〉의 세트장을 빠져나온 짐 캐리의 마지막 대사는 '여러분, 저 다시 못 볼 테니까 미리 인사해요. 굿모닝, 굿애프터눈, 굿이브닝'이다. 아주 코믹하고 유쾌한 순간이다.

선택은 내 삶뿐만 아니라 타인에게도 영향을 미친다. 그것이 삶과 직접적인 연관이 있을 때는 더더욱 그렇다. 내가 현실로부터 너무 멀리 떠나왔을 때 그래서 더 무의미하고 더 무책임해지고 싶을 때, 힘들겠지만 우리는 그 두려움들을 이겨내고 '진짜 눈물'과 대면해야 한다.

TV를 켜면 생방송으로 진행되는 리얼리티 프로그램이 넘쳐난다. 꽉 짜인 대본의 비슷한 모습과 대사로 현실 아닌 현실을 보여준다. 가식 없는 인간미를 보여준다는 게 이런 프로그램의 묘미다. 하지만 그 안에서 과연 우리는 그들의 진짜 모습을 볼 수 있을까. 마치 TV 안의 그들과 밖의 우리는 차갑지도 뜨겁지도 않게 조용하게 비명을 지르는 것 같다. 가끔은 슬픈 건 더 슬퍼지고 기쁜 건 더 기뻐진다. 그리고 이 현실엔 논리와 감정으로 말하지 못하는 이유가 너무 많다.

어쩌면 그것이 이 삶을 견디는 진짜 이유인지도 모르겠다. 삶은 감자 위에 노란 설탕을 뿌리는 이유와 머리카락이 엉켜 있는 욕실의 하수구, 한쪽 끈이 떨어진 슬리퍼 위에 내려앉는 일요일 오후의 햇살들 그리고 아무도 모르게 장롱 깊은 곳에 하얀 수의를 지어놓고 소리 없이 돌아가신 할머니처럼. 이 현실엔 나만 알고 있는 비밀들이 아주 많다.

제자리에 정확하게 꽂혀 진동하는 리얼의 진심과 열정은 누구도 범접할 수 없는 '아우라'가 있다. 눈을 돌리면 우리 주위에는 화려하진 않지만, 미디어보다 더 미디어 같은 흥미로운 현실의 이야기들이 가득하다. 하지만 진짜 삶을 위해 자신의 가짜 모습을 과감히 벗고 나온 트루먼들은 알 것이다. 현실이 가공된 미디어의 세트장보다 훨씬 리얼하다는 것을. 누가 알아주지 않아도 지금 내 앞에 있는 따뜻한 밥 한 그릇이 더 큰 위로가 된다는 것을.

정직하게 일한 고마운 손을 잡을 때는 가슴이 두근거린다. 오랫동안 혼자 울다 문득 고개를 들면 그래도 이상하게 아픈 이 현실이 찡하게 고맙다. 지금 내가 발붙이고 있는 이곳이 언제나 우리 삶의 가장 중심이기에. 오늘은 서쪽 하늘의 별이 유난히 더 아름답다. 그리고 왼쪽에서 뛰는 내 심장은 말한다. 진짜 눈물을 흘린 그들이 이 세상의 주인이 되어야 한다고.

저항할 수 없는 '현실'이라는 또 다른 숭고
― 벨라 타르 감독의 〈사탄 탱고〉

제1회 전주국제영화제 상영작인 〈사탄 탱고〉의 러닝타임은

435분, 즉 7시간 15분이다. 한없이 느리고 어두운 이 흑백영화에서의 어둠이 역설적으로 더 아름다운 것은 벨라 타르가 무신론적 관점에서 이 현실의 빛과 어둠에 천착하여 그것을 절묘하게 보여주었기 때문이다.

영화의 원작은 1985년에 발표된 헝가리 소설가 크러스너호르커이 라슬로의 데뷔작이다. 라슬로는 해마다 노벨문학상 후보로 꾸준하게 거론되고 있는 동유럽권 내 현존하는 최고 소설가로 헝가리 농촌문학의 조류를 재해석했다. 벨라 타르는 라슬로의 소설을 바탕으로 공산주의 체제가 붕괴하여 가던 1980년대 헝가리의 한 마을을 영화로 그려냈다.

그는 이미 1985년에 이 소설을 영화로 만들고자 했지만, 당시 부다페스트 공산당의 방해로 무산되었다가 1994년에야 완성하게 된다. 황폐하면서도 미니멀한 영화의 장면들은 대부분 짧게는 3분 길게는 10분 이상의 롱테이크들이다. 무엇보다 7시간이 넘는 긴 러닝타임은 간단하게 표현하고 편집해서 끝낼 수 없는 총체적이고 복합적인 현실의 사실성을 부각하기 위함이다. 우리가 일상에서 경험하는 순간순간은 수많은 사실과 우연들로 이루어진 것이라면 그것은 파편적인 것이 아니라 하나의 시간과 하나의 장소에서 서로 영향을 주고받기 때문에 긴 호흡과 시선이 필요하다는 것이다.

특히 오프닝 장면에는 거의 10여 분간 소떼들이 지나간다. 시

종일관 거친 바람 소리와 종 소리 그리고 아코디언 연주 소리가 들린다. 변두리의 한 집단농장의 마을에서는 '그들'이 온다는 소문이 돌기 시작한다. 그 소문으로 희망을 품는 사람들도 있고 알 수 없는 두려움을 갖는 이들도 있다. 술꾼 의사, 매춘부, 퇴직 교장, 술집 주인, 사기꾼과 친구, 여자아이와 오빠 그리고 남의 집안일을 해주는 여자와 남편 등 영화 속 대부분의 인물은 우리 사회 어디에서나 볼 수 있는 군상들이다. 영화의 후반부에는 즐거움으로 추던 탱고가 갑자기 난장판이 되어 결국 나락으로 떨어지는 제목 그대로 '사탄 탱고'가 된다. 포스터에 나오는 에슈티케는 어른들의 무관심 속에서 희생양이 된 소녀로 고양이를 껴안고 걸어가는 모습이 어떤 충격과 슬픔을 준다. 소녀의 난해한 행동들이 영화에서 결정적인 역할을 하며 불편감을 조성하기도 한다.

작가 라슬로는 2015년에 수상한 맨부커 인터내셔널상 시상식에서 "아마도 나는 이 지옥 같은 현실에서 아름다움을 추구하는 독자들을 위한 작가인 것 같다"고 했다. '미문美文으로 그려낸 지옥도'이자 묵시록에 가까운 처절한 숭고미가 드러나는 '사탄 탱고'는 영화든 소설이든 쉽게 접근하기 어렵다는 것은 사실이다. 그렇지만 수전 손택은 '사탄 탱고'를 "죽을 때까지 매년 한번씩 감상하겠다"고 하며 벨라 타르를 '모던 시네마의 구원자'라고 했다. 그러니까 보르헤스가 문학의 영역에서 철학의 주제를 견인해낸 것처럼 벨라 타르는 영화를 통해 처절한 현실의 숭고를 철학적으로 그려냈다는 것이다.

신은 그곳에 없다.
그래도 여전히 현실은 현실로 존재한다
— 벨라 타르 감독의 〈토리노의 말〉

벨라 타르의 또 다른 영화 〈토리노의 말〉은 '니체와 토리노의 말' 이후 늙은 마부의 삶이 모티브다. 안개가 무겁게 내리는 어두운 시골길을 노쇠한 말이 거센 바람을 헤치며 힘겹게 달린다. 이 영화는 마부와 딸과 늙은 말이 서서히 지쳐가며 붕괴해가는 6일이라는 시간을 그리고 있다.

거친 바람 소리. 짙은 어둠, 삶은 감자, 장작이 타는 소리, 문이 열리는 소리, 발자국 소리와 끝없이 부는 바람들을 흑백 화면에 가득 채운다. 마부 아버지는 자려고 하는 딸을 부른다. "얘야", "얘야", "왜요", "너도 안 들리니", "뭐가요", "좀이 나무 갉는 소리", "58년간 하루도 안 들은 날이 없는데 지금은 안 들린다", "정말 안 들리네요. 무슨 징조일까요?" 그리고 차가운 바람이 가차 없이 집 주위를 휘몰아친다.

그 바람을 헤치고 우물에 물을 길으러가는 딸. 한 가닥 희망이라고는 보이지 않는 어둠. 아무리 채찍을 휘둘러도 꿈쩍하지 않는 늙은 말. 왜 말은 움직이지 않는 것일까. 하루하루 소멸로 향하는 냉혹한 현실은 매 순간 사납게 몰아치는 바람 소리와 같이 어느 곳에도 희망이 없는 비극 그 자체다. 세상과 단절된 이 묵시록적 세계에서 마부의 딸이 지친 손으로 한 자 한 자 짚어가며 읽는 그 책은 과연 희망이 될 수 있을까.

침묵이 침묵 속에 갇혀 하염없이 울고 있는 그 파멸은 과연 인간이 인간에게 내린 심판일까? 어떨 땐 교활하고 어떨 땐 거칠게, 어떨 땐 정중하고 또 어떨 땐 잔혹하지만 어떤 식으로든 그것은 계속되어 왔고, 계속될 것이라고. 지팡이를 짚고 바람 속으로 사라진 이들처럼 자연도, 인간도, 무한한 침묵도. 그리하여 지금부터 이 세상엔 그 어떤 변화도 없을 거라고.

　벨라 타르에게는 신과 악마 혹은 선과 악의 경계가 모호하다. 균형과 불균형 혹은 규칙과 불규칙의 경계 또한 마찬가지다. 어떤 날은 우물에 물이 마르고, 어떤 날은 불이 사라지고 또 어떤 날은 세상이 멸망한다고 해도 어쩌지 못하는 현실. 그 현실에서 신은 죽었고, 인간은 무력하여 더 이상 어떤 기대도 할 수 없다. 그래도 여전히 아침에 일어나 옷을 입고, 물을 길어오고, 감자를 먹고, 어둠이 내리면 잠자리에 든다. 출구도 입구도 찾지 못하는 그 어둠을 끝까지 응시하는 것. 침묵 속의 그 단조로운 일상을 언제나 지켜내는 것. 그 적막함을 견디는 그것이 바로 이 현실의 '숭고'라고.

아침은 곧 밤으로 바뀔 것이나,
밤은 머지 않아 끝나리라.

우리는 같은 꿈을
다르게 꾼다
— 타인이라는 거울

타자는 동일자 안으로 포섭되지 않는 다름과 무한성의 존재이다. 우리는 안으로 자신의 내면성을 형성하며 자기 동일성을 유지하지만 동시에 끝없이 밖을 향하는 타자의 존재이기도 하다. 그러므로 타자는 나의 또 다른 미지의 가능성이다. 시시때때로 궁핍한 얼굴로 나에게 현현하는 당신들. 수많은 당신들을 환대하고 저항함으로써 나는 나로 당신은 당신으로 존재한다는 사실. 그런 나와 당신은 늦은 오후의 터미널에서 오래된 도서관과 비 오는 극장에서 혹은 노란 깃발이 펄럭이는 그 광장에서 우연히 낯선 이름으로 만난다. 언제나 그랬던 것처럼.

"우리를 하나로 묶어줄 것 같은 큰 목소리에서 우리는 소외되어 있지만, 외따로 벌어진 것처럼 보이는 당신의 사정으로 우리는 서로 연결되어 있다."(황현산, 『밤이 선생이다』 중에서)

모든 인간은 자기 안에 타자를 품고 산다고 했던 황현산 선생은 자기이면서 자기인 줄 모르는 자기, 그것을 인정하기 싫은 자기가 언제나 우리 자신의 내면에 있다고 했다. 이 자기 안의 타자는 합리적인 것처럼 보이는 우리의 의지를 훼방하기도 하고 때로는 그 누구도 이룰 수 없는 것을 타자로 인해 이뤄내기도 한다.

한마디로 우리는 타자를 통해 이 현실을 경험하게 된다. 타자들과 공유하며 소속감이나 인정욕구를 얻기도 하고 자신의 정체성을 찾기도 한다. 혈연이나 지연처럼 애초에 내가 선택할 수 없는 타자도 있고, 취향이 비슷한 동호회를 통해 내가 원하는 타자들과의 만남을 선택할 수도 있다. 하지만 온·오프라인으로 이어지는 수많은 타자와의 관계가 어느 날 텅 빈 것 같다는 생각이 문득 들 때, 그때가 바로 내 안의 타자가 꿈틀거릴 때다.

유리는 어떤 경우에도 표정을 짓지 않는다
— 김행숙 시인의 「유리의 존재」

시의 제목에서 '유리'와 '존재'라는 말이 이질적이다. 어울릴 것 같지 않은 두 단어가 어떤 지점에서 묘하게 닮아 있다. 약간의 생소함과 낯섦 사이에서. 약간의 호기심과 두려움 속에서.

'유리'라는 대상물을 통해 타자와 접촉하려는 존재들은 유리처럼 깨지기 쉽다. 그들은 타인을 쉽게 사랑하기도 힘들 뿐더러 충분히 가까이 다가갔다고 생각하는 순간에도 유리처럼 투명한 벽이 가로막혀 있다. 그러니까 이 '유리의 표정'은 현대를 살아가는 타자의 표정인 동시에 우리들 자신의 표정이다.

그러니 문득 유리창에 비치는 나의 얼굴을 보며 "오늘에서야 비로소 죽음처럼 항상 껴입고 있는 유리의 존재를 느낀다"는 것.

나를 둘러싼 타인들이 '유리' 같다고 생각했지만 실은 유리를 통과한 햇살 속에서 한 발자국도 움직이지 않은 '나 자신'이 그 '유리의 존재'였다는 사실. 그래서 '넘어지면 깨지고, 너를 안으면 피가 났'던 것이다.

이 세상의 수많은 나와 당신들. 유리처럼 투명하고 유리처럼 먼 당신들. 그래서 오래된 망각 속에는 통증 없이는 떠올릴 수 없는 그 많은 당신들이 있다는 것. 그러니 이 세계는 '보이는 세계'보다 '보이지 않는 세계'에 더 많은 진실이 숨어 있다는 것.

타인의 얼굴 위에 그려진 나

리투아니아에서 태어난 현상학자 에마뉘엘 레비나스는 유대교 전통과 러시아 문학 그리고 프랑스 문화의 후설이나 하이데거와 같은 독일 현상학 등을 접목한 하이브리드 철학자다. 그는 자기중심적 자아에서 벗어나 절대적 다름의 '있는 그대로의' 타자를 인정하며 타자에 대한 윤리의 중요성을 강조했다. 내부자이면서 외부자로서 경계 서 있던 그는 '타자의 윤리학'을 통해 자기 바깥의 '타자'를 자기 안으로 끌어들였다.

나로 통합시킬 수 없는 절대적 다름의 존재인 타인들은 언제나 이 시간의 흐름 속에서 함께 늙어가며 불현듯 죽음을 같이 맞이하기도 한다. 미래의 모든 예측 불가능한 복잡한 흔적들이 타자의 얼굴 위에 있다. 그러니 우리는 타자들과 어떻게 진정한 윤리적 관계를 형성하며 같이 행복해질 수 있을까.

레비나스는 근대 윤리학의 토대였던 '합리적 이성'에서 벗어나 '감성적 수용'을 강조했다. 인간의 감성은 타자로부터 오는 윤리적 호소이며 요청이어서 타자의 얼굴은 얼굴 그 자체로 우리에게 자신의 모든 것을 드러내어 보여준다. 그런 점에서 타자는 언제나 나를 비추는 또 다른 '나'이며 사르트르의 말처럼 '나의 또 다른 지옥'이다.

당신은 저를 모르겠지만 저는 당신을 알고 있습니다

― 플로리안 헨켈 폰 도너스마르크 감독의 〈타인의 삶〉

영화 〈타인의 삶〉은 베를린 장벽이 무너지기 5년 전인 1984년 10만 명의 동독의 '슈타지'라는 비밀경찰들이 서독 국민들을 사찰한 내용이다. 이념과 국가를 위해서는 감시와 고문도 서슴지 않았던 비밀경찰 비즐러는 타인의 삶을 감시하면서 조금씩 변화되고 있는 자신을 발견한다.

비즐러에게는 비인간적인 도청 행위가 사회적 정의였고 애국을 위한 수단이었다. 그는 당시 동독으로서는 매우 위험한 인물이었던 서독의 극작가이자 시인이었던 드라이드만과 그의 연인 크리스타의 사생활을 24시간 도청하고 감시한다. 그들이 어떤 사람들을 만나고 어떤 이야기를 주고받는지를 도청하며 점점 그들의 삶에 관심을 가지게 된다. 어느 지점에서는 영화를 보는 우리 또한 그렇게 감시하는 비즐러를 도청하고 감시하고 있다는 생각이 든다.

시간이 지날수록 비즐러는 그들의 삶과 사랑의 이야기에 깊이 빠지게 되고 어떤 날은 새벽까지 멍하니 앉아 있기도 한다. 말하자면 그들의 삶은 비즐러가 한번도 꿈꾸지 못했던, 그 자체가 하나의 예술이었던 것이다. 어떤 날은 드라이드만의 아파트에 몰래 잠입해 그가 읽던 브레히트 시집을 가져와 읽으며 점점 그의 생각과 감정에 공감하게 된다.

당신은 정말 좋은 사람이에요

레비나스는 '타자를 나의 것으로 만들지 말고 있는 그대로의 모습. 그 타자의 절대성을 인정하는 것이 사랑이고, 그 자리가 윤리의 출발점'이라고 했다. 이 영화는 바로 그 지점을 잘 보여주고 있다. 서로가 서로를 감시하는 체제 속에서 그런 국가를 위한 맹목적인 삶이 최선의 삶이라 여겼던 비즐러는 자유로운 일상에서 사랑과 예술을 실천하는 그들의 삶을 보며 충격에 빠진다.

한편 햄프 장관과 크리스타의 불편한 관계에 대해 함묵할 수밖에 없었던 드라이드만. 오히려 크리스타를 더 위로하려는 드라이드만의 모습에 비즐러는 놀라게 된다. 무엇보다 크리스타가 자신에게 '당신은 좋은 사람이군요'라고 했던 말은 그가 살면서 한번도 들어본 적 없었던 말이었다.

비즐러는 드라이드만이 반체제운동을 시작한 과정들을 다 알고도 상부에 보고하지 않는다. 오히려 드라이드만이 의심받지 않도록 도청 보고서를 거짓으로 작성하기까지 한다. 하지만 비즐러는 드라이드만을 지켜준 대가로 모든 것을 잃고 우편배달부가 된다.

　그러던 어느 날 우연히 서점에 붙어 있는 드라이드만의 신간 포스터를 보게 된다. 서점 문을 열고 안으로 들어가서 진열대 위에 놓인 그 책을 펼친다. 표지를 넘긴 페이지에는 '감사한 마음으로 비즐러에게 이 책을 바친다'는 글이 적혀 있었다. 비즐러는 그 글을 읽고 조용히 미소 짓는다. 그리고 책값을 지불하며 말한다. "이 책은 나를 위한 겁니다."

　좋은 사람이 된다는 것은 쉬운 일이기도 하지만 몹시 어려운 일이기도 하다. 자신을 똑바로 응시하는 두려움으로부터 타인을 이해하는 데까지. 어떤 대가를 바라거나 누군가가 알아주기를 기대하지 않기 때문이다. 그러니까 그 모든 것으로부터 조용히 벗어나는 거기서부터 정말 좋은 나와 당신이 시작된다. 차마 잘 지내느냐고 묻지 못했던 '그날'. '그날'로부터 한 발짝도 나아갈 수 없었지만, 그 캄캄한 시간 속에서 누군가가 한순간도 등을 돌리지 않았다면 그 사람은 분명 좋은 사람일 테니까.

우리가 서로의 잊혀지지 않는 눈짓이 될 때
— 김춘수 시인의 「꽃」

　김춘수 시인은 '꽃'을 통해 존재의 고독과 외로움을 전했다. 누군가의 '이름'을 부르는 것은 타인에게 어떤 의미를 부여하며 서로의 관심과 인정을 요구하는 것이다. 그러므로 내가 누군가의 이름을 부른다는 것은 그것 자체로 그 존재의 이유이자 목적을 의미하는 것이다.

자신의 '빛깔과 향기에 알맞은 이름'으로, 누군가의 '꽃'이 된다는 것. '잊혀지지 않는 눈짓'으로. 누군가의 눈빛이 된다는 것. 싫든 좋든 우리는 이 현실에서 타인들이 불러주는 나의 '이름'으로 '나'를 인식하고 나의 본질을 깨닫는다. 누군가에게 호명되는 순간 우리는 그 이름에 '알맞는' 사회적 실존을 시작하는 것이다. 그래서 '이름'은 언제나 빛이자 그늘이고 닻이자 덫으로 자신의 정체성과 본성을 드러내는 하나의 기표다. 그러니까 우리는 이 '이름'을 불러주는 타인과의 관계에서 그 누구도 자유로울 수 없다는 것이다.

그래서 나는 '너'라는 이름의 뼈아픈 비밀과 같고, 너는 결코 '나'라는 단 하나의 이름에 영영 닿을 수 없을지도 모른다. 그럼에도 나와 너의 삶을 어렴풋하게 말할 수 있는 '이름', 그 '이름'을 부름으로써 또 다른 이름이 생길지도 모른다는 생각. 잊히지 않는 '너'의 '눈빛'이 되기 위해 나는 불가능하고 불가피한 너의 이름을 오늘도 조용히 부르고 있다는 것.

타인은 지옥이다. 그러므로 나는 아무도 믿지 않는다
— 제임스 L. 브룩스 감독의 〈이보다 더 좋은 순 없다〉

영화 〈이보다 더 좋은 순 없다〉에는 타인과 벽을 두고 소통을 거부하는 고집불통 '멜빈'이라는 소설가가 나온다. 그는 강박증과 결벽증에다 온갖 폭언을 일삼으며 자기의 욕망과 관계되지 않는 것에는 무관심한 이기주의자이며 차별주의자이다. 자신의 규칙으로만 움직이고 그 누구도 믿거나 사랑하지 않는 그는 다른 사람과의 소통이나 사랑을 포기한 인물이다.

언제나 같은 자리에 앉아 같은 메뉴로만 식사한다. 보도블록은 선을 밟지 않고 걸어야 하고, 다른 사람이 쓴 비누는 절대 사용하지 않는다. 타인이 다가와 말을 걸려고 하면 미간부터 찌푸리기 시작하는 멜빈.

어느 날 책상 앞에서 새로운 소설을 마무리짓다가 '사랑이란 무엇인가'에 대한 정의를 내리지 못하고 한참 동안 고민한다. 아무리 상상력을 동원하고 창의력을 발휘해도 이 '사랑'의 정의를 찾을 수 없었던 것이다. 그런 멜빈이 이웃집 강아지 버델을 식구로 맞으면서 차츰 변하게 된다. 버델을 위해 식사 테이블을 옮기기도 하고, 자신을 따라 보도블록 선 안쪽으로 걷고 있는 버델을 보며 미소를 짓기도 한다.

멜빈이 사랑이라는 감정을 느끼며 타인과의 벽을 허물게 된 결정적인 계기는 바로 '캐롤'이 등장하면서부터다. 캐롤은 괴팍한 성격의 멜빈을 끝까지 이해하고 친절하게 대하는 유일한 인물이다. 어느 날 멜빈은 일을 나오지 않는 그녀를 걱정하기에 이른다. 그녀의 어려운 사정을 듣고는 그것을 같이 해결하기 위해 출판사 직원을 설득하기도 한다.

누군가와의 따뜻한 기억이 많은 사람은 먼 길에서 혼자 오래 돌아오지 않을 수도 있다. 작은 벽에 나란히 걸려 있는 몇 개의 머그잔처럼 조용히 누군가를 기다리고 있을 수도 있다. 그것은 세상을 가로로 보거나 세로로 보아도 아름답게 빛나는 그 자리에 누군가의 기적 같은 사랑이 존재한다는 것을 믿기 때문이다.

나무는 사랑하면, 그냥 옆모습만 보여준다
— 안도현 시인의 「간격」

숲과 나무 사이의 '간격' 그것은 타인과 타인 사이의 '간격'과 동의어다. '숲'은 삶의 깨달음을 얻은 공간이자 개인들이 모여 만들어진 공동체의 다른 이름이기도 하다. 멀리서 숲을 바라볼 때는 나무들이 빈틈없이 모여 울창한 숲을 이루었다고 생각하지만 직접 숲에 들어가보면 나무들 사이 간격이 있다는 것을 알게 된다.

그러니까 타인과의 진정한 사랑이나 우정은 무조건 가까이 있을 때보다 한 발짝 떨어진 곳에 있을 때 여유와 기다림의 거리가 유지된다는 것이다. 나무와 나무 사이가 촘촘하게 들어선 곳에서는 나무들이 제대로 자라지 못한다. 적당한 간격이 있어야 마음껏 뿌리를 내리고 가지를 펼쳐 울창한 숲을 이룰 수 있다.

안도현 시인의 「옆모습」이라는 시에서도 "나무는 나무하고 서로 마주 보지 않으며/ 등 돌리고 밤새 우는 법도 없다. 나무는 사랑하면 그냥, 옆모습만 보여준다"고 했다. 옆모습은 타인과의 관계에서 오랫동안 서로를 지켜보며 적당한 거리를 유지할 수 있는 상태이다. 멍 때리고 있는 나를 보고 웃을 수 있는 사이이고, 오랫동안 두통에 시달리다 밀린 잠을 죽은 듯이 자고 난 뒤에도 아무 말 하지 않아도 되는 그런 사이. 나 자신을 애써 꾸미고 포장하지 않아도 되는 그런 사이.

산불이 휩쓸고 지나간 숲에 들어가 불에 타버린 나무를 보면 나무들이 자기 몸을 태우면서도 불을 옮기지 않는 것은 바로 나무 사이의 간격 때문이라는 것을 알게 된다. 누군가를 데이지 않게 하는 '거리'. 세상의 많은 불화와 갈등은 지켜야 할 선線을 넘은 경우가 대부분이다. 지혜로운 거리나 간격은 단순히 물리적인 것뿐 아니라 시간이 무르익는 깊이까지 더한다.

안도현 시인이 사랑한 백석 시인의 시 「남신의주 유동 박시봉 방」에는 '그 드물다는 굳고 정한 갈매나무'가 나온다. 그 '갈매나무'처럼 외롭고 단단하기 위해 시인이 세상이나 타인들과 자발적으로 둔 거리, 그 간격만큼 시인은 웅숭깊은 시를 썼을 테니까.

너에게 다가설수록 더 아픈 사랑
— 팀 버튼 감독의 〈가위손〉

영화 〈가위손〉은 〈유령신부〉, 〈혹성탈출〉, 〈빅피쉬〉 등을 만든 팀버튼 감독 자체가 하나의 장르가 된 작품이다. 한 할머니가 눈이 왜 내리는지를 묻는 손녀의 질문에 멀리 창 밖에 보이는 옛 성에 대한 이야기를 들려주면서 영화는 시작된다. 나이 많은 한 과학자가 인조인간 에드워드를 만들게 된다. 에드워드는 늙은 과학자로부터 사람처럼 사는 법을 배우게 되지만 과학자는 그의 마지막 남은 손을 완성하지 못한 채 죽으면서 애드워드는 가위손으로 살게 된다.

이 영화에는 팀 버튼 감독 특유의 환상적인 장면들이 많이 나온다. 긴 가위손으로 종이를 잘라 하늘에 눈처럼 뿌리기도 하고 마을 사람들의 헤어스타일을 멋지게 변신시켜주기도 한다. 또 정원의 나무들을 손질해 순식간에 재미있는 작품을 만든다. 무엇보다 얼음덩어리로 조각작품을 만들 때 날리는 눈 속에서 춤추는 킴의 모습은 환상적으로 아름답다. 하지만 잘못된 소문으로 애드워드는 오해를 받게 되고 그의 노력에도 불구하고 마을 사람들의 의심은 깊어진다. 오해를 풀려고 할수록 되풀이되는 실수에 당황한 그의 날카로운 가위손에 사람들이 다치게 되면서 그는 다시 자신이 살던 성으로 되돌아가야만 했다.

미국의 인류학자 에드워드 홀은 타인과의 관계에 대한 거리를 네 가지로 구분했다. 아주 친밀한 사적인 거리는 약 45.7㎝ 미만, 개인적인 거리는 45.7㎝~1.2m 미만, 사회적 관계의 거리는 2~3.8m 미만 그리고 강연 등의 공적인 거리 3.8m 이상이다. 물론 이것은 물리적인 수치이지만 심리적인 거리이기도 하다. 에드워드가 마을 사람들과의 관계에서 거리를 잘 유지했을 때 몸과 마음의 안정과 평화를 느낄 수 있었지만 타인들이 너무 가까이 오거나 그가 가까이 다가갔을 때 '가위손' 때문에 상처를 입었다.

타인과의 관계는 너무 멀리하면 서운해지고 또 너무 가까이해도 실망하거나 관계가 악화된다. 그러니까 관계는 간격과 간격이 모여 울창한 숲을 이룬 나무처럼 너무 가깝지도 너무 멀지도 않은 불가근불가원不可近不可遠의 지혜가 필요하다는 말이다.

연민을 넘어서는 타인의 고통에 대한 연대는 어떻게 가능한가

수잔 손택은『타인의 고통』에서 '우리'라는 말로 함부로 묶을 수 없는 타인의 고통을 말했다. 또 버지니아 울프가『3기니』에서 던진 '우리'에 관한 물음을 소환하며 '우리'라는 말에 대한 새로운 사유를 강조했다.

'우리'는 누구인가. 수많은 이미지 속에서 고통을 응시하는 '우리'는 과연 누구인가. '우리'는 사진 속의 '그들'이 아닌 채로 사진을 응시한다. 우리는 텔레비전의 난민이 아닌 채로 그들의 불행을 바라본다. 연대로 묶인 '우리'는 사진 속 '그들'의 눈 속에 있는 우리일까. 너무 쉽게 연민이나 안도감으로 묶어버리는 '우리'는 그렇게 타인의 존재를 쉽게 타자로 만들어버린다. 그렇기에 연민은 쉽게 변하며 금방 냉소적이고 무감각해진다.

텔레비전과 트위터, 유튜브 등에 쉴 새 없이 올라오는 이미지들. 그 이미지의 프레임에 고정된 기억, 수잔 손택은 특히 전쟁 사진의 역사는 편집과 연출의 역사라고 했다. 사실 우리가 열광했던 로버트 카파의 사진이 편집된 것이라는 의혹이 드러났을 때

느꼈던 배신감에 가까운 당혹감은 너무 컸다.

사진은 인간의 공감과 상상력을 가장 많이 조장할 수 있는 매체이다. 강렬한 이미지의 사진에 반복적으로 노출되면 서서히 감각이 둔해지고 웬만큼 충격적인 이미지에는 반응하지 않게 된다. 무엇보다 사건이 발생한 장면을 찍은 사진이 그 사건의 전모를 다 담고 있는 것 또한 아니다.

우리는 진정 타자의 고통을 직접 겪어보지 않고도 공감할 수 있을까. 타인의 고통에 대한 공감은 그 고통이 타인의 것이라는 판단을 전제로 하므로 거기서부터 공감의 한계가 생길 수밖에 없다. 또한 우리는 공감을 불러일으키는 자극적인 사진에 익숙해진 현실에서 타자의 불행을 소비하듯 위장된 연민을 품고 있는 것은 아닐까.

김혜순 시인의 말처럼 '고통은 이 세계에 편입되어 있지 않은 모음들의 외침'이다. 지금 우리가 누리는 이 특권들은 어쩌면 누군가의 고통과 직간접적으로 연결되어 있기 때문인지도 모른다. 그러니 다시 질문을 한다면 연민을 넘어서는 타인의 고통에 대한 연대는 어떻게 가능할까?

우리는 삶과 죽음 사이에서 끊임없이 고통받는 존재들이기에 자기 자신을 타자화할 줄 알아야 한다. 타인의 고통에 참여할 때조차도 타인이 타인으로서 성립하고 있음을 바라봐야 한다. 어떤 식으로든 타인의 아픔을 느낀다는 것은 비로소 타인과 함께 존재한다는 말이기 때문이다.

수잔 손택(1933~)

‘우리’라는 말로 함부로 묶을 수 없는
이들의 고통,
우리는 영원히 타자의 고통을 이해할 수 없다.

하지만 언제나 괄호 밖에 존재하는 이들이 있다. 이 사회 바깥으로 쫓겨난 자들, 죽은 자이면서 다시 돌아오지 못한 자. 지금도 먼 데서 오고 있는 자, 자기 자리가 없는 자, 고통에 마저 외면받는 그런 타자들의 고통을 우리는 어떻게 이해할 수 있을까. 그러니 또 다시 묻는다면, 연민을 넘어서는 타인의 고통에 대한 연대는 어떻게 가능한가.

누군가 온다는 것은 한 사람의 일생이 오는 것이다
─ 정현종 시인의 「방문객」

그동안 우리 사회는 나와 다르고 낯선 타자들을 제대로 환대하지 못했던 것 같다. 그것은 이 환대가 자신의 것을 타인에게 내어주는 것으로만 생각했기 때문이다. 하지만 타자를 환대하는 것은 자신이 가진 것 혹은 자신의 방을 내어주는 것이 아니라 타인이 그들만의 방을 가질 수 있도록 돕는 것이다.

'방문객'이라 불리는 한 사람을 만나고 또 그 사람을 맞이하는 것은 그동안 넘어지고 부러진 그의 시간과 앞으로 다가올 미래의 시간까지를 받아들이는 것이다. 그런 타자들의 만남은 제 각기 다른 시공간에서의 삶들이 서로 마주하는 것이기에 이 환대는 타자들과의 '공명共鳴'이자 '연대'이다.

생각과 취향 그리고 습관이나 이념이 나와 다른 그는 환영의 대상이 될 수도 있지만 한편으로는 저항이나 박해의 대상이기도 하다. 하지만 진정한 환대는 그 사람의 과거와 현재 그리고 미래를 온전히 품어안을 수 있어야 한다. 그러니까 이 '절대적 환대는 보답을 요구하지 않는 환대'이고 그런 환대를 통해서만이 진정한 공명이 시작될 테니까.

다시 말하자면, 한 사람이 오는 것은 그의 과거와 현재 그리고 미래라는 일생이 오는 것이다. 한없이 부서지기도 했을 그의 온 마음이 오는 것이다. 그러므로 실은 그것이 '어마어마한 일'이라는 말에 뭉클해진다. 우리는 모두 누군가가 진정으로 환대하는 그 '방문객'이 되고 싶기 때문이다.

그러면 네가 더 행복할 것 같아서
― 퍼시 애들론 감독의 〈바그다드 카페〉

영화 〈바그다드 카페〉의 장소는 황량한 사막 한가운데에 있는 주유소와 그 옆에 있는 작은 카페다. 카페의 주인 브렌다는 사고뭉치에다 무능하고 답답한 남편을 쫓아낸다. 그리고 어느 날 차도 없이 큰 트렁크를 끌고 온 독일인 야스민이 장기 투숙을 예약하면서 삶의 희망을 잃은 두 여인의 만남이 시작된다. "옆에 앉아서 좀 울어도 돼요?"라는 야스민의 말은 자기 삶에서 겪은 상처의 아픔을 타인과 함께 헤쳐나갈 준비가 되었다는 것이다.

타인에게 가까이 간다는 것이 쉽지만은 않다. 가끔은 좋은 의도로 그에게 먼저 다가가지만 때로는 오해받거나 상처받을 때도 있으니까. 하지만 그녀는 낯설고 두려울 수 있는 타인들을 언제나 배려심 있고 따뜻하게 환대한다.

야스민의 여행 가방에는 작은 마술 세트가 들어 있다. 그녀의 마술로 카페와 이웃들은 더 화목해진다. 하지만 타인을 사랑과 우정으로 맞이할 때의 행복은 사실 마술이나 마법보다 더 큰 힘을 가지고 있다는 것을 야스민은 알고 있었던 것이다.

에릭이 사막 가운데서 하늘로 부메랑을 던지는 것 또한 타인을 환대하는 방식과 닮았다. 타인에게 내가 먼저 다가섬으로써 그것이 사랑이 되어 되돌아온다는 것. 온통 모래와 사막뿐이었던 바그다드 카페는 아무런 특징이 없는 곳이었지만 브렌다와 야스민의 장소로 점점 변해간다. 그것은 낯선 타인을 환대하는 과정에서 만들어진 것이다. 우리들 자신이 자신만의 방을 가진 것처럼 낯선 타인들 또한 그들의 방을 가질 수 있도록 해주어야 한다는 생각. 우리는 그렇게 환대받음으로써 사회의 구성원이 되고, 진정한 권리에 대한 권리를 갖게 되니까.

Part 3

그래요,
아침부터 저녁까지
나 자신을 견뎌요
— 우리들의 일그러진 자화상

초상화만 그리면 언제나 자화상이 된다는 어느 화가의 고백. 고흐 또한 "나는 사진사가 포착한 사진 속 내 모습보다 더 심도 있는 나의 초상을 탐구하는 중이다"라고 했다. 이 말은 자신이 예술가로서 어떻게 발전되어왔으며, 어떻게 인식되기를 원하는지를 살피는 데 중요한 말이다. 또한 빛과 어둠의 대비를 통해 100여 점 이상의 자화상을 정교하게 묘사한 렘브란트도 자신의 다양한 모습을 개성적으로 그렸다. 우리나라의 자화상으로는 단연 윤두서의 그림을 꼽을 수 있는데 그의 그림에는 서양 미학에서 지적하는 자아 인식이 수준 높게 묘사되어 있다. 마치 자신과 대결하는 듯 노려보는 눈동자와 무수한 붓질로 완성된 수염의 터치에서는 그 자신을 연구대상으로 삼고자 하는 자의식이 강하게 느껴진다.

인간이 살아가면서 가장 많이 하는 말 중의 하나가 바로 '나'라는 말이라고 한다. 그만큼 우리의 모든 관심은 '나'에 집중되어 있고, 좋든 싫든 사는 동안 '나'의 문제에서 벗어날 수 없다. 때문에 모든 삶은 '나'라는 실재를 끌어안고 뒹굴며 전 생애를 치열하게 살고 있는 것이다. 어쩌면 인간뿐 아니라 모든 생명은 결국에는 자신이 원하고 즐거워하는 쪽으로 움직일 수밖에 없다는 점에서 몹시 '이기적'이다.

나'를 가장 잘 아는 사람도 '나'이고, '나'를 살리고 죽일 수 있는 사람 또한 '나'여서 내가 아니면 그 누구도 '나'의 문을 열 수 없다. 그런 점에서 '나'는 모든 문제의 시작이자 끝이다. 절망과 불안에서 벗어나기 위해 혹은 고립되기 위해 철저하게 자신을 고통 속에 세워 두는 이 또한 '나'이기 때문이다.

"혼자 있다고 꼭 고독 속에 있는 것은 아니다. 내가 말하는 고독은 물론 '다른 사람이 없는 상태'를 의미하지만, 이 순간 나 자신을 벗 삼고 있다. 반면 내가 혼자 있든 누구와 함께 있든 나 자신이 내게 결핍되어 있을 때, '내게 결핍되어 있는 그 누구'가 다름아닌 나 자신일 때, 이런 상태는 고립이다."(미셸 슈나이더, 『글렌 굴드, 피아노 솔로』 중에서)

나는 나의 가족이나 직업, 학력 그리고 친구나 재산 등으로 설명할 수 있을까. 내가 사용하는 언어와 나의 취향으로 나를 얼마만큼 드러낼 수 있을까. 나는 이름과 주민등록번호 그리고 주소나 계좌번호 등으로 타인이나 이 사회에 인식되고 확인된다. 무엇보다 현대사회에서는 자의든 타의든 끊임없이 우리의 정체성을 감시받거나 통제받고 있다. 주민등록증만 말소되어도 우리는 이 사회의 통제로부터 벗어날 수 있지만 동시에 나는 이 세상 '어디에도 없는 사람'이 된다.

거울속의나는참나와는반대反對요마는,또꽤닮았소
— 이상 시인의 「거울」

우리는 거울이 현실의 나를 비춰주는 가장 객관적인 사물이라고 생각한다. '단절과 매개'의 양면성을 동시에 가지고 있는 거울을 통해 우리 자신의 모습을 보기 때문이다. 그런 거울은 물리적인 실체로서의 거울이기도 하지만 자의식 속의 또 다른 자아를 들여다보는 상징물을 의미한다. 중요한 것은 이 '거울'이 대칭적 이미지를 보여준다는 데 있다. 거울 속에 있는 '나'와 거울 밖에 있는 '나'가 서로 반대의 모습이라는 것.

그런 점에서 이 시의 언술은 현실적 자아와 본질적 자아의 분열 양상을 초현실의 무의식적 말하기로 띄어쓰기를 하지 않는 등 기존 문법이나 어법에서 벗어나 있다. 무엇보다 거울 속의 세계가 조용하다고 강조하는 것은 거울 밖의 현실세계가 아주 시끄럽다는 의미이기도 하다. 또한 거울 속에 있는 귀가 현실 속의 소란함을 알아듣지 못하기 때문에 시끄러운 세상에 있는 '나'와 조용한 거울 속의 '나'가 서로 단절될 수밖에 없는 것이다. 나는 이 둘의 화해를 시도해보지만 결국 실패로 끝나버린다. 오른손잡이인 나의 악수를 왼손잡이인 거울 속의 내가 받을 수가 없는 것 또한 그 때문이다.

이처럼 거울을 매개로 한 두 자아는 서로 마주 보고 있지만 또 거울로 인해 차단되어 온전한 만남을 이룰 수 없다. 때문에 거울 속의 '나'가 '외로운' 일에 골몰할 수밖에 없으며 분열된 자아들은 각기 따로 살아가야 한다는 것. 그러니까 '거울 밖의 나'라는 현실적 자아와 '거울 속의 나'라는 내면적 자아의 갈등과 분열은 끝없이 되풀이되고 또 되풀이될 수밖에 없는 것이다.

> "나의아버지가나의곁에서조울적에나는나의아버지가되고또나는나의아버지의아버지가되고그런데도나의아버지는나의아버지대로나의아버지인데어쩌자고나는자꾸나의아버지의아버지의아버지의…"(이상의 시 「오감도 시제2호」)

이 시는 1930년대 초 이상이 '조선중앙일보'에 연재하였다가 독자들의 거센 항의로 도중에 게재를 그만둔 「오감도」 연작 중의 한 편이다. 독자들은 이 「오감도」 시를 '미친놈의 잠꼬대'라고 항의하며 비난을 퍼부었다. 비록 연재를 중단했지만 시인 이상은 대중들의 구태의연한 태도를 안타까워하며 구시대를 살고 있는 사람들이 20세기에 살고 있는 나를 왜 미쳤다고 하는지 이해할 수 없다는 말로 일축했는데 시인 이상다운 말이다.

대체로 이상의 시들은 난해하여 독자들을 어리둥절하게 한다. 이상 시인의 본명은 김해경이다. 시에서 '나'는 자신의 아버지의 역할뿐만 아니라 할아버지의 역할 그리고 증조할아버지, 고조할아버지의 역할 또 그 위의 조상의 역할까지 감당해야 하는 자신의 처지를 그리고 있다. '나'는 그런 '아버지의노릇'을 한꺼번에 해야 하는 현실을 수긍하고 싶지 않고 또 그것이 매사에 불편하다.

아들이 없는 큰집으로 아주 어릴 때 양자로 간 이상에게 가족과 가문을 중시하는 전통적 관습은 그 자체로 하나의 억압이었다. 그러므로 '아버지의아버지'와 '아버지의아버지의아버지'들의 가문에 대한 복종과 의무는 돌연 의문과 거부의 모습으로 드러난다. 띄어쓰기 없이 '아버지'라는 어휘를 반복적으로 나열한 것 또한 '아버지'로 상징되는 가문과 전통에 대한 저항적 언술이다. 아버지와 아들뿐 아니라 완벽한 남자로서의 역할을 동시에 강요하는 '문벌門閥'사회에서 시인 이상은 '한 사람'으로서의 인간의 자유와 정체성을 요구하며 '나다움'을 주장하고 싶은 것이다.

그러니까 나는 어느 성씨 어느 가문의 사람이기 이전에 '나' 자신이며, 어느 공동체의 사람이기 이전에 한 사람의 '나'이다. 나는 아버지의 아들도, '아버지의아버지의' 손자이기 이전에 시인 이상이며, 그 이전에 한 '사람'으로서의 '김해경'이라는 것이다.

나를 위해 살아간다는 것, 그것은 투쟁입니다!
— 스티븐 달드리 감독의 〈디 아워스〉

스티븐 달드리 감독의 영화 〈디 아워스〉는 퓰리처상과 펜포크너상을 동시에 수상한 마이클 커닝햄의 소설 『디 아워스』가 원작이다. 이 소설의 모티브는 버지니아 울프의 『댈러웨이 부인』이다. 각자 다른 시대를 살아가고 있는 세 여성의 이야기를 담은 구성이 조금 독특한 영화로 니콜 키드먼, 줄리안 무어 그리고 메릴 스트립 등 전설적인 세 배우들이 출연해서 열연했다.

『댈러웨이 부인』을 집필하고 있는 1923년 버지니아 울프와 이 소설을 감명 깊게 읽고 가족을 떠날 결심을 하는 양성애자 로라, 그리고 에이즈로 죽어가는 전 애인의 문학상 파티를 준비하는 클라리사. 이처럼 다른 시간, 같은 운명을 사는 세 여인의 이야기는 모두 서로 연결되어 있다. 영화는 이들의 삶을 교차해서 보여주며 소설『댈러웨이 부인』이 어떻게 여성의 삶 전반으로 확장해나가는지를 잘 보여준다. 무엇보다 "누구나 마음속에는 종이에 옮길 수 없는 훌륭한 책을 간직하고 있다"고 했던 버지니아가 '왜 평생 우울했는지' 영화는 그 지점을 끈질기게 추적하고 있다.

"어쩌면 우리 모두 죄수가 아닐까요? 감방의 벽을 드륵드륵 긁어대는 남자 얘길 쓴 희곡을 읽은 일이 있지만, 이거야말로 인생의 거짓 없는 모습이라고 생각했어요. 독방의 벽을 긁고 할퀴는 것 말이에요"(버지니아 울프,『댈러웨이 부인』중에서)

페미니즘과 모더니즘 문학의 선구자였던 버지니아는『자기만의 방』에서 여성이 교육 기회를 박탈당하고 책을 출간할 수 없는 환경을 비판하며 글쓰기로 생계를 유지할 권리 자체가 허용되어야 함을 주장했다. 그리고 여성들의 물질적, 정신적 독립의 필요성을 강조하였는데 '자기만의 방'은 여성이 거주하는 실제 공간이자 은유적 공간이다. 또『3기니』에서는 국가와 전쟁, 남성과 여성에 관한 새

버지니아 울프(1882~1941)

살아간다는 건 투쟁의 연속입니다.
삶을 회피하면 진정한 평화를 얻지 못합니다.

로운 문제의식을 제기하며, 인간은 남성적 여성이거나 여성적 남성이어야 한다고 했다. 남성 중심적 가정과 사회에 의해 상처 입은 약자와 소수자에 대한 억압뿐 아니라 여성의 인생에서 사랑과 결혼이 가지는 의미 등은 버지니아 울프가 평생 고민했던 지점이었다.

살아간다는 것은 투쟁의 연속이다. 영화는 버지니아가 사랑했던 벗이자 지적 동반자였던 남편에게 보내는 편지를 읽어주며 끝이 난다. 평생을 그토록 자기 자신과 치열하게 싸우며 글을 썼던 그녀는 말한다. "우린 언제나 삶을 정면으로 마주하고, 삶을 있는 그대로 사랑한 뒤에야 삶을 놓아주어야 합니다. 우리가 경험한 그 세월들을 말입니다." 그러니까 이 삶의 무게가 너무 버겁고, 내가 내 삶의 주체로 잘 살아가고 있는지 의심이 들 때, 그때가 바로 내 안에 있는 '댈러웨이 부인'과 대면하는 시간이라는 것.

나를 키운 건 팔 할의 바람과 팔 할의 슬픔
— 서정주 시인의 「자화상」

좋은 시나 훌륭한 예술 작품은 작가 자신의 개인사에서부터 그가 사는 당대 현실이 작품에 반영된다. 서정주 시인의 시 「자화상」에는 자신이 종의 아들이며 갑오년에 집을 나가 돌아오지 않은 외할아버지의 피를 물려받았음을 진술하고 있다, '어떤 이는 내 눈에서 죄인을 읽고 가고 어떤 이는 내 입에서 천치를 읽고 가나/ 나는 아무것도 뉘우치진 않으련다'는 고백에서는 신분제와 같은 당대 현실에 대한 저항적 시선이 느껴진다. 이처럼 시인이 봉건적 관습에 매몰되지 않고 그 현실에 대항하는 주체로서의 자화상이 구체적으로 드러난 시어가 마지막 행에 나오는 '수캐'다.

'애비는 종이었다'고 폭로하는 시인의 언술에서는 자신의 신분에 대한 불만과 저항적 심정이 잘 드러난다. 무엇보다 밤이 늦도록 돌아오지 않는 아버지를 기다리다 애환이 많은 그 삶의 절절함을 새삼 다시 느끼게 된다. 서정주는 1929년 광주학생항일운동과 빈민운동에 참여했고, 1931년에는 일본 교육을 거부하는 백지동맹 사건을 주동했다. 1950년대에는 한국전쟁의 후유증으로 조현병이 발병해서 긴 시간 요양 치료를 하기도 했다. 그의 개인적 삶에 비추어 짐작하면 그가 국가를 위한 대의보다는 왜 가족과 자신의 안위를 먼저 생각했는지를 어렴풋하게 알 수 있다. 물론 그렇다고 해서 그의 친일과 군사정권 찬양 등의 행적을 지울 수는 없다.

사실 서정주는 '큰 시인들을 다 합쳐도 미당 하나만 못하다'라고 할 정도로 문학과 시단에 끼친 영향이 크다. 그는 탁월한 언어 감각과 전통적 소재로 현대시 역사에 큰 획을 그었다. 하지만 친일과 종군 시를 썼고 전두환 군사정권에 대한 찬양 발언 등의 어두운 그림자가 항상 그를 따라다니며 논란이 되어왔다. '미당문학상'처럼 그의 이름을 딴 문학상과 문학제가 크게 환대받지 못하는 이유도 그 때문이다.

서정주는 생전에 자신의 행적에 대해 수차례 사과하며 암흑의

식민지 시절에 생존을 위해 나약한 선택을 한 자신의 처신을 못내 아쉬워했다. 사실 우리는 미당의 시에서 이육사나 윤동주와 같은 애국과 혁명을 읽을 수는 없다. 이 「자화상」에서처럼 자기 삶의 대부분을 차지했던 이 '바람' 앞에서 늘 먹고사는 생존의 문제는 절박함 그 자체였다는 것. 그 절박함으로 쓴 '시의 이슬'에는 언제나 몇 방울의 피가 섞여 있고 어떤 이가 자기의 눈에서 읽고 간 '죄인'의 모습이 바로 「자화상」이라는 것. 하지만 우리는 그 누구도 이 '죄인'의 모습을 한 그의 자화상에서 자유로울 수 없다는 것은 분명하다.

'당신'은 내가 아니라서 끝내 버릴 수 없는 '나'
— 허수경 시인의 「혼자 가는 먼 집」

허수경 시인은 진주에서 태어나 진주여고와 경상국립대학교 국어국문학과를 졸업했다. 『실천문학』을 통해 등단하고, 서울에서 방송작가 일을 한 시인은, 2000년대를 대표하는 한국의 서정 시인으로 첫 시집 『슬픔만한 거름이 어디 있으랴』는 역사의식과 시대감각을 녹여낸 뛰어난 시집이라는 평가를 받았다. 두 번째 시집 『혼자 가는 먼 집』을 펴낸 직후인 1992년 독일로 건너가 뮌스터 대학에서 고대 근동 고고학을 공부했다, 그 후 독일인 지도 교수와 결혼해 독일에서 모국어인 한국어로 글을 쓰고 많은 책을 펴냈던 시인은 안타깝게도 2018년도 그곳에서 생을 마감했다.

시인은 '혼자 가는 먼 집'이라는 이 두 번째 시집 제목을 정할 때 어쩌면 그것이 '나'라는 자아의 미래가 될 것이라는 예감이 들었다고 했다. 시를 쓰면서 자신들의 미래를 스스로 예견하고 만들어가는 이. 그들이 바로 시인들이다. 허수경 시인이 공부했던 근동 고고학은 시리아나 이라크, 터키를 포함한 근동 지역의 유적이나 유물을 발굴하고 분석하여 인류의 역사와 문화를 해석하는 학문이다. 일 년의 반 이상을 발굴 현장에 있었던 시인은 세 번째 시집 『내 영혼은 오래되었으나』에 그런 경험의 사유를 녹여냈다. 2000년대 들어서 전쟁과 테러, 이산과 난민 그리고 생태 문제를 담은 시집 『청동의 시간 감자의 시간』, 『빌어먹을, 차가운 심장』, 『누구도 기억하지 않는 역에서』 등을 펴냈다. 한국시가 세계적인 감각과 맥락을 확보하는 데 큰 기여를 한 시인은 모국어로 된 시집뿐 아니라 산문집, 동화, 소설과 번역 등 다방면의 글을 썼다.

그는 독일인들이 역사와 삶을 '기억하는 방식' 즉 그들이 나치 시절을 기억하며 희생당한 유대인들에게 죄를 구하고 애도하는 그들만의 방식을 존중한다고도 했다. '그 기억을 우리가 어떻게 보듬는가' 하는 것이 삶의 질을 정해준다고 한 그는 독일은 유럽에서 한국인이 가장 많이 사는 나라이고 무엇보다 고고학이 가장 세분화되어 있는 나라라고 했다. 공부를 하면서 후회를 많이 한 것은 발굴 때문이 아니라 라틴어와 고대 중국어 그리고 수메르어까지 고고학을 분석하기 위해 익혀야 할 고대어들이 너무 많았기 때문이라고도 했다.

그리고 허수경 시인은 고고학을 공부하기 위해 독일로 갔다고 생각했지만 살면서 그것이 결국 '시' 때문이라는 것을 알게 되었다고 했다. 30년 가까이 모국어인 한국어를 잊지 않으려고 매일 아침 백석의 시를 읽었고 웬만한 채소들은 키워 먹을 수 있지만 고향 진주에서 즐겨 먹던 방아만큼은 씨앗을 구할 수 없었다고도 했다.

진주비빔밥, 남강, 개천예술제 그리고 강물에 흘러가는 유등을 바라보던 유년의 남강 대숲과 그 옛날 진주역 등 자신의 기억 속에 있는 고향의 모습이 산문의 곳곳에 숨어 있다. 그런 그는 언제나 고향이 낯설다고 했다. 고향 진주에 대한 그리움이 커질수록 참고 또 참으면서 밥을 해먹었다는 말에 울컥하기도 한다.

누구보다 치열하게 자신과 삶을 들여다보며 때로는 그 자신과도 타협하지 않았던 그는 "시란 더 이상 물러설 수 없는 삶의 내용"이라고 했다. 모든 황홀한 순간에 고통이 따르고 열정은 그런 황홀한 고독의 순간에 피어난다는 말. 그것은 자신의 상처로부터의 고통을 사랑하고 그 고통으로부터 무한히 자유로워지고 싶다는 말이기도 하다.

그리고 나는 나로 시를 쓴다

"나는 포르투갈어로 시를 쓰지 않는다. 나는 나로 시를 쓴다"고 했던 사람은 페르난도 페소아이다. 포르투갈 문학을 유럽 모더니즘의 중심에 끌어올린 그는 '시는 내가 홀로 있는 방식'이라고도 했다. 여러 장르의 글을 가리지 않고 폭넓게 글을 쓴 그는 일곱 살 때 처음으로 시를 쓴 이후 죽기 직전까지 평생 시 쓰는 일을 멈추지 않았다. 무엇보다 그는 많은 필명으로 작품 활동을 하며 그 이름의 독자적인 정체성으로 다양한 글쓰기를 실험했던 것이다.

바흐친 또한 "가장 가까운 인물, 아주 잘 알고 있다고 여기는 사람의 진정한 얼굴, 온전한 얼굴 (…) 견고하고도 명확한 그 형상을 얻기 위해 싸우는 예술가의 투쟁은 언제나 자기 자신과의 싸움이다"라고 했다.

무엇보다 언어를 바꾸면서 자기 인생의 한 시절과 결별했다고 한 에밀 시오랑은 모국어인 루마니아어를 버리고 프랑스어로 모든 것을 옮겼던 너무나 정직한 허무주의자였다. 그는 무질서와 강박관념과 불안한 순간들이 폭발할 때 그 고통의 결정적인 순간에서야 비로소 서정이 탄생한다고 했다. 그런 그는 여전히 말한다. "아침부터 저녁까지 무엇을 하십니까?", "나 자신을 견딥니다."

어쩌면 우리는 서로를 잘못 읽는 중인지도 몰라
— 안티 요키넨 감독의 〈헬렌 : 내 영혼의 자화상〉

〈헬렌 : 내 영혼의 자화상〉은 화가 헬렌 쉐르벡의 삶과 사랑에 대한 일대기를 담은 핀란드 영화다. 안티 조키넨 감독의 이 작품은 빼어난 영상미와 클래식이 어우러진 감성 예술 영화다. 당대 최고의 핀란드 화가와 현대 최고의 뮤직비디오를 찍은 감독이 만난 셈이다. 영화에서는 전쟁이 지나간
폐허의 풍경이나 가난한 정물에서 차
츰 자화상으로 관심을 옮기는 화가 헬
렌의 격정과 사랑의 감정을 밀도 있게
구성해내고 있다. 무엇보다 1900년대
초반 핀란드의 화실 풍경에 자연광을
강조하며 회화적 아름다움을 부각하
는 것이 인상적이다.

'핀란드의 뭉크'로 불리는 헬렌은 독특한 색감과 기법이 돋보이
는 북유럽의 대표적 근대 화가다. 핀란드에서는 7월 10일생인 그
녀의 생일을 기념으로 2004년부터 이날을 '미술의 날'로 지정해
기념할 정도로 그녀의 그림을 사랑한다. 2020년 핀란드 헬싱키
아테네움 미술관에서 개최된 그의 전시회는 1887년 개장 이래 제
일 많은 하루 방문객을 기록하였다. 그것은 그가 가장 중요한 모
더니스트 화가로 인정받고 있다는 증거이기도 하다.

헬렌은 평생 독신으로 살며 어려운 가정 형편과 온전치 못한 몸
상태 그리고 딸을 차별하는 어머니와 돈만 챙기려는 오빠 속에서
살았다. 무엇보다 자신이 그린 작품의 소유권조차도 여성에게 상
속이 되지 않는 사회 현실 속에서 힘들게 그림을 그렸다. 때문에
헬렌은 자신의 자화상을 통해 이런 현실 속 자신의 내면을 드러
냈다. 때로는 과장하고 때로는 미화하고 왜곡하면서. 하지만 사
실 여부와 관계없이 그가 그린 자화상 속에는 당시 자신의 내면적

진실이 그대로 드러난다. 그 진실은 남들에게 보이고 싶었던 것일 수도 있고 자신을 속이려는 것일 수도 있고 또 자신과의 은밀한 대화일 수도 있다. 분명한 것은 헬렌은 자신의 자화상을 그리며 사회와 가정의 차별에 대응했다는 것이다. 마치 고흐의 그림처럼 그의 자화상에도 외부 세계에 대한 두려움과 경멸 그리고 혐오와 같은 저항의 눈빛이 간곡하게 드러난다는 것이다.

나는 이 고통에 언제나 익숙합니다
— 줄리 테이머 감독의 〈프리다〉

영화 〈프리다〉는 캐나다 출신 줄리 테이머 감독의 2003년도 작품이다. 셀마 헤이엑이 프리다 칼로 역을 맡아 멋진 연기를 펼쳤다. 영화는 멕시코의 화려한 이미지와 뜨거운 햇빛 속에서 파란만장했던 프리다의 삶과 개성적인 예술의 세계를 잘 표현하고 있다. 프리다 칼로는 이국적인 화풍의 강렬한 묘사로 현대와 전통의 경계를 넘나들며 많은 이들의 사랑을 받았다. 어린 시절 아버지 친구인 한 인쇄공에게서 그림을 배운 그녀는 학창 시절 과학과 신체에 많은 관심을 가지며 의사가 되기를 꿈꿨다고 한다.

18살 되던 해, 학교를 마치고 집으로 돌아가던 중에 타고 있던 버스가 옆에서 오던 차와 부딪치면서 바람에 큰 강철봉이 프리다의 척추와 골반을 관통했다. 살아 있는 것만으로도 기적이라고 할 정도로의 심한 부상을 입었고 평생 하반신 마비로 살아야 하는 그녀는 꿈꾸던 의사를 포기할 수밖에 없었다. 하지만 그녀는 자신이 좋아하는 과학과 그림을 재구성하여 새로운 그림을 그리게 된다. 가족들은 그림을 포기하지 않는 프리다를 위해 침대 위에서도 그림을 그릴 수 있는 캔버스 장치를 선물했다. 매일 긴 시간 침대에서 시간을 보내야 했던 프리다는 누워서 거울에 비친 자신을 바라보며 그림을 그렸다. 프리다에게 자화상이 많은 이유는 하루 종일 누워서 볼 수 있는 것이 거울 속 자신의 모습이었기 때문이다,

프리다는 자신의 인생에서 충돌 사고가 두 차례였는데, 한번은 교통사고였고 다른 한번은 디에고와의 만남이었다고 했다. 그처럼 프리다의 일생에서는 남편 디에고를 빼놓을 수 없다. 디에고는 그녀의 그림에 가장 많은 영향을 주기도 했지만, 한편으로는 그녀를 가장 힘들게 했던 사람이었기 때문이다. 제대로 된 미술 교육을 받은 적이 없었던 프리다는 자신의 그림을 평가받고 싶어 디에고 리베라를 찾아갔다고 한다. 당시 디에고는 멕시코에서 가장 존경받던 벽화 화가였다. 그는 멕시코의 전통과 사회주의 색채가 짙은 벽화를 그리며 멕시코인들의 민족정신을 그림으로 대변했다. 뒤에 그가 남긴 말에 의하면 처음 프리다의 그림을 보았을 때 비범한 에너지를 느꼈고 그녀는 '틀림없는 진짜 예술가'가 될 거라고 확신했다고 한다.

두 사람은 1929년에 예술적 동지를 넘어 결혼하게 된다. 결혼 후 프리다는 디에고에게 많은 영향을 받게 되며 비현실과 현실의

경계를 넘나드는 화풍을 선보였다. 당시 21살 연상의 디에고는 사실 두 번이나 결혼한 적이 있고 수많은 여성편력을 가지고 있었다. 그런 그는 결혼 후에도 외도를 일삼았고 고독과 상실감에 빠져 있던 프리다는 아이를 간절하게 원했지만, 계속되는 유산의 아픔을 겪어야 했다.

때문에 정면을 응시하는 프리다의 자화상들은 신체적 고통과 비극적 운명을 회피하지 않고 그 현실을 직면하고자 했던 의지의 표현일 것이다. 죽는 순간까지 작품 활동을 포기하지 않았던 그녀가 마지막 남긴 작품은 아이러니하게도 큰 수박을 자른 표면에 'VIVA LA VIDA' 즉 '인생이여 만세'를 적은 정물화다. 그러니 내가 무엇을 위해 살아야 하고, 무엇을 위해 싸워야 하는지, 나 스스로 선택하고 고민할 때 비로소 우리는 '나'라는 진실 쪽으로 한 발짝 더 다가설 수 있다는 것.

프리다 칼로(1907~1954)

나는 나를 그린다.
나는 자주 혼자이고
나 자신이 내가 가장 잘 알고 있는 소재이기 때문이다.

Part 4

나는 나인가,
너의 기억인가?
― 나는 내가 믿고 싶은 대로 기억한다

가끔 기억상실증과 관련된 영화들을 보면 나를 나이게 하는 것들이 실은 얼마나 대책 없이 무력한지를 느끼게 된다. 과거의 경험이 각인된 기억은 우리 뇌 속에서 감정표현을 담당하는 파페츠 회로와 그 회로의 중심에 있는 해마 때문이라고 한다. 대부분 우리가 기억하는 것들은 이 해마에 등록되어 있던 것이 대뇌로 전달된 것이다.

우리는 우리 자신의 의식이나 기억을 대부분 신뢰한다. 하지만 종종 그 기억에 대한 엇갈린 증언으로 논쟁이나 다툼이 생기기도 한다. 그것은 무의식 속의 욕망이 우리의 기억을 가공하고 재해석하기 때문이다. 같은 사건이 서로 다른 기억으로 변이되는 것은 자신에게 유리한 쪽으로 기억하기 때문이다. 엄청난 재난을 겪은 이들이 자신의 일부 기억을 스스로 지우는 무의식적 작용 또한 마찬가지다. 이처럼 기억은 우리의 감정이나 의지로 왜곡될 수 있다. 그것이 우리가 짐작하는 것보다 훨씬 더 우리를 무섭게 지배하기 때문이다.

영화 〈첫 키스만 50번째〉는 기억을 24시간만 할 수 있는 한 여인이 매일 아침 같은 남자와 처음처럼 사랑에 빠진다. 〈메멘토〉에서는 10분 이상을 기억하지 못하는 단기 기억상실증에 빠진 남

살바도르 달리(1904~1989)

기억은 기억을 고집한다.

자가 사진과 메모 그리고 문신에 남겨진 기록을 따라가며 아내의 살인범을 쫓는다. '기억'과 '기억 상실'을 소재로 한 많은 이야기에는 내가 잃어버린 그 기억을 기억하고 있는 타자들의 역할이 크다. 무엇보다 잃어버린 기억을 찾을수록 점점 더 위험한 사람이 되어가는 영화 속 주인공처럼 사실 내가 누구인지와 관련된 정체성에는 많은 이데올로기가 작동한다. 나를 만든 것도 나이지만 결국 나를 찾는 가장 최고의 방법 또한 나를 모두 지워버림으로써 가능하다면 우리는 이 순간 자신의 기억을 얼마나 신뢰할 수 있을까. 그러니 나는 또 이 말에 한 표! '기억은 우리를 배반하고, 착각은 생을 행복으로 이끈다'(『예감은 틀리지 않는다』)

언제나 내 기억은 나도 모르게 바쁩니다. 바빠요!
— 허연 시인의 「기억은 나도 모르게 바쁘고」

'기억은 저 혼자 내가 모르는 데서 바쁘다'는 시인의 말처럼 기억은 나의 의지와 상관없이 어느 날 불쑥 나타났다가 어느 날 문득 사라진다. 거리와 골목에서, 그 바닷가의 해변과 창밖으로 지는 노을을 보면서. 어떤 날은 기억이 또렷하지만 그 기억 속의 한 사람은 결코 오지 않는다. 어떤 날은 기억과 나란히 서 있지만 나도 모르는 순간 그 기억에서 뒤처진 사람이 되기도 한다. 가장 행복한 이 순간도 언젠가는 잊혀질 거라는 어렴풋한 확신을 하면서.

내가 모르는 사이 조금씩 놓치고 있는 그 기억과 망각. 기억은 자신이 기억이라는 것을 말하지 않고 망각 또한 자신이 망각이라는 것을 말하지 않는다. 다만 이 시에서처럼 '잠만 들면 내 손에 있던 가위가 기억을 잘라내듯 그렇게 기억과 망각은 의식적으로 혹은 무의식적으로 항상 작동되고 있다는 것. 무엇보다 우리가 늘 삶 속에서 바쁘듯이 기억도 우리가 모르는 곳에서 항상 바쁘게 움직이고 있다는 말에 또 별표 한 개!

그러니까 기억은 시간순이 아니라는 것. 그것과 무관하게 떠오르고 그것과 무관하게 뒤죽박죽 우리의 의식을 지배한다. 슬픔과 고통의 기억에서부터 기쁘고 아름다웠던 기억을 지나 끝내 떨쳐 낼 수 없는 기억에 대한 기억까지. 그럴 때 누군가는 또 말한다. '멀어져간 기억이 다시 돌아올까봐 기억의 속도보다 더 빨리 걸어야 한다고.'

파란 대문의 유년 시절을 기억하나요?
― 최문자 시인의 「파란 대문에 관한 기억」

유년 시절 내가 살던 집 대문은 초록색이다. 이 시에서의 파란 대문의 기억과 같은 초록 대문의 기억이 내게도 있다. 그 초록 대문을 열면 큰 감나무가 한 그루가 보인다. 정확히 말하면 그 감나무는 옆집의 나무였고 담 하나를 사이에 두고 나무의 절반이 우리 집으로 넘어왔다. 감꽃이 하나, 둘 마당에 떨어져 있던 그 봄날은 더 없이 설레던 하루하루였다.

초록색 대문이 있던 유년의 그 나지막한 동네의 사람들은 비슷한 말투, 비슷한 욕심, 비슷한 얼굴을 하고 있었다. 아버지는 감나무가 있는 담벼락 밑으로 토끼집과 닭장을 만드셨고 섬세하고 솜씨가 좋아 우리 키에 맞추어 모이통을 달아주기도 했다. 우리는 마당에 떨어진 감꽃으로 소꿉놀이를 했고 아버지는 감꽃 하나를 먹어보라고 입에 넣어주며 동생과 내가 두 손 가득 주워온 감꽃들을 하나씩 실에 끼워서 세상에 하나밖에 없는 목걸이를 만들어주기도 했다. 그 목걸이를 걸고 우리는 앞니가 빠진 서로의 얼굴을 쳐다보며 환하게 웃던 그런 날들.

어느 날 초록 대문을 열고 들어서니 집에 아무도 없었다. 심심하기도 하고 무섭기도 하고 마루에 앉아 있다 잠이 들었는데 한참을 자다가 텅, 텅 하는 소리에 놀라 깨어났다. 그 소리는 감꽃이 양철지붕으로 떨어지는 소리였다. 침묵을 가장 작고 단단하게 뭉쳐놓은 것 같은 그 소리.

오래도록 술에 의지해 살던 아버지의 몸에서는 늘 박하 냄새가 났다. 커다란 눈동자를 굴리며 말과 삶 속에서 자주 길을 잃던 아버지는 대학에 입학하고 얼마 지나지 않아 흰 감꽃이 예쁘게 피던 어느 날 그렇게 홀연히 갔다. 어느 한 시인이 우물 속을 가만히 들여다본 것처럼 아버지도 우물 속에서 자신이 미워졌다 가여워지고 미워졌다가 또 그리운 얼굴로 겹겹이 켜켜이 그렇게 자신과 지독하게 싸우다 갔다. 초록 대문에는 그런 아버지에 대한 기억이 있다.

누구에게나 한 사람의 오늘을 있게 한 기억이 있다면 그 기억이 지나간 시간은 투명하지만 아련하고 곡진할 것이다. 독일에서는 사람들 사이의 대화가 갑자기 끊기고 낯선 정적이 흐르는 순간을 '천사가 지나가는 시간'이라고 한다. 아버지가 만든 감꽃을 목에 걸던 그 기억과 감꽃 소리에 놀라 깨어난 그 침묵의 순간들이 어쩌면 내 안에서 천사가 지나간 시간이었을지도 모른다는 생각이 든다. 빨래를 널다가 커피 물을 끓이다가 베란다 유리창 너머로 꽃이 피고 꽃이 지는 것을 보다가.

'희망처럼 보이는 푸르딩딩한 폐허'를 아무도 짖어대지 않는다 해도 '파란 대문의 기억'은 언제나 쇠처럼 고요히 잠긴 내 안을 달그락 달그락거리며 어느 날 문득 열쇠를 돌리듯 그렇게 또 닫힌 내 마음을 열 것이므로.

가만히 들여다보면 키가 커진 기억입니다
— 정복여 시인의 「기억은 스프링노트 속에서」

어느 날 책장을 쳐다보니 그동안 메모한 노트들이 가득 꽂혀 있다. 이사할 때마다 제일 문제가 책장에 있는 책들과 공책들인데 책은 정리를 해서 누군가에게 주거나 버리지만 끝까지 박스 안에 담던 것이 바로 이 노트들이다. 책을 읽고 난 뒤 잡다한 내용들을 적은 노트들과 일기장 그리고 여행지에서 받은 안내표와 엽서 등을 붙인 노트들까지. 그것들을 펼치다보면 이 시에서처럼 언제나 내 기억이 '스프링노트 속에 산다'는 느낌이 든다. 요즘은 자주 멍때리기를 한다. 뭐든 금방 잘 잊어버린다. 불쑥 차 번호를 물으면 아무리 기억을 더듬거려도 생각이 나지 않을 때의 난처함이란.

  사실 노트를 너무 좋아해서 여행지나 문구를 파는 곳에 가면 그 자리를 떠나지 못하고 이것저것 들추다가 두세 권을 사서 나온다. 그렇게 모인 노트들은 대부분 내가 쓰기보다 지인들이나 학생들의 선물이 된다. 시가 좋아서 막연하게 필사하던 그 시절. 그 노트들은 '뜯으면 뜯을수록 많아지는 푸른 속지를 갖고' 있었던 것 같다. 그 푸른 속지들을 뜯을수록 새로운 기억들이 하나씩 기억되는 것처럼 터질 듯 튕겨오르는 기억과 망각은 어쩌면 같은 말일지도 모른다.

  우리가 모든 것을 영원히 '기억'한다면, 세상에는 '망각'이라는 말이 없을 것이다. 그러므로 이 기억과 망각이 없는 삶은 생각할 수 없다. 신은 그 모든 것을 기억하기에 영원하고, 인간은 그 모든 것을 망각하기에 하루하루를 살아가는 것일까. 그러니까 인간은 신과 동물 사이, 이 기억과 망각 사이에 존재한다. 기억과 망각이 빛과 그림자 혹은 동전의 양면과 같다는 의미이다. 그렇다면 기억은 어떻게 기억되고 망각은 어떻게 망각이 되는 것일까. 우리 삶은 이 기억과 망각에서 얼마나 자유로울까. 이 광활한 우주의 삶에서 우리는 또 무엇을 기억하고 무엇을 잊어야 하는 걸까.

  어쩌면 우리는 너무 많은 것을 기억하고 너무 많은 기억 속에서 헤매고 있는지도 모른다. 나이가 들면서 점점 기억력이 저하되거나 쇠퇴하는 것은 자연스러운 현상이다. 인생에서 기억이 필요한 것처럼 망각 역시 중요한 삶의 일부라는 것. 그러니까 삶이 행복해지기 위해서는 건강한 기억과 건강한 망각이 동시에 필요하다는 말이다.

이처럼 이 시는 과거를 기억하면서 시간에 맞서 현재화하는 방식으로 과거와 현재를 기억과 망각의 문제로 이끌어낸다. 무엇보다 문학과 예술은 과거와 현재의 기억이나 삶의 증언으로서의 인간의 슬픔을 현재화한다. 그 '기억들은 기억들끼리 모여 밥'도 먹고 또 '언제인지 서로 옷도 바꿔' 입으며 존재한다. 먼지와 먼지가 뭉쳐 더 큰 먼지가 되듯 기억과 기억이 뭉쳐 더 큰 기억을 만든다는 것. 그런 기억이 유령처럼 불쑥불쑥 현재에 출몰하면 더 이상 통제할 수 없게 되고 마침내 우리는 그 트라우마에 무력해질 수밖에 없을 때도 있다. 그러니 우리 삶은 이 기억과 망각의 끝없는 투쟁 속에 있다는 것.

제발, 그 기억만큼은 남겨주세요
— 미셸 공드리 감독의 〈이터널 선샤인〉

영화 〈이터널 선샤인〉은 헤어진 연인에 대한 기억을 지우려 하는 조엘이라는 남자의 러브스토리로 미셸 공드리 감독의 영화다. 기억과 사랑에 대한 통찰과 상상을 아름다운 영상에 담으며 많은 이들이 '인생 최고의 사랑 영화'로 꼽는 작품이다.

평범하고 착한 남자 조엘과 자유분방하지만 따뜻한 클레멘타인이 서로 다른 성격에 끌려 사귀게 되지만 점점 지쳐가게 되고 결국, 심한 말다툼 끝에 헤어지게 된다. 그 헤어짐에 너무 힘이 들었던 조엘은 아픈 기억만을 지워준다는 라쿠나 회사를 찾아가 헤어진 연인에 대한 모든 기억을 지우기로 결심한다. 하지만 기억이 하나씩 사라지자 조엘은 사랑이 시작되던 순간이나 행복한 기억처럼 지워서는 안 되는 기억들이 있다는 것을 깨닫고 결국 지우려는 기억 속에서 달아나기 시작한다.

결국 헤어진 자신들의 과거를 알면서도 두 사람은 다시 한번 더 사랑할 기회를 선택한다. 누군가를 우리의 기억에서 지울 수는 있지만 그 사랑까지는 지울 수 없다는 것. 그렇기에 다시 이 사랑을 선택한 것은 자신을 지키기 위한 필연이었다는 것. 때문에 잃어버린 기억을 찾으러가는 것은 동시에 잃어버린 나를 찾으러 떠나는 것이다. 그런 기억은 과거이기도 하지만 우리의 미래이기도 하기 때문이다.

그리스 신화에는 인간이 죽으면 건넌다는 망각의 강인 '레테의 강'이 나온다. 한 사람이 자신의 기억을 지우려는 이유는 기억 자체의 내용 때문이고 더불어 특정 기억을 할 때 수반되는 외로움이나 죄책감 그리고 분노나 슬픔과 같은 이 감정들 때문이라고 한다. 이러한 기억과 감정은 우리 인간만이 가지는 특권이지만 때로는 그것으로 인해 우리가 더 고통스럽기도 하다. 가끔은 '과거의 기억으로 돌아가면 지금과 다른 선택을 할까'라는 생각을 하기도 한다. 하지만 이 영화에서처럼 기억을 잃어도 내가 사랑했던 그 사람을 다시 선택한다면 이 기억은 일정 부분 우리의 이성 영역 밖에 있어서 늘 신비하고 아이러니하다는 것.

지금 내가 '나'일 수 있는
마지막 시간이라면 나는 무엇을 해야 하나?
— 리처드 글랫저, 워시 웨스트모어랜드 감독의 〈스틸 앨리스〉

우리는 과학의 발달로 더 편리하고 풍요로운 시대를 살아간다. 동시에 수많은 인간관계에서 오는 스트레스와 채워지지 않는 욕망으로 늘 방황하고 갈등한다. 어느 날 내 기억이 모두 사라진다고 해도 누군가는 여전히 이 현실에서 매일 그렇게 살아갈 것이다.

영화 〈스틸 앨리스〉의 앨리스는 컬럼비아대 언어학 교수이자 세 자녀와 자상한 남편이 있는 성공한 50대 여성이다. 책도 여러 권 출간했고 세계적인 명강연자로 이름이 나 있는 모두 부러워하는 여성이다.

하지만 어느 날 자신의 기억이 예전 같지 않다는 것을 느끼기 시작한다. 조깅하던 중에 갑자기 주변이 낯설어지고, 익숙하게 만들던 요리의 레시피도 기억나지 않아 인터넷으로 검색한다. 무엇보다 가족 모임에 함께 온 아들의 여자 친구와 인사를 나누고 얼마 지나지 않아 또 자신을 소개한다.

희귀성 치매 판정을 받은 앨리스는 언어학자로서 평생을 쌓아온 자신의 모든 언어 연구와 경력들을 매일 하나씩 잃게 된다. 마침내 행복했던 기억 속 시간이 점점 백지상태가 된다. 그럼에도 그녀는 이 세상의 일부가 되어 예전의 나로 남아 있기 위해서 매일 노력한다. 그리고 그녀는 말한다.

"지금, 이 순간을 살라고 스스로에게 말합니다. 그게 제가 할 수 있는 전부니까요."

나는 내가 믿고 싶은 대로 기억한다
— 구로사와 아키라 감독의 〈라쇼몽〉

우리의 기억을 추적하면 의외로 사실이 아닌 것을 팩트라고 착각하는 경우가 많다고 한다. 그처럼 인간은 자신이 기억하고 싶은 것만 기억하려고 하는 경향이 많은데 이를 '라쇼몽 효과'라고 한다. 동일한 사건을 서로 다른 입장으로 해석하면서 본질 자체를 다르게 인식하는 현상이다. 이 말은 구로사와 아키라 감독이 1950년에 연출한 흑백영화 〈라쇼몽〉에서 가져온 것이다. 원작은 이미 알려진 것처럼 아쿠타가와 류노스케의 1915년의 「라쇼몽羅生門」과 1921년의 「덤불 속」이다.

사무라이 남편과 아내가 산길을 가다가 산적을 만난다. 산적은 사무라이 아내의 미모에 혹하여 그녀를 차지하고 싶은 마음에 사무라이를 죽이고 아내를 겁탈한다. 숲속을 지나던 나무꾼이 가슴에 칼이 꽂혀 있는 사무라이 시신을 발견하고 관아에 신고한다.

하지만 잡혀온 산적과 사무라이의 아내 그리고 무당의 몸을 통해 빙의한 사무라이는 고을 수령 앞에서 각기 다른 진술을 한다. 그후 관중 속에 있던 나무꾼은 제3의 장소인 라쇼몽에서 승려와 평민에게 자신이 그 사건의 목격자로서 저간의 사정을 털어놓으며 세 사람이 모두 거짓말을 하고 있다고 밝힌다. 각기 다른 네 명의 증언들. 과연 이 사건의 진실은 무엇일까?

무사가 살해당하고 아내가 겁탈당한 사건에 대해 관계자들이 모두 다른 진술을 한 것은 자신에게 조금이라도 더 이득이 되도록 기억을 조작했기 때문이다. 관가에 끌려온 이들은 모두 자신이 무사를 죽였다고 주장한다. 도적은 칼로 정정당당하게 싸우다가 무사를 죽였고, 무사의 아내는 자기를 경멸하는 남편의 눈빛을 견딜 수가 없어 제정신이 아닌 상태에서 남편을 죽였다고 한다. 또 무사의 혼령은 도적의 유혹에 빠져 아내가 도적에게 자기를 죽여달라는 요구에 충격과 환멸을 느껴 자살한 것이라고 한다.

하지만 진술 과정에서 도적은 자신의 죄를 인정하지만, 살인에 대한 죄를 덜기 위해 무사의 아내를 끌어들인다. 무사의 아내 또한 자신을 지켜주지 못한 원망으로 무사에게 불리한 진술을 하게 되고 무사는 자신의 치욕을 도적과 아내에게 전과한다. 이 엇갈린 진술 속에서 진실은 온데간데없다. 그리고 이들의 진술을 처음부터 끝까지 들은 승려는 말한다.

"약한 것이 인간이기에 자신에게조차 거짓말을 하는 거야."

나무꾼 또한 자신에게 유리한 진술을 하고 버려진 아기를 안고 라쇼몽羅生門을 뒤로한 채 쓸쓸히 걸어나간다. 상아로 장식된 값비싼 물건으로 묘사되는 잃어버린 비수의 행방에 나무꾼이 연루되어 있다는 암시를 던지며 영화는 결국 끝이 난다. 그것은 자신의 기억이 언제나 옳다고 생각하는 불멸의 이기심에 갇혀 뿌리 깊은 죄를 인식하지 못하고 살아가는 인간의 과거와 현재 그리고 미래의 모습이 아닐까. 문제는 사람들의 꿈과 믿음과 기억은 언제든지 뒤바뀔 수 있고, 순식간에 조작되고 또 부정될 수도 있다는 것이다.

구로사와 아키라(1910~1998)

그래, 누구나 다 이기적이다.
산적도, 여자도, 그 남자도, 그리고 너도!
그래서 넌 아니란 거야!

Part 5

야생은 힘이 세다
— 자연과 생태 그리고 공생의 길

제임스 카메론 감독 〈아바타〉
김선우 시인 「티끌이 티끌에게」
이문재 시인 「오래된 기도」
문태준 시인 「흐르는 해무」 「맨발」
배한봉 시인 「지구의 눈물」

아주 오래 전, 세상의 모든 것이 미지였던 그때는 생존을 위협하는 어떤 사건이나 새로운 현상이 발견되었을 때 다양한 사물이나 공동체에 의지할 수밖에 없었다. 하지만 현대의 우리는 수많은 정보와 경험 그리고 방대한 지식의 과잉 속에 살고 있다.

레비스트로스는 서양문화의 이러한 자기중심주의와 인간중심주의 사고를 비판하며 '야생적 사고'로서의 구조와 공생의 문제를 제기했다. 인간은 누구나 자신이 태어나기 이전에 성립된 관습과 무의식적으로 강요되는 질서의 영향 아래 길들여진 삶을 산다. 하지만 '야생적 사고'는 과학적 사고만큼 논리적이며 분석적인 구조로 모든 것을 아우르는 융합적인 사고다. 그런 점에서 지금 우리에게 필요한 것은 인간과 비인간이 모두 공생할 방법을 모색하고 실천하는 것이다.

현재 전 인류가 겪고 있는 생태 문제는 지구온난화와 기후위기 등 자연 파괴와 환경 오염뿐 아니라 정치와 사회, 문화 등 다양한 방면의 복합적인 요소에 기인하고 있다. 때문에 제인 베넷과 라투르가 이야기하는 오늘날 '인류세'에 대한 신유물론적 생태 서사는 중요하다. 이들은 환경 문제의 해결책만을 제시하는 생태근대주의와 생태사회주의의 인간 중심적 서사와는 다른 견해를 제시하고 있기 때문이다. 즉 행위 주체의 범주가 더 이상 인간에게만 머무는 것이 아니라 바다, 산, 금속, 산호, 거미, 미생물 그리고 가이아와 같은 훨씬 광범위한 존재들이 포함되며 더 철학적이고 문화적 문제로 초점이 이동되고 있다. 생태문제는 인간과 인간, 인간과 자연 그리고 인간과 우주의 공진화에 대한 새로운 인식과 관계에 대한 방법론적 모색이며 지금, 이 인류세 위기의 현실에서 어떤 윤리의 탐색을 의미하기 때문이다.

신화는 우리도 모르는 사이에 우리의 몸속으로 스며들어오는 것
— 제임스 카메론 감독의 〈아바타〉

'아바타AVATAR'는 인도의 신화에서 온 말이다. 인도 최고의 신인 '비슈누'는 인간 세상이 혼란스러울 때마다 또 다른 인간의 몸으로 나와서 인간 세상에 개입하는데, 이 인간 세상에 개입하는 비슈누의 화신이 바로 '아바타'다. 비슈누 신의 아바타로 석가모니와 크리슈나 등을 들 수 있는데 영화는 그 '아바타'를 SF로 가져온 이름이다.

제임스 카메론 감독은 이 영화에서 3미터를 훌쩍 넘고 인간보다 육체적 감각과 운동신경이 뛰어난 '나비족'과 자연과 교감하며 살 수 있는 '판도라 행성'을 그렸다. 이 나비족들이 사용하는 언어 또한 언어학자들의 도움을 받아 만든 '인공어'이다. 무엇보다 판도라 행성과 나비족들의 표정이나 모습들이 왠지 낯설지 않는 것은 태고의 시공간적 모습을 거기서 발견하기 때문이다. 말하자면 아바타는 가장 오래되고 가장 새로운 것이 공존하며 낯익으면서 낯선 그 무엇을 신화적 모티브로 보여준다.

영화에서 지속적으로 부각시키고 있는 것은 나비족이 자연과 하나로 연결되어 있다는 것이다. 애초에 인간은 땅에서 나와 자연과 함께 성장하면서 진화되어왔다. 때문에 인간과 자연은 하나의 유기적 생명체로 얽혀 있으며 세계 대부분의 창조신화가 이와 비슷한 이야기를 담고 있다.

아바타, 나는 누구인가?

〈아바타〉 1편과 2편에서는 자신의 정체성에 대한 질문을 던지는 두 명의 인물이 나온다. 1편의 '제이크 설리'는 전직 해병대 출신으로 하반신 마비로 고통을 받으며 장애라는 사회적 시선에 갇혀 힘든 시간을 보낸다. 무엇보다 쌍둥이 형의 죽음으로 그 자리에 대신 투입되면서 행성 탐색 임무를 맡게 된다. 아바타로서의 삶은 정체성 자체의 혼란을 가져왔으며 설리는 누군가의 인생을 대신 살아야 하는 자신의 운명에 힘들어한다. 형의 대타 인생으로서 나비족에 대한 정보를 캐기 위해 스파이가 된 그는 나비족의 정체성과 인간의 정체성 사이에서 혼란스러운 모습을 보이기도 한다.

아바타에 연결되는 시간은 현실의 시간보다 훨씬 자유롭다. 인간이 경험할 수 없을 정도로 높이 그리고 민첩하게 뛸 수 있으며 무엇보다 온전한 두 다리로 모든 것을 새롭게 감각할 수 있기 때문이다. 하지만 아바타와의 접속이 끊어지는 순간 움직일 수 없는 두 다리는 휠체어에 의지할 수밖에 없고 그 현실을 받아들여야 하는 시간이 다시 찾아온다. 인간과 아바타의 신체를 이동하며 정체성에 대해 고민하는 설리는 결국 나비족인 네이티리와 사랑에 빠진다. 나비족의 문화에 점점 스며들면서 인간의 신체를 포기하고 아바타의 신체로 영원히 사는 길을 택한다. 그렇지만 아바타로 살아갈 설리는 언젠가 또 인간으로서의 자신의 정체성에 대한 기억을 지우지 못하고 지속적인 고민을 할 것이다.

사실, '나는 누구인가'라는 이 정체성의 물음만큼 명확한 답을 구하기 힘든 질문도 없다. 자기自己, 자아自我, 자신自身이라는 용어로 설명되는 '나'는 나이나 성별 그리고 직업이나 취미와 같은 속성으로 모두 설명할 수는 없다. 그렇다면 '나는 누구인가?'라는 의식을 담당하는 뇌는 '나'인 걸까. 혹은 신체 없는 '나'를 '나'라고 할 수 있을지, 생각하면 점점 복잡하고 어려워진다.

〈아바타〉 2편에서는 그레이스 박사의 딸 '키리'가 자신의 아버지가 누구인지, 또 자신이 다른 이들과 왜 다른지를 고민하는 인물이다. 키리는 네이티리와 제이크를 부모로 호명하고 자랐지만, 입양되었을 뿐 그들이 친부모가 아니라는 것을 안다. 키리의 고민은 유전적 친부가 누구인지에 머무르지 않고 '왜 나는 남들과 다른가'로 발전한다. 네이티리와 제이크가 낳은 아이들은 적어도 친부모가 모두 살아있고 그 뿌리가 명확하기 때문에 정체성에 대한 고민을 전혀 하지 않는다. 물론 키리의 정체성에 대한 고민은 키리가 유전적인 부모를 찾는다고 해서 해결될 수 있는 문제 또한 아니다. 자연과 교감이 가능한 키리의 정체성은 단순히 나비족이나 인간에 머무는 것이 아니라 영혼 깊숙한 곳에서부터 시작되기 때문이다.

라마나 마하리쉬의 책『나는 누구인가』에서는 '나는 누구인가'라는 인간의 가장 심오하고 오래된 화두의 이해를 28가지의 근원적인 질문과 답변으로 펼쳐내고 있다. 우리는 여러 가지 '나'를 생각한다. 육체로 존재하는 나, 그 육체를 조종하는 마음, 영적인 정신, 관찰자로서의 나, 주변 사람들에게 반항하거나 혹은 연대하는 나, 무의식으로서의 나 등. 이 '나'는 여러 가지 다른 속성이나 모습으로 설명되고 있다. 그 각각의 '나'는 서로 떼어낼 수 없고 구분할 수 없는 종합적인 하나의 존재로 구성된다. 그렇다면 영화에 나오는 이 '아바타'를 우리는 진정한 '나'로 받아들일 수 있을까.

인간의 야만성과 폭력성

인간의 기술문명과 야욕이 판도라 주민들의 삶을 무자비하게 짓밟는 모습이나 폭력에 희생된 나비족들이 눈물 흘리는 장면들은 미국 역사에서 그들이 서부 원주민인 인디언들에게 가했던 학살을 떠올리게 한다. 유발 하리리의 책『사피엔스』를 관통하는 맥락 중의 하나가 바로 우주와 지구의 주인이라고 생각하는 인간이 만든 과학과 문명에 대
한 실체를 파악하는 것이
다. 사실 현대 물리학자들
은 인간이 다른 생명체보
다 뛰어나다는 것을 과학
적으로 입증하는 것은 불가능하다고 말한다. 그렇다면 과연 인간
이 이 지구와 우주의 주인이라고 당당하게 말할 수 있는지. 지구
의 모든 생명체의 주인으로 정말 군림할 수 있는지에 대해 우리
는 계속 질문을 던져야 한다.

영화에서는 과학자와 엔지니어 그리고 군인들은 나비족들의
반문명적 삶을 불신한다. 때문에 그들은 문자가 없고 문화적인
삶을 누리지 못하는 나비족들이 가지고 있는 자원을 약탈하기 위
해 어떤 폭력도 정당화하는 잔혹성을 보인다. 여기서 주목할 것
은 인간뿐 아니라 나비족 사이에서도 이 다툼과 갈등이 드러나는
데 그렇게 되면 그들 사이에도 또 다른 차별이나 폭력이 생겨날
수밖에 없다는 것이다.

판도라 행성의 숲

〈아바타 1〉에서는 판도라 행성의 '숲'이 〈아바타 2〉에서는 '바
다'가 영화의 주요 배경이다. 이 두 장소는 모두 우리 신화에서 중
요한 공간이다. 애초에 인간이 땅에서 나와 자연과 함께 성장하
면서 진화되어왔듯이 인간과 자연은 하나의 유기적 생명체로 이

어져 있다. 카메론 감독 역시 나비족과 자연이 하나로 연결되어 있다는 것을 강조하며 이 '숲'과 '바다'를 1, 2편의 장소로 설정하였다. 또한 이 판도라 행성의 '숲'과 '바다'는 인간이 전혀 탐험해 보지 않은 어떤 미지의 세계이자 인간의 내면을 상징한다. 커리치 대령이 이런 판도라 행성을 두고 "지옥도 이곳에 비하면 낙원일 거야"라고 했던 이 말은 판도라 행성을 단지 필요한 물질을 얻기 위한 정복의 장소로만 여기고 그 미지의 자연환경을 전혀 이해하지 못한 무지에서 나온 것이다.

나비족들은 지구인의 문명을 동경하지 않는다. 그것을 받아들이거나 모방할 필요 없이 자연과 더불어 서로 돕고 이해하기 때문이다. 평화롭고 풍요로운 자신들만의 독창적인 문명으로 연대하며 살아가는 그들의 삶은 그 자체로 아름답다. 판도라 숲의 생태학자 그레이스는 1조 그루가 넘는 이 판도라 숲에 있는 나무 한 그루가 1만 그루의 나무들과 연결되어 있다고 한다. 그 나무들은 인간의 두뇌보다 더 촘촘한 네트워크를 형성하고 있다. 나비족들은 이 나무들의 데이터와 메모리를 활용할 줄 알았던 것이다. 이것은 "진짜 자원은 땅속에 있는 언옵타늄이 아니라 우리 주위에 언제나 존재하는 자연 속에 있다"는 그레이스 박사의 말을 그대로 증명할 수 있는 것이다. 자연을 이용할 어떤 가치로만 여기는 지구인들과 달리 나비족들은 그것을 거대한 에너지의 흐름으로 본다. 때문에 그들은 이 우주의 모든 것은 언젠가 다시 제자리로 돌려줘야 한다고 생각했던 것이다.

판도라 행성의 바다, '물의 길'을 위하여

카메론 감독은 〈아바타 2〉에서 바다와 해양동물에 대한 보호 메시지를 던진다. 영화에 나오는 돌쿤은 고래를 닮은 지적 생명체로 인간보다 똑똑하고 영적이며 나비족과 감정 교류뿐 아니라 의사소통도 가능하다. 무엇보다 인간의 노화를 멈출 수 있는 '암리타Ammrita'가 바로 돌쿤의 뇌에 들어 있는데 세계에서 그램 당 제일 비싼 물질이기도 하다. 하지만 이 암리타를 채취한 돌쿤들은 결국 죽게 된다. 옛날 고래고기와 용연향을 구하기 위해 고래를 잡은 것과 비슷한 경우이다. 향유고래 수컷에서만 추출되는 이 용연향Ambergris 역시 많은 나라에서 전통 의학에 쓰였고, 고급 향수의 재료로 이용되어 세계에서 가장 비싼 값에 팔렸다.

〈아바타2〉의 부제인 '물의 길'은 의미하는 바가 크다. 감독은 지구 안에 있는 '바다'를 '외계세상'이라고 부르고 싶을 만큼 바다를 너무 사랑한다고 하였다. 신비롭고 무한한 바다를 영화에서 그대로 표현해내고 싶었다는 것이다. 실제로 그는 이 바다와 관련하여 〈타이타닉〉이나 지능을 가진 물의 이야기인 〈어비스〉를 만들기도 했다. 그리고 '심해'와 관련하여 여섯 편 정도의 다큐멘터리 영화가 더 있다.

이처럼 물이나 바다에 대한 고민들이 〈아바타 2〉에 비교적 잘 드러난다. 바다 속 풍경이나 물 속에서의 나비족들의 표정과 동작들은 실제 바다 속을 보는 것처럼 눈을 뗄 수 없을 정도로 사실적이다. 대부분의 영화에서 보이는 수중장면이 물 밖에서 촬영한 연기라면 〈아바타〉에서는 배우들이 실제 물 속에 들어가 연기한 것을 캡처해서 디지털 영상화면으로 전환한 것이라고 한다. 촬영을 위해 물 속에서 오랫동안 숨을 참는 고강도의 훈련을 배우들이 몇 달 동안 했다고 한다.

I see you

판도라 행성에 떨어진 제이크는 '밤의 숲'을 전혀 이해하지 못하고 불을 피우다 하이에나 떼들에 습격당하게 된다. 그때 네이티리는 위험에 처한 제이크를 구하게 되고 '고맙다'고 말하는 그에게 '무식하다'고 한다. 여기서 '무식하다'는 것은 판도라 세계에 대한 이해나 그곳에 살고 있는 생명들과의 공감능력이 부족하다는 의미이다. 제이크의 경솔한 행동이 하이에나들을 더욱 자극했고 때문에 죽일 필요가 없었던 하이에나들을 죽였다는 죄책감에 네이티리는 더 화가 났던 것이다.

영화에서는 인간의 기술문명과 야욕이 원주민의 사회와 대립된다. "I see you"라는 말이 자주 나오는데 이 말은 '나는 너를 보고 있다', '나는 너를 이해한다'는 의미이다. 그러니까 상대의 마음 속으로 들어가 그를 이해한다는 것이다. 그런 지점들을 잘 보여주고 있는 생명체가 바로 '이크란'이다. '이크란'은 평생 단 한 명만을 자신의 몸에 태우는 운송수단이지만 나비족에게는 그 이상의 존재로 아바타의 머리카락과 이크란의 감각기관을 연결하여 서로의 마음을 읽으며 영혼을 교류한다. "사헤이루"라는 말은 온

몸으로 자연을 이해하고 자연과 소통한다는 의미이다. 나의 명령이나 생각을 일방적으로 상대에게 전달하는 것이 아니라 서로의 생각과 느낌을 나누고 교감하는 것이다. 그처럼 나비족은 자연을 이용하는 것이 아니라 자연과 교감하고 자연의 친구로서 책임과 의무를 다한다. 그런 점에서 네이티리의 깊고 푸른 눈동자는 역설적으로 지구인의 야만을 조용히 응시하는 '거울'이다.

다시, 되돌려 주어야 하는 것

"모든 생명은 자연으로부터 빌려온 것이고 언젠가는 되돌려줘야 한다"는 이 말은 설리 부부가 아들을 잃고 한 말이다. 나비족들은 이 우주는 거대한 에너지의 흐름으로 이루어져 있고, 우리는 잠시 그 에너지를 빌려 쓰는 것일 뿐 언젠가는 그것을 다시 돌려줘야 한다고 생각한다. 그런 '생태적 사유'는 시간의 불가역성을 거부하며 자연과 타자에 대한 공감을 통해 잃어버린 자아와 이 세계가 소통해간다는 것을 의미한다.

조셉 캠벨의 말을 다시 인용하면 오늘날 우리가 할 일은 '온 길을 되돌아가 자연의 지혜와 조화되는 길을 찾는 것'이다. 이로써 짐승과 물과 모든 자연은 사실은 우리와 형제지간이라는 것을 알아야 한다는 것. 네이티리가 끊임없이 자연과 '사혜이루' 하려는 모습들이 바로 그것을 시도하려는 노력이라고 할 수 있을 것이다.

레비스트로스는 1967년 발표한『야생의 사고』에서 우리의 감각이나 사고가 '야생'이었던 때를 기억하는 것은 생명과 무의식 속

레비스트로스(1908~2009)

우리는 야생의 눈을 잃어버려,
더 이상 제대로 볼 줄 모릅니다.
　　　　　　　　—『야생의 사고』

에 여전히 살아 있는 그것에 대한 희망을 끝까지 포기하지 않는 것이라고 했다. 그리고 척박한 환경에서 생존해야 하는 원시인들은 살아남기 위해 제한된 자원이나 환경 속에서 그 난관을 극복하여 쓸모와 가치가 있는 새로운 것을 만들어 내는데 그것을 '브리콜라주'의 지혜라고 했다.

한마디로 원시부족은 현대 문명인들이 생각하는 것보다 훨씬 합리적이고 과학적이며, 훨씬 더 감각적이며 예술적이다. 이 말은 그들은 주변의 세계를 '이용'하려는 것이 아니라 '이해'하려는 쪽으로 생각하고 움직인다는 것이다. 이 순간 지구에 살고 있는 우리 인간은 어쩌면 영원한 지구의 이방인일지도 모른다. 지구의 모든 생명들과 생태적으로 교감하고 공생하려는 노력, 인간과 비인간을 모두 이해하고 사랑할 때 우리는 자신이 볼 수 있는 것 이상의 그 무엇을 볼 수 있고 또 지킬 수 있을 것이다.

우리라는 티끌들이 서로를 발견하며 첫눈처럼 반짝일 때
— 김선우 시인의 「티끌이 티끌에게」

자신이 얼마나 작은 존재인지를 스스로 깨닫고 나면 나 하나로 꽉 찼던 방에 은하가 흐르고 다른 많은 것들이 보이기 시작한다. 그 개별적인 존재들은 티끌처럼 작지만 모두 자신만의 색깔을 가진 온전한 존재들이다. 그러므로 서로 다른 일상을 살아가다 우리가 여기서 이렇게 만난다는 것은 정말 '근사한 사건'이고 축복이 아닐 수 없다.

아주 작은 티끌 한 점이 어떤 리듬을 가지고 유랑하듯 때로는 나의 자리를 내어주면서 다른 생명이나 존재가 이 공간에 들어찬다. 그와 연동해서 더 큰 생명의 네트워크가 만들어진다면 그보다 더 아름다운 일이 또 있을까. "자그마한 존재들이 만드는 저마다의 동심원들, 그 파동과 겹침으로 인한 드넓고 따스한 연대를 고스란히 심장으로 옮겨놓을 수 있기를 바란다"는 이 시인의 말이 그래서 더 절실하게 다가온다. 그러므로 작고 평범한 존재들이 만드는 따스한 생명의 힘과 아름다움을 심장에 쓰는 일이 바로 시를 쓰는 일일 것이다. 봄이 되면 꽃이 피는 것이 너무 아름다워 꽃핀 자리를 떠날 수 없다고 한 시인의 자연과 생명에 대한 사랑은 그래서 더 아름답고 곡진하다.

더 작아지기를 작정한 인간들을 위해

김선우 시인의 「마스크를 쓴 시」는 14편으로 이루어진 연작시이다. 이 시들에서는 기후위기와 환경파괴 등 코로나 시국을 살았던 인간의 삶과 생명에 대한 깊은 고뇌와 성찰이 담겨 있다. '우리의 질문은 인간을 넘어설 수 있을까'라는 물음을 시작으로 남보다 더 많이 가지겠다는 탐욕으로 자연을 짓밟은 인간의 무자비한 욕망을 비판적으로 드러내고 있다.

등단 26년째를 맞이한 시인은 방종과 교만으로 가득한 인류의 지금과 같은 환경이나 생활이 얼마나 계속될 수 있을까?라는 의문으로 시를 써오고 있다고 한다. 네 번째 시집인『나의 무한한 혁명에게』에서도 죄 없이 고통받는 동물들과 이유도 모른 채 앓다가 죽어가는 사람들을 위한 뜨거운 목소리가 담겨 있다. '어쩔 수 없이 빌린 것'이 실은 '함부로 빼앗은 것'임을 날카롭게 지적하며 절망적인 현실을 겸허하고 목가적인 분위기로 보여준다. 그러므로 시인은 시를 쓰는 일은 누군가의 아픔과 슬픔에 함께 울어주는 일이라고 말한다.

좋은 시와 좋은 문학은 우리가 기대하는 편안함이나 따뜻함과 거리가 멀 수 있다. 어둡고 고통스러운 것 그리고 힘든 것을 외면하는 자리에서 시와 문학은 꽃피지 않을 것이다. 그러므로 문학의 외연을 넓히려면 어렵고 무거운 주제들을 정면으로 돌파해야 하고, 내 눈앞에 일어나는 모순, 그 모순의 자리에서 현실을 두리번거리며 끊임없이 질문을 해야 한다. 그런 사람이 바로 시인이며 그가 쓴 시가 비로소 진정한 시가 된다. 그래서 시인은 자기 내면과 싸우고 이 세상이나 사회의 부조리와 싸우는 자라고 말하고 싶은 것이다.

현대사회가 돈과 물질을 성공의 요건으로 놓고 우리를 과도하게 수직의 줄을 세운다면 시인들은 그런 세상이나 사회가 요구하는 일상의 속도에 말려들지 않으려고 안간힘을 쓰는 자들이다. 지금도 어디에선가 자신의 피와 땀과 살로 시를 쓰는 자들, 그런 훌륭한 시인들이 있어서 세상이 조금은 더 따뜻하고 평화로운 것이 아닐까.

꽃은 떨어지는 것이 아니라, 날아가는 것

우리는 우리의 마지막 순간에 아무것도 가지고 가지 못한다는 것을 자주 잊는다. 가져갈 것이 아무것도 없다는 것을 잊지 않는다면 좀 더 자유롭고 가볍게 살 수 있을 텐데. 우주에 살고 있는 우리 존재들을 '티끌'이라고 말한 김선우 시인은 꽃은 '떨어지는 것'이 아니라 '날아가는 것'이라고 한다. 우리는 스스로가 기억하지 못하는 까마득한 시간과 인과의 여정을 거쳐 이번 생의 정류장인 이 지구에 잠시 다다랐다는 것. 그래서 원래 지구에 살던 자연과 생명들이 그대로 잘 살 수 있도록 최선을 다해 그들이 있던 자리를 지키다가 이 정류장을 떠나야 한다는 말이다.

지난 몇 년간 우리는 코로나 언택트 시대를 아주 힘들게 지나왔다. 사실 인류가 지금처럼 장기적 거리를 두며 하나의 문제로 몇 년씩 위기였던 적이 없었다. 미국 HBO 드라마 〈체르노빌〉에서 원자력의 위험성에 대해 '이것이 마지막이고, 지금부터 우리는 시작이다'라는 메시지를 남겼다. 이 메시지는 지금 이 지구의 '환경과 생태'에 던지는 매우 절박한 질문이기도 하다.

가만히 손을 모으고 누군가의 이름을
말없이 불러주기만 해도
— 이문재 시인의 「오래된 기도」

가만히 손을 모으기만 해도 기도하는 것과 같다고 한 시인은 이 시를 통해 오래된 기도 같은 전언을 우리에게 들려준다. '고개 들어 하늘을 우러르며/ 숨을 천천히 들이마시기만 해도' 기도하는 것이라는 구절에서는 어떤 겸허함이 느껴진다. 그런 점에서는 헬레나 노르베리 호지가 쓴 『오래된 미래』와 비슷한 지점이 있다. 히말라야 고원의 작은 지역 '라다크'는 빈약한 자원과 혹독한 기후에도 불구하고 천 년이 넘도록 이어온 '느림'의 생태적 지혜를 통해 평화롭고 건강한 공동체의 모습을 보여준다.

대체로 이문재 시인의 시에서는 그런 '느림'을 지향하는 모습들이 자주 나온다. 노을이 질 때 걸음을 잠시 멈추거나, 꽃 진 자리에서 지난 봄날을 떠올리는 것, 음식을 오래 씹으며 감사하게 먹는 것, 촛불 한 자루를 밝히는 것, 자동차를 타지 않고 걷는 것 그리고 밤하늘의 별을 오래 바라보는 것 등. 하지만 이러한 것들은 현대인들의 바쁜 일상에서 점점 희망사항이 되어간다는 사실. 그것이 우리들의 '오래된 기도'가 되어버린 이 현실이 그래서 왠지 쓸쓸하다는 생각.

얼마나 많은 기도가 저 달을 향해 올라가는 것일까

이영광 시인은 이문재 시인의 시집 『혼자의 넓이』를 "대전란의 화염과 비명" 속에서 신음하는 지구와 무지한 인간에 대한 걱정과 연민으로 기도하듯이 써내려간 간절하고 뜨거운 시들'이라고 평했다. 그리고 "이문재는 하염없이 지구를 걱정한다. 커서 안 보여도 걱정, 작아서 안 보여도 걱정. 그래서 인간과 자연 사이에 광야를 짓고 거길 떠돌며 외치고 있다"고 했다. 한마디로 개인과 사회, 인류와 자연의 조화를 추구하며 '인류세'라는 지금의 이 위기 앞에서 지구의 생태환경에 대한 긴급한 시인의 호소가 이문재 시인의 시라는 것이다.

이문재 시인은 1984년부터 도시에서 기자 생활을 하며 낮에는 기자로 활동하고 저녁에는 시를 쓰면서 하루하루 몹시 많이 지쳐갔다고 한다. 그러면서 몸 안에서 자생적으로 산업과 도시 문명의 문제점들을 자각하기 시작했다고 한다. 그때 한 권의 책에 많은 영향을 받았는데 그 한 권의 책이 바로 자끄 러끌레르끄가 쓴 『게으름의 찬양』이었다고 한다. 이 책에서 시인은 치열한 생존 경쟁에서 맹목적으로 정신없이 뛰고만 있는 우리 현대인에게 "우리의 삶이 제대로 인간적이려면 '느림'이 있어야 한다"는 것. 누구나 잘 알면서도 사실 잘 모르는 그 진실. 천천히, 여유롭게, 몸의 소리를 들으며 자신의 리듬에 맞게 사는 사람은 현대의 속도전에 휘말리지 않는다는 것. 실컷 자고 일어났을 때 몸의 밑바닥과 마음에서 솟구치는 어떤 열정의 힘. 긴장하고 흥분하면 절대 보이지 않는 그런 것들이 느린 삶에서 보이기 시작했다는 말이다.

이야기를 바꿔야 미래가 달라진다

'시'는 '삶의 방식을 바꾸는 감성적 담론'(「혼자가 연락했다」)이라고 한 이문재 시인은 "이야기를 바꿔야 미래가 달라"지고(「전환 학교」) "질문을 바꿔야/ 다른 답을 구할 수 있다"(「어제 죽었다면」)고 했다.

얼마 전에 죽음을 맞이한 프랑스 생태정치학자 브뤼노 라투르는『녹색 계급의 출현』에서 이 '녹색 계급'은 기후재난의 당사자뿐 아니라 젊은 세대, 지식인, 종교인을 포함해 기후생태 위기를 의식하는 모든 사람들의 '연대'라고 했다. 지구 환경의 위기를 극복하는 '공생'과 '연대'에 대한 고민은 '그들'의 일이 아니라 바로 '우리 자신'의 일이라는 것이다. 우리가 누리고 있는 지금의 풍요와 편리 그리고 이 자연 환경은 미래세대가 물려받아야 할 것들을 미리 쓰고 있기 때문이다. 그러므로 지금 여기 우리의 이야기가 바로 미래의 우리 이야기인 것이다.

작은 물방울은 점점 커지는 기쁨입니다
— 문태준 시인의 「흐르는 해무」

문태준 시인은 자연과 생명의 소중함을 순도 높은 문장과 고요하고 내밀한 시를 통해 보여줌으로써 한국의 자연과 전통적인 서정시의 계보를 잇고 있다는 평가를 받고 있다. 이 시에서도 해무가 밀려오는 해변을 걸으며 파도 소리와 함께 그 해무 속으로 들어가는 시인의 모습이 그려진다. 그 속에는 쉽게 깨어질 것 같은 '작은 물방울' 같은 존재들의 모습이 보인다. '하나의 의문'과 '하나의 작은 물방울'은 그러한 자연 속에서 무한한 공명을 꿈꾼다.

시인의 또 다른 시 「첫 기억」에서는 세 살 무렵 누나의 등에 업혀 설핏 잠들다가 들었던 누나의 낮은 노랫소리를 언급하고 있다. 그리고 「별미」라는 시에서는 '새와 벌레가 쪼아먹고 갉아먹고 남긴/ 꾸지뽕 열매 반쪽을 얻어먹으며 별미를 길게 즐'긴다고도 했다. '사람도 작은 자연이어서 다른 자연과 어울려 배우며 살아야' 한다고 했던 시인은 '나무 되기'와 '새 되기'의 상상력을 통해 자연과 동화되어 가는 모습을 보여준다. 이것은 세상의 모든 존재들이 유기적으로 서로 연결되어 있음을 알려주는 공감과 연대의 생태 의식이다.

자연의 일부로 뭇 생명들과 소박하게 살아가고 있는 시인은 '어린 새가 허공의 세계를 넓혀가듯이' 자연과 함께 자연과 더불어 사는 것이 '점점 커지는 기쁨'(「점점 커지는 기쁨을 아느냐」)을 느끼는 삶이라고 말한다.

우리가 서로의 맨발을 들여다볼 때
― 문태준 시인의 「맨발」

개조개의 느릿느릿한 행동은 마치 맨발로 삶을 살아내야 하는 우리의 모습과 비슷하다. 어물전 진열대 앞자리 큰 접시 위에 큼지막한 대합이라는 개조개의 두툼한 살이 살짝 삐져나와 있다. 시인은 그것을 '움막 같은 몸 바깥으로 맨발을 내밀어 보이고' 있다고 한다. '저 속도로 시간도 길도 흘러왔을' 개조개의 부르튼 맨발처럼 문득 쳐다보니 자신의 발도 그런 맨발이라는 것. '부르튼 맨발로 탁발하러 거리로' 나서는 수행자처럼 우리도 이 삶의 일터로 매일 그렇게 탁발하듯 맨발로 살아간다는 것.

그러다 문득 그 '맨발'의 이미지에서 부처가 죽은 후 울고 있는 제자들의 모습을 본다. 그러다 사랑을 잃고 가슴 아파하는 이의 슬픈 모습과 가족들의 생계를 위해 골목길을 누비는 인생들의 모습도 본다. 말하자면 이 현실에서 우리 인생은 늘 '맨발'이었고 또 지금도 '맨발'이라는 것.

우리는 언제나 기쁨이나 슬픔 그리고 죽음 앞에서 맨몸이다. 부처도 그렇고 예수도 마찬가지였다. 밖으로 내민 부르튼 조갯살에서 죽은 부처의 맨발을 보았다는 대목도 아름답지만 조문하듯 그 맨발을 건드린다는 지점과 '최초의 궁리인 듯 천천히 발을 거두어갔다'는 대목들에서는 말할 수 없는 울림이 있다. '새가 부리를 가슴에 묻고 밤을 견디듯이 맨발을 가슴에 묻는다'는 표현에서는 어떤 거룩함까지 느껴진다.

시인은 불교방송 PD를 오랫동안 해왔으며 여러 신문에 좋은 시들을 지속해서 소개하고 있다. 그가 가지고 있는 자연 친화적인 서정성과 불교적 감수성이 시인의 마음밭을 일구며 내밀한 언어들을 세심히 다듬는 것일 테다. 그래서 문태준 시인의 시와 글

들에는 어떤 '단도직입'의 직선보다는 곡선이 그려진다. 모나지
않은 둥근 마음으로 그 모든 것을 품고 살아가는 그의 우직한 삶
이 자연스럽게 시에서 스며오기 때문이다.

'아주 작고 여린 꽃이 뿌리를 내리고 있는 대지, 우리의 본래 모
습은 이 대지를 품고 있는 사람'이라고 말하는 시인은 현재 쪽빛
바다가 있는 제주 애월읍에서 자연과 더불어 '오름마르'라는 조용
하고 감성적인 북카페를 운영하며 시를 쓰고 있다. '오름마르'는
'산마루'를 뜻하는 제주어이다. 어쨌든 우리의 서정시를 이렇게
아름답고 깊은 울림으로 쓰는 문태준 시인은 한국 문단에서 정말
귀하고 소중한 시인임은 분명하다.

둥근 것들은 저마다 눈물왕국을 하나씩 가지고 있다
— 배한봉 시인의 「지구의 눈물」

'둥근 것들은/ 눈물이 많'아서 '눈물왕국'을 하나씩 가지고 있다
고 말한 시인은 둥근 수박을 칼로 쪼개다가 '수박의 눈물'을 본다.
그리고 둥근 수박은 파먹고 껍질을 버릴 수 있지만, 둥근 지구는
파먹고 껍질을 버릴 수 없다고 한다. 열매 속에 깃든 눈물과 사람
의 몸 깊은 곳에 있는 눈물을 동시에 간파한다는 것. '사람 몸 저
깊은 곳 생명의 강이 되는 눈물'은 지구와 한몸이었던 인간들의
몸속에 흐르는 것이다. 둥근 수박을 파먹으며 수박의 눈물을 보
았듯 우리는 지구를 파먹다가 기어이 '북극의 눈물'까지 본 것이

다. 시인은 이런 '지구의 눈물'을 아프게 받아쓰고 있다. '숲을 깎고 땅을 쪼개 날마다 눈물을 뽑아 먹'는, 인간으로 인해 훼손되고 파괴되는 오늘날 우리 현실의 생태 현장을 말하고 있다.

환경과 생태에 대해서는 이미 혹은 지금도 너무 많은 사람들과 단체에서 앞다투어 외치고 있다. 하지만 이 시에서는 그 생명의 중요성을 조용히 침묵으로 말한다. 「빈 곳」이라는 시에서는 암벽 틈에 자라는 나무와 풀꽃들을 보며 '틈이 생명줄'이고 이 '틈이 생명을 낳고 생명을 기르며' 꽃을 피운다고 말한다. 이러한 '틈'을 가진 사람만이 사랑을 낳고 사랑을 기를 줄 안다는 것이다.

'우포늪 지킴이'라고 불리는 시인은 등단 이후 '생태시의 외길'을 꾸준히 걸어왔다. '해 지는 하늘에서 주남저수지로/ 새들이 빨려 들어오고 있다, 벌겋다, 한꺼번에 뚝뚝, 선지 빛으로 떨어지는 하늘의 살점 같다'(「주남지의 새들」)에서는 해 질 무렵 주남저수지로 날아드는 장관을 창원공단에서 퇴근하는 한 집의 가장들의 모습에 비유하고 있다. 그는 삶과 자연의 아름다운 조화 그리고 생명의 본질적 순수를 향한 도정에 자신의 시가 있기를 소망한다고 했다. 그러기에 시인은 사람과 자연이 모두 평등하게 "한 걸음이 세계를 만들어내는"(「한 걸음의 평등」) 세상을 위해 오늘도 '강의 이마'를 짚어주며 조용히 지구의 눈물을 받아쓰고 있다.

Part 6

끝까지 남겨둔 마음
— 부디 이 마음을 읽어주세요

창조주가 인간을 만들고 나서 "인간들이 받아들일 준비가 될 때까지 감춰두고 싶은 것이 하나 있다. 그것은 바로 인간이 다른 동물들과 달리 자기의 운명을 스스로 창조한다는 사실이다"라고 했다. 그리고 이것을 어디에 감춰두는 게 가장 좋을지를 묻자 슬기로운 천사가 '그곳'에 넣어두면 좋겠다고 했다. 천사가 말한 '그곳'이 바로 인간의 '마음'이었다. 그래서 우리의 마음이 그 진실을 찾으려고 항상 시끌벅적하다는 말이다.

김소연 시인의 『마음사전』은 모호하거나 정확하게 풀어낼 수 없는 이 '마음'과 관련된 감정들을 사전처럼 재미있게 풀어쓴 책이다. 어떤 페이지는 마음이 너무 아리고 어떤 페이지는 너무 공감되어 밑줄을 긋기도 하고 또 어떤 페이지는 너무 웃겨서 빵 터지기도 한다.

책에 소개된 '마음'과 관련된 많은 낱말 중에는 '외로움'과 '쓸쓸함'이 있다. 시인은 이 '외로움'을 형용사가 아닌 활발하게 움직이는 '동작 동사'로 본다. 그리고 텅 비어버린 마음의 상태를 '외로움'이라고 한다. 반면에 '쓸쓸함'은 마음의 안쪽보다는 마음 밖의 정경에 더 치우친다는 것. 그래서 '외로움'이 주변을 응시한다면, '쓸쓸함'은 주변을 둘러본다는 것이다. '외로움'은 그것을 느끼는 이유가 대체적으로 분명히 존재하지만 '쓸쓸함'은 그 이유라는 자체가 없거나 모호하다. 그해 여름 장대비가 하얗게 쏟아지던 그날. 역수 같은 비를 맞으며 아스팔트 길을 내달리던 그날 우리의 마음은 외로움이었을까, 쓸쓸함이었을까.

이 마음 때문에 존재하는 것들. 이 마음에 자리하는 감각들이나 감정, 그리고 기분의 차이들은 미묘하고 또 무한하다. 마음의 갈피를 세세히 표현하고 말하기란 쉽지 않다. 그래서 그것과 관련된 글들을 하나씩 읽어 나가다보면 우리 마음을 만나고 보살피는 것이 얼마나 중요한 일인지를 문득 깨닫게 된다.

세상이 온통, 아픈 마음의 천국입니다
— 이영광 시인의 「마음 1」

하루도 쉬지 않고 흔들리는 마음, 세상이나 타자와의 소통에서 수없이 중첩되고 해체되는 마음, 언제가 그 마음 때문에 생기는 많은 생각들, 아프고 슬픈 그것, 외롭고 적막한 그것, 분노하고 원망하는 그것. 그 무수한 마음의 결은 아무리 헤아려도 답이 없고 해결책도 없다. 그러므로 시인에게 이 현실은 '온 세상이 상처'이고 '아픈 천국'이다.

사실 베이고 상처받은 그 마음이란 게 눈에 보이질 않아서 나의 마음이 얼마나 너덜거리는지 아무도 모른다. 무통 주사를 맞고 몸이 멍해지자, 약 기운이 미치지 못하는 거기. 그 한쪽 구석에 아픈 마음이 오롯이 있다는 것. 육즙에서 핏물이 배어나오듯 푸줏간 바닥에 미끈대는 핏자국 같은 그 눈물을 '마음의 통증'이라고 시인은 말한다.

세월호 삼보일배의 현장에서 동생을 잃은 이가 옷이 다 젖고 신발이 해지도록 절을 하고 또 절을 한다. 부러질 듯 오체투지하는 몸, '죄 많고 벌 없는' 이 나라에서 그녀가 온몸으로 뚫으려고 한 것은 무엇일까. 그 몸에 새든 아픈 '마음'을 우리는 또 어떻게 헤아릴 수 있을지. '천장에 달려 뚝뚝 떨어지는 피 주머니'같이 상처난 그 마음은 진통제도 무통 주사도 듣지 않는다.

이 시대의 상처들이 새겨지는 곳이 시인의 마음이라면 몸부림치던 그 마음들이 발화하는 현장이 '시'일 것이다. 분노와 자책 혹은 어떤 논리로도 유가족들이나 이 세상의 수많은 '마음의 통증'들을 오롯이 위로할 수는 없다. 그들의 상처와 아픔을 내가 온전히 이해할 수 없기 때문이다. 그러니 시인은 말한다. 그 누구라도 가난한 이 마음에 그만 상처주었으면 좋겠다고. 이제 그만 좀 찌르고, 그만 칼질했으면 좋겠다고. 자꾸 피가 새는 이 마음들을 한번 보시라고.

그러니까, 마음은 그 무엇하고도 무촌無寸이지요
— 이병률 시인의 「마음의 내과」

이병률 시인이 "마음의 내과"라고 한 시의 제목처럼 시에서는 우리 마음을 아주 세밀하게 들여다보고 있다. 하루에도 몇십 번씩 아니 몇백 번씩 우리의 마음은 바뀐다. 이런 인간의 마음은 정말 예측불허고, 또 변화무쌍하다. 두 개의 달걀을 깨뜨려 유리컵에 담아두면 동글동글하니 섞이지 않는 것처럼, 새벽 두 시나 네 시까지 고민해도 깊은 심연에는 가닿지 않는 것처럼. 단속할 수도, 가둘 수도 없는 그것이 바로 우리 마음이다. 그래서 시인은 말한다. "마음은 그 무엇하고도 무촌無寸"이라고.

세상은 날 삼류라 하고 이 여자는 날 사랑이라 한다
— 송해성 감독의 〈파이란〉

영화 〈파이란〉은 아사다 지로의 단편 「러브레터」가 원작이며 〈역도산〉, 〈우리들의 행복한 시간〉의 송해성 감독의 작품이다. 개봉 20주년을 맞아 디지털 리마스터링 버전으로 재개봉되기도 했다. 영화가 개봉되었던 2001년에는 네티즌 3만 명이 뽑은 '올해의 한국 영화'에 선정되었었고 많은 영화제에서 상을 받아 쾌거를 이룬 작품이다.

삼류인생을 살고 있는 건달 강재는 얼굴도 한번 보지 않은 파이란과 서류상 부부가 된다. 영화에서처럼 제대로 된 만남이 한번도 이루

어지지 않는 그들의 사랑을 무엇이라고 해야 할까. 주변의 누구에게도 인정받지 못하고 막장인생을 사는 강재는 깡도 없고 실력도 없어 건달조직의 후배들에게 무시당하는 존재다. 그런 그에게도 낚싯배 한 척을 장만해 건달 일을 그만두는 꿈이 있다.

영화에서는 이제 막 출소한 강재가 조직생활을 걷도는 중에 보스로부터 한 가지 제안을 받는다. 자기 대신 살인죄로 감옥에 가면 배를 한 척 사주겠다는 것이다. 결국 강재는 그 제안을 거절하고 자수하기로 결심하는데 그때 뜬금없이 서류상의 아내였던 파이란의 부고가 전해진다.

영화는 그 시점에서 시간을 거슬러올라가 '파이란'이 한국에 하나밖에 없는 친척을 찾으러 입국하며 시작한다. 하지만 친척이 미국으로 갔다는 소식을 듣게 된 그녀는 순식간에 고아가 되어버리고 결국 불법체류를 피하기 위해 강재와 위장결혼을 하게 된다. 강재가 전해주라고 한 빨간 스카프를 소중히 간직하고 있던 그녀는 책상 위에 놓여 있는 강재의 웃는 사진을 보며 자신과 결혼해주어 고맙다는 말을 혼자하기도 한다. 하지만 파이란은 경찰의 단속을 피해 밤낮으로 고된 일을 하다가 결국 폐결핵으로 세상을 떠나게 된다.

강재는 파이란의 유골함을 들고 바닷가 방파제에서 담배를 물다 떨어뜨리며 급기야 울음을 터뜨린다. 아마도 그 장면이 이 영화에서 가장 명장면일 것이다. 모든 이가 무시하고 알아주지 않던 자신을 끝까지 믿고 기다려준 파이란. 그녀의 마음이 전해지는 편지를 읽으며 비로소 깨닫는다. '하얀 난초꽃'이라는 '파이란'의 꽃말은 '진실한 마음'이다. 그리고 그는 말한다. "세상은 날 삼류라 하고 이 여자는 날 사랑이라 한다."

우리는 이 현실에서 사실 몸보다는 마음으로 부딪치는 일이 더 많고 힘들다. 흐르는 물결처럼 다양한 모양으로 변하는 마음. 시시각각 변하는 그 마음을 우리는 깊이 사랑에 빠졌을 때 알게 될 때가 많다. 그토록 꽁꽁 닫혀 있는 한 세계가 사랑하는 사람, 그 한 존재로 인해 휘청 흔들릴 수 있다는 것. 아무리 해도 움직이지 않는 마음이 그 한 사람으로 인해 움직이고 완전히 다른 세상을 만날 수 있다는 것.

누군가의 진심어린 사랑. 그것은 가난한 내가 이 세상에서 특별한 존재가 된다는 것이다. 자신의 어떤 모습도 믿어주고 끝까지 기다려 준 그런 '파이란'의 마음처럼 너무 견고해서 열릴 것 같지 않던 이 세계의 피부가 찢어져 투명하게 들여다볼 수 있게 될 때의 아픔. 그처럼 때로 사랑은 너무 아프다. 가끔 우리는 그 사랑으로 받는 상처가 너무 커 꼭꼭 닿아둔 마음속에서 무엇이 튀어나올지 몰라 마음의 자물쇠를 잠그는 건 아닐까.

사실 우리 마음은 매초 매시간 어떤 메시지를 전하고 있다. 그래서 오만 가지 생각에 오만 가지 마음이라는 말도 있다. 하지만 귀 기울여 듣지 않으면 마음의 소리는 금방 사라지거나 마음 구석에 쌓여서 딱딱하게 굳어버릴지 모른다. 그러니 비 오고 바람 부는 지금 이 순간 무엇보다 가장 중요한 일은 굳은 마음을 말랑

말랑하고 따뜻하게 만드는 일!

다가오는 모든 발자국에 마음은 쿵쿵거린다
— 황지우 시인의 「너를 기다리는 동안」

황지우 시인의 이 시는 누구나 한번쯤은 경험했을 '기다림'의 절실한 심정을 절묘하게 표현했다. 해체시를 쓴 그는 1980년대를 대표하며 『새들도 세상을 뜨는구나』, 『어느 날 나는 흐린 주점에 앉아 있을 거다』 등의 시집에서 현대 모더니즘 시의 내용과 기법적인 측면에 정점을 찍었다.

가끔 '너를 기다리는 동안 나도 가고 있다'라는 말을 누군가에게 해주고 싶을 때가 있다. 이것은 이 기다림이라는 것이 일방적이거나 소극적인 것이 아니라 기다리고 있는 내가 너에게로 가는 혹은 갈 수 있는 능동적인 것이라는 의미이다. 그러면 이 시의 '너'는 누구일까. 어떤 이에게는 사랑하는 연인으로 또 어떤 이에게는 친구나 가족이겠지만 1980년대라는 시대상황에서 이 시를 쓴 시인은 '너'를 '민주, 자유, 평화 그리고 숨결 더운 사랑'이라고 했다.

하지만 이 기다림의 대상은 눈으로 보이는 존재뿐 아니라 이 현실에 부재不在하는 어떤 것이기도 하다. 이미 끝나버렸지만 끝낼 수 없는 것들. 사랑이나 이념 그리고 절망 끝에 찾아오는 어떤 희망이기도 할 것이다. 어쨌든 기다림이 길어질수록 '너'는 점점 더 커진다는 것. 올 수도 있고 오지 않을 수도 있는 '너'. 그래서 이 삶은 언제나 기다림의 연속이라는 것이다. 아주 멀리서 지금도 천천히 오고 있는 너. 어쩌면 「고도를 기다리며」에서처럼 기다림 자체를 기다리는 역설적 기다림일지도 모른다는 생각.

왜 나만 보면 웃어요?
— 허진호 감독의 〈팔월의 크리스마스〉

1998년 개봉된 허진호 감독의 데뷔작인 이 영화에서 불치병을 앓고 있는 '정원'은 사진관을 운영하면서 아버지와 살고 있다. 불법주차 단속원인 '다림'이 필름을 인화하기 위해 사진관을 드나들면서 둘의 사랑이 싹트기 시작한다.

감독은 가수 김광석의 영정 사진 때문에 이 영화를 만들게 되었다고 했다. 환하게 웃고 있던 김광석의 영정 사진을 보고 '영정 사진을 찍어주는 사진사가 자신의 영정 사진을 찍으면 어떨까?'라는 생각이 문득 들었다고 한다. 세트장으로 사용될 사진관을 찾으러 전국으로 다니다가 찾지 못하고 잠시 쉬러 들어간 군산의 어느 카페에서 창밖의 여름 나무 그림자가 드리워진 차고가 문득 눈에 들어왔다고 한다. 주인에게 어렵게 허락받아 그 차고를 사진관으로 개조했다고 한다.

'초원사진관'이라는 이름은 배우 한석규가 어릴 적 살던 동네에 있었던 사진관 이름이라고 한다. 재미있는 건 처음 얼마 동안은 이 세트장이 새로 생긴 사진관으로 알고 찾아오는 이들이 제법 있었다는 것이다. 영화에서 가족사진을 찍는 이들 가운데 일부는 엑스트라가 아니라 실제 방문객이었다는 것도 재미있다.

이 영화에서 학교 운동장은 중요한 장소 중의 하나이다. 정원이 운동장에서 뛰어노는 아이들을 보며 했던 말. "내가 어렸을 때 아이들이 모두 가버린 텅 빈 운동장에 남아 있는 걸 좋아했었다. 그곳에서 돌아가신 어머니를 생각하고 아버지도 그리고 나도 언젠가는 사라져버린다고 생각하곤 했었다"는 대사는 조만간에 맞이할 자신의 죽음을 생각하는 독백이다. 그럼에도 이 일상은 계속될 것이고 또 그 일상을 지켜나갈 이들이 운동장에서 뛰노는 그 아이들이라는 생각에는 아쉬움이나 안도감과 같은 감정들이 동시에 드러난다.

이 영화에서는 기억에 남는 장면이 많다. 한낮에 반쯤 열린 방문 틈으로 햇살이 비치고, 선생님의 구령 소리와 아이들 노는 소리가 들리는 방에서 낮잠을 자다 깨어나는 정원. 이 '잠'은 죽음의 은유로서 정원의 죽음을 암시하는 장면이다.

또 하나는 정원이 자기가 없어도 혼자서 비디오를 볼 수 있도록, 아버지에게 비디오 작동법을 가르쳐주는 장면이다. 하지만 빨리 습득을 못하는 아버지 때문에 되풀이해서 가르쳐주다 결국 짜증을 낸다. 사실적이면서 뭉클하게 다가오는 이 장면 때문에 한동안 마음이 무거웠다는 사실. 결국 아버지가 제대로 익히지 못하자 정원은 A4 용지에다 작동법을 써놓는다.

그리고 정원이 아파서 병원에 입원한 줄도 모르고 다림이 몇 날 며칠을 기다리다 어느 날 편지를 써서 사진관 문틈에 끼워두는 장면도 있다. 그래도 아무 연락이 없자 문이 굳게 닫혀 있는 사진관 유리창에 큰 돌을 던지는 장면. 정원을 얼마나 많이 그리워하면서 애타게 기다렸는지를 알 수 있는 뭉클한 장면이다.

삶과 죽음이라는 시간 속에서 어떤 기다림은 짧은 만남이지만 그 사랑이 영원히 기억될 수 있다는 것을 이 영화는 절제된 화법으로 보여준다. 현대인들에게 이 기다림은 점점 어려워하는 것 중의 하나가 되어간다. 하지만 기다림은 단순히 거쳐가는 시간의 통로가 아니다. 그것은 시계로 잴 수 없는 경험의 무게이고, '먼 데서부터 천천히 오고 있는 그 무엇'과 공명하는 것이다. 그래서 그 기다림은 몰입이고 집중이며, 내면의 깊이자 관심이다.

'8월의 크리스마스'라는 제목처럼 우리의 삶과 죽음 속에 있는 이 '기다림'이 때로는 정말 아이러니하다는 생각. 그리고 수많은 예술이나 인류의 뛰어난 인물들의 탄생이 바로 이 기다림의 보람이자 보답이라는 것.

그럼에도 우리는 사랑을 한다. '이 시대의 사랑'을
― 최승자 시인의 「청파동을 기억하는가」

최승자 시인은 이성복, 황지우 시인 등과 함께 1980년대 시문학을 대표하며 한국 시단에서는 거의 독보적인 시인이다. 비교적 최근에 나온 두 권의 산문집. 그 중『한 게으른 시인의 이야기』는

32년 만에 증보되어 나온 시인의 첫 산문집이다. 『어떤 나무들』은 미국 아이오와대학에 인터내셔널 라이팅프로그램IWP에 참가했던 때의 일을 기록한 일기 형식의 산문집이다.

시인의 첫 시집 『이 時代의 사랑』에 실려 있는 「청파동을 기억하는가」는 이 '사랑'이라는 것이 그 아름다움의 깊이만큼 처참하고, 소유하고 싶은 마음 한편에는 또 늘 파괴의 마음이 공존하고 있음을 보여준다. 그런 사랑을 갈구하는 '나'라는 인간이 얼마나 비루한 존재인가를 그리고 모든 과정의 중심에 놓인 그 '사랑'이라는 것이 결국 이 시대와 분리될 수 없다면. 나는 이 시대의 사랑에 대해 얼마나 자신할 수 있을지. 그 '사랑'이 존재의 조건이나 현실적 가치를 따지는 것이 아니라 '나'라는 실존의 모든 것을 걸고 이루는 어떤 모험과 같다면. 그래서 나를 가장 비참하게 만드는 것임에도 그 사랑을 내 삶의 중심에 양보해야 한다는 것. 그것이 바로 시인 최승자가 말하는 '이 시대의 사랑법'이다.

네 심장 속으로 들어가 죽지 않는
태풍의 눈이 되고 싶어. 영원히!
— 최승자 시인의 「너에게」

황량한 시대의 현실에서 가장 치열하게 시를 쓴 최승자 시인은 2000년대 이후 몸과 마음이 피폐해져 포항의료원에서 오랫동안 투병 생활을 했다. 시인이 번역한 막스 피카르트의 『침묵의 세계』

에서는 '말은 침묵이라는 배경이 없다면, 아무런 깊이를 가지지 못한다'고 했다. 이 사랑이라는 마음도 시대나 관계라는 배경 속에서 언제나 그 침묵의 배경과 깊이만큼 의미를 가질 것이다. 아름답고 낭만적 사랑이 아니라 외롭고 불안한 영혼들의 사랑. 자신의 모든 것을 걸었던 이 사랑들로부터 버림받는 사랑이라면 그래서 결국 나 혼자 남는다면. 우리는 이 사랑을 무엇이라고 불러야 할까.

이 파괴적인 비극과 부정적 서정 속에서 시인이 발견한 사랑. 죽음이 삶과 한몸을 이루는 그 처참한 현실 속의 사랑이 시인 최승자가 말하는 이 '시대의 사랑'이다. 그래서 시인이 말하는 사랑은 독보적이다.

라캉이 말한 대로 사랑은 욕망과 그 대상 사이의 '부적합성' 그러니까 주체와 타자의 균열이 들추어내는 일종의 사건으로 항상 균열의 방식을 포함하고 있다. 그러므로 우리는 스스로에 대한 질문을 끊임없이 던지며 그 균열을 지속해나간다. 네가 나를 떠나지는 않을까 하는 불안과 너에게 나의 사랑을 확인받고자 하는 마음을 동시에 가지면서. 그러니까 이러한 지난한 사랑을 시인 김수영은 '번개처럼/ 금이 간 너의 얼굴'(「사랑」)이라고 말한다. 그리고 우리는 그 얼굴 위로 너와의 (불)가능한 사랑을 꿈꾸며 언제나 서성거리고 있다는 것.

사랑 + 키치 + n
— 필립 카우프먼 감독의 〈프라하의 봄〉

영화 〈프라하의 봄〉은 체코의 망명 작가인 밀란 쿤데라의 소설 『참을 수 없는 존재의 가벼움』을 원작으로 하고 있다. 1960년대 후반 프라하의 현대사를 배경으로 네 남녀의 사랑을 그리고 있다.

하지만 원작자인 밀란 쿤데라는 배우들의 뛰어난 연기에도 불구하고 소설의 의미를 제대로 나타내지는 못했다고 불만을 토로하기도 했다. 원작의 캐릭터의 면모나 전체적인 플롯이 많이 축소되어 자칫 주제를 잘못 이해한 부분도 있기 때문이다. 이 영화에서 체코의 '프라하의 봄'은 1980년대 우리나라의 '광주의 봄'을 떠오르게 할 정도로 민주화로 급변하는 두 나라의 정치적 현실이 비슷하다. 자유화 운동과 소련의 탄압이라는 시대적 배경 속에서 토마스와 테레사 그리고 사비나와 프란츠 이들은 각기 다른 사랑과 삶을 추구한다.

토마스는 연인들과의 관계에서는 한없이 가벼운 사람이다. 하지만 의사라는 직업을 포기하면서까지 정치적인 신념을 굽히지 않는 데서는 진중한 무거움을 보여준다. 인물마다 가볍고 무거운 대상이 다를 뿐 아니라 이야기가 전개되는 과정에서 무거운 것이 가벼운 것으로 또 가벼운 것이 무거운 것으로 전이되기도 한다. 어쨌든 이 영화에서도 시대의 현실에서 사랑이 자유로울 수 없는 것은 사실이다.

어쩌면 영화의 네 명의 캐릭터들은 한 사람 안에 있는 서로 다른 모습이기도 하다. 내 안에는 토마스 외에도 프란츠나 사비나 그리고 테레사가 있듯이. 무거움과 가벼움 또한 결국 한 끗 차이에 불과할 뿐 본질은 비슷하다는 생각. 어쨌든 인간의 욕망과 사랑의 본질 그리고 인생의 허무함 속에서 존재의 가벼움과 무거움의 의미를 영화에서는 찾고 있다.

플라톤의 「향연」에 나오는 유명한 신화. 원래 둘이 한몸이었던 인간이 쪼개진 후 서로를 찾아 헤매게 되고 그래서 이 인간의 사랑이라는 것은 우리가 잃어버린 반쪽에 대한 욕망이라는 것. 한 인간으로서 누군가를 진심으로 사랑한다는 것은 우리 자신이 다른 존재를 연기할 필요 없이 그 자신이 되도록 나에게 결여된 것을 상대가 서로 채워주는 것이다. 또 그것을 인정함으로써 나를 더 온전하게 해준다는 것. 하지만 어떻게 해석해도 여전히 이 사랑의 의미는 불충분하다.

오늘날 우리 사회는 개인들로 하여금 끝없이 가벼워지라고 한다. 변화무쌍한 우리 시대의 사랑들이 존재의 무거움에서 망각의 가벼움으로 가는 길 위에 있다면 지금 우리들의 사랑은 어디쯤 있는 걸까. 많은 철학자와 예술가들이 이 '사랑'을 말하지만, 여전히 이 '사랑'에 대한 정의와 해석은 부족하고 어렵다. 그것은 아마 사랑의 의미도 시대와 함께 언제나 변할 수 있기 때문이다. 그럼에도 이 세상에는 여전히 '삑사리'나는 사랑의 순도를 사랑의 겸손을 그리고 그 사랑의 진실을 믿는 순정파들이 있다. 겨울엔 더

밀란 쿤데라(1929~2023)

그러니까, 사랑한다는 것은
힘을 포기한다는 것이지.
—『참을 수 없는 존재의 가벼움』

춥고 여름은 더 덥겠지만, 오직 사랑하는 사람들만이 살아남는다고 믿는 이들이 있다는 말이다.

희망이 외롭고 희망은 종신형입니다
— 김승희 시인의 「희망이 외롭다」

『희망이 외롭다』는 김승희 시인의 아홉 번째 시집이다. 핑크색 표지에 담긴 시집의 키워드는 '희망'이다. 하지만 그 단어가 품고 있는 어떤 절실한 바람의 마음과 달리, 사실 지금의 현실에서 핑크빛 미래나 희망을 꿈꾸기란 쉽지 않다. 치솟는 물가와 불안한 경제에서 '희망'은 여전히 멀고 어렵다. 그럼에도 이 시에서는 그 희망들을 애달프지만, 간신히 또 기꺼이 놓지 못하는 사람들이 있다. 그들은 이 '희망'이라는 말 때문에 언제나 힘든 현실을 참고 또 견디면서 내일을 기다린다.

확실한 비애와 절망 속에서 안도하기보다 답 없는 희망에 몸을 뒤척이며 기대를 거는 사람들에게 사실 이 희망은 외롭다. 절망은 이미 완결형이어서 그 자체로 끝나지만 희망은 "다 놓아버리지도 못하고" 그렇다고 내버려두지도 못한 채 "아직 더" 가라고 말하기 때문이다. 그래서 우리는 이 희망의 길을 끝까지 포기하지 못하고 계속 걸어가는 것인지도 모른다.

평론가 신형철은 이 '희망'을 두 가지 의미로 해석한다. 하나는 희망은 '희망'이라는 말만 있을 뿐 어디에도 희망은 없다라는 의미이고 또 하나는 이 희망이라는 마음 때문에 항상 내가 외롭다는 의미라고 했다. 사실 희망 같은 건 없다고 생각해버리면 마음껏 망가질 수 있을 텐데 그 희망 때문에 그럴 수도 없을 때 우리는 더 외롭다. 우리가 너무 큰 사건이나 아픔을 겪을 때 '마음껏 절망이라도 해야 살 수 있겠다'라고 생각하는 사람이 있고 '이럴 때일수록 희망을 가져야 한다'고 냉정해지는 사람도 있다. 어느 쪽이든 그 마음에는 이 '희망의 외로움'이 있을 것이다.

"사전에서 모든 단어가 다 날아가버린 그 밤에도 나란히 신발을 벗어놓고 의자 앞에 조용히 서"서 간절히 이 희망을 잡고 있었던 적이 있다. 아마 살면서 누구나 이런 경험들이 있을 것이다. 한 개인의 삶은 우리 사회의 정치와 경제로부터 떨어질 수 없고 취업이나 구조적인 사회문제와도 멀어질 수 없다. 언제나 오늘보다 더 나은 내일을 꿈꾸고 희망하지만, 사실 그 희망이 끝없는 유예 속에 있을 때가 많다. 그래서 시인은 "희망은 종신형이다"라는 탁월한 비유를 썼다. 그런 희망은 땅 위의 길처럼 처음부터 있었던 것이 아니라 한 사람이 먼저 가고 그래서 걸어가는 사람이 많아지면 그 길이 '희망의 길'이 된다는 것. 그러므로 오늘은 끝까지 희망을 포기하지 않는 사람들의 편에 서서 또, 한 표!

碩果不食, 씨 과일은 먹지 않는다
— 글렌딘 어빈 감독의 〈펭귄 블룸〉

영화 〈펭귄 블룸〉은 오스트레일리아 글렌딘 어빈 감독의 2021
년도 영화다. 이 '펭귄 블룸'은 한 가족에게 위로와 희망의 씨앗을
물어다준 까치의 이름이다. 영화는 블룸 가족이 태국으로 여행을
떠나 즐거운 시간을 보내며 시작한다. 함께 관광하던 중에 낡은
난간이 부서지면서 엄마 샘이 추락사고를 당하게 되고 혼자서는
몸을 움직일 수 없게 되어 휠체어 생활을 한다. 서핑도 하고 아주
활동적이었던 샘은 외출도 사람을 만나는 것도 귀찮아하고 삶의
모든 의욕을 잃는다.

그러던 어느 날 큰아들 노아가 해변의 나무에서 떨어져 다친 새
끼 까치를 집으로 데려온다. 처음에 노아가 다친 새끼 까치를 데
려왔을 때 엄마 샘은 마음에 들어하지 않았다. 어쨌든 이름은 있
어야 한다는 아빠의 말에 노아는 몸이 검고 하얗다고 '펭귄'이라
는 이름을 붙여준다. 노아는 해마다 2천만 명 넘는 사람이 태국에
서 휴가를 보내는데 그 난간에서 사고를 당한 사람이 왜 우리 엄
마여야 했는지 그리고 엄마를 난간으로 데려간 게 바로 자신이라
는 죄책감에 오랜 시간 혼자 괴로워한다. 어느 날 노아는 학교에
가며 엄마에게 펭귄을 돌봐달라고 부탁하게 된다.

엄마 새와 떨어진 까치는 나는 법을 배우지 못했고, 다리를 다
쳐 걷지 못하지만 날기 위해 필사적으로 생존투쟁을 했다. 그 모
습을 본 엄마 샘은 그런 펭귄의 모습이 자신과 닮았다고 생각한

다. 휠체어를 탄 채 사고치면서 돌아다니는 펭귄을 쫓기도 하고 목욕을 시켜주며 둘은 자연스럽게 친해지게 된다. 그러던 어느 날 펭귄이 하늘을 나는 모습을 보며 엄마 샘은 자신도 다시 일어 설 수 있다는 희망을 가진다.

이 영화는 세계적인 베스트셀러 작가, 샘 블룸의 감동 실화를 담은 자전 에세이를 영화로 만든 것이다. 책에는 살아갈 가능성 이 희박했던 작은 까치와 2년 동안 같이 생활하며 보낸 추억을 기 록하고 있다. 이 독특한 가족의 이야기를 다양한 매체들이 주목 했고 전 세계 많은 사람들이 그들의 이야기에 감동했다. 예상치 못한 사고로 다친 엄마 샘에 대한 이야기를 시작으로 사진작가인 남편 캐머런 블룸이 직접 찍은 까치 '펭귄'의 성장 과정과 함께한 가족들의 모습이 아름답다. 책 말미에는 끔찍한 현실을 그저 아 름다운 이야기로 포장하거나 미화하는 것이 아니라 자신과 비슷 한 장애를 안고 살아가는 이들과 그들의 곁에서 밤낮없이 애쓰고 있을 그 가족들에게 도움이 될 만한 조언과 희망의 메시지를 전 하고 싶었다는 글이 있다. 이 책을 출간한 북라이프 또한 블룸 가 족의 뜻에 따라 '펭귄 블룸' 책 인세의 10퍼센트를 세브란스 재활 병원에 기부했다.

'석과불식碩果不食'을 말한 신영복 선생은 저서 『담론』에서 오랜 수감생활에서 창살로 들어오는 접은 신문지 크기의 햇빛 때문에 희망을 잃지 않았다고 했다. 희망의 언어인 '석과불식'은 양효의 「효사」에 나오는 말로 "씨 과일은 먹지 않는다"는 뜻이다. 가지 끝에 마지막 남은 감은 씨로 받아서 심는다고 한다. 이 씨가 새 봄에 새싹으로 돋아나고, 다시 자라서 나무가 되고 숲이 된다. 바로 이 한 알의 외로운 석과가 역경을 희망으로 바꾸어내는 지혜의 씨앗 이라는 것. 그런 씨앗을 만들어 내기 위해서 지금의 우리 사회와 개인들도 오늘 이 현실의 절망이나 어려움을 냉정한 눈으로 직시 해야 할 것이다. 거품을 청산하기 위해서는 때로는 칼바람에 드러 나는 뼈대와 같은 우리 사회의 모순이나 민낯의 현실을 바로 보아 야 한다. 그럴 때 우리가 꿈꾸는 이 희망이 외롭지만 그 외로움의 힘으로 누군가의 희망 곁에 한 발 더 다가갈 수 있기 때문이다.

Part 7

그렇게 삶은 계속된다

― 길 위에서 꾸는 꿈

'길'은 시간이자 공간의 의미로 내가 걸어왔던 물리적인 길로부터 앞으로 걸어가야 할 방향과 목적을 모두 이르는 말이다. 가끔 우리는 자신이 가던 길을 다시 돌아가고 싶을 때가 있다. 누가 봐도 그 길은 아닌데 하는 길도 있고 당연하다고 믿었던 그 길에서 내가 나를 잃거나 헤매기도 한다. 꼭 가고 싶었던 길을 돌아 돌아서 결국 가게 되는 경우도 있다. 인생에서 우리는 많은 길을 걸어왔고 지금도 각자 선택한 그 길을 가고 있다.

한때 정말 열심히 읽었던 잭 케루악의 『길 위에서』는 1975년 그가 3주 만에 탈고를 마친 소설이다. 종전 이후 대학을 자퇴한 그는 앨런 긴즈버그, 윌리엄 버로스, 닐 캐시디 등과 함께 미국 서부와 멕시코 등으로 횡단하였고 그때의 체험을 토대로 한 작품이다.

잭 케루악은 20대의 대부분을 부랑아처럼 미국 전역을 돌며 갖은 일을 해서 번 돈으로 많은 여행을 했고 그것이 이 소설을 이루는 바탕이 되었다. 이후 히피들의 경전이 될 만큼 전 세계 젊은이들에게 새로운 바람을 일으키며 자유로운 청춘들의 초상으로 비트문학의 대표작이 되었다. 기성의 사회적 통념이나 관습을 거부하고 자연과 인간성 회귀를 열망하던 초기 모습에서 마약과 퇴폐에 빠졌던 시기까지 그의 혁명적 일상을 그리고 있다. 형식에 구애받지 않는 즉흥적인 문체는 기성 도덕에 반기를 들며 진정한 자유와 새로움에 대해 질문을 던진다.

그리고 누군가는 돌아오고 또 누군가는 떠나는 그 길에서 잠시 멈춘다. 이제 다시 만나지 못한다는 것을 알면서도 어떤 이는 떠나가고, 어떤 이는 누군가를 또 떠나보낸다. 그러니 모든 형식과 관습에서 벗어나 삶의 에너지를 이 '길 위에서' 모두 해방시킬 것. 우리들의 찌그러진 여행가방이 다시 인도 위에 쌓여 있다는 것은 아직 갈 길이 멀다는 것이다. 왜냐하면 "길은 언제나 삶이니까!"

우리가 아직 이 길 위에서 서성거리는 것은
— 나희덕 시인의 「길 위에서」

인생은 선택의 연속이다. 삶은 우리를 끊임없는 선택의 기로에 서 있게 한다. 가끔은 자신이 가고 있는 길이 자신의 길이 맞는지 의심스럽기도 하다. 때로는 자신의 의지와 상관없이 누군가 가는 길을 방해하기도 한다.

이 시에 나오는 개미는 몸통의 끝부분을 바닥에 끌면서 다닌다. 냄새를 남겨놓기 위한 것인데 개미들이 똑바로 일렬로 가는 것이 가능한 이유가 그 때문이다. 시인은 호기심에 그 개미의 길을 손가락으로 문질러버린다. 그러자 돌아오던 개미들이 두리번거리며 우왕좌왕한다. 제가 가던 길 위에 다시 놓아주어도 발버둥치며 다른 길에서 어기적거린다. 나도 이런 짓궂은 장난을 했던 기억이 있는데 개미의 입장에선 아주 원망스러웠을 것이다.

어쨌든 우리는 자의든 타의든 이 길로 가야 하는데 그 길이 아닌 것 같아 다시 돌아와야 할 때가 있다. 누군가 지나간 자리에 남는 추억, 그 추억을 따라 새로운 길을 만들기도 하고 또 본의 아니게 "많은 인연들의 길"을 흐려놓기도 한다. 그래서 시인은 "나의 발길은 아직도 길 위에서 서성거리고 있다"고 했다.

자신이 무엇을 하면 행복한지, 어떤 길을 가면 더 많이 웃을 수 있는지 정확하게 알고 있는 사람은 많지 않다. 하지만 나도 모르는 사이 우리는 늘 무엇인가를 준비하고 기다린다. 자신에게 새로운 삶과 새로운 길이 언젠가 다시 펼쳐질 것이라는 것을 꿈꾸며.

우리가 두 길을 가지 못하는 것은
우리의 몸이 하나이기 때문이죠
— 로버트 프로스트 시인의 「가지 않은 길」

우리는 매 순간 의식하든 의식하지 않든 선택과 포기의 순간을 맞이한다. 출근하기 전에 어떤 옷을 입을지, 점심은 무엇을 먹을지, 그 누군가에게 안부 전화를 해야 하는지. 하지만 어떤 선택을 하더라도 작은 미련과 아쉬움은 남는다. 내가 선택한 그 길이 옳은 것인지 더 좋은 길이 있었던 건 아닌지 하고.

숲속으로 나 있는 두 갈래의 길 위에서, 망설이다가 사람들이 많이 가지 않는 길을 선택한다. 또 다른 길은 미래의 어느 날을 위해 남겨둔다. 그리고 자신이 선택한 길 때문에 모든 것이 달라진 현실. 가끔은 내가 가지 않은 그 길로 갔더라면 지금쯤 나는 어떻게 살고 있을까를 생각하기도 한다.

내가 가는 이 길이 누구도 가지 않은 길이라면, 그렇다면 그 선택은 더 힘들고 두려울 수 있겠다. 선뜻 첫걸음을 떼기 힘들 것이다. 하지만 시인은 두려움보다는 설렘을, 포기보다는 도전을 그리고 후회보다는 용기를 선택하라고 한다. 그래야만 현재의 자신과 자신의 삶을 변화시킬 수 있기에.

삶에서 우리는 늘 선택의 갈림길에서 갈등할 수밖에 없다. 현실에는 두 갈래가 아니라 수십 수백 갈래의 길이 있다. 이때 우리는 타인의 시선과 사회적 기준에 따라 그 길을 수동적으로 선택할 때도 많다. 그렇지만 길은 또 다른 길로 이어지고, 예상치 못했던 길로 빠지기도 하고 막다른 길에 닿기도 한다. 나의 무지와 두려움으로 자기 연민의 시간을 보냈던, 내가 선택한 모든 길들이 대체로 그렇다. 그렇더라도 우리는 자신이 선택한 그 길을 묵묵히 한 걸음 한 걸음 걸어갈 수밖에 없다.

어떤 길도 혼자 가지 않는다. 어떤 길도 함께 가지 않는다. 어떤 길도 절대적으로 고독하여 기어이 불을 꺼뜨리지 않는다. 끊임없이 이어진 길은 두 갈래, 세 갈래 그리고 여러 갈래로 나아간다.

나태주 시인은 '이 길을 따라 끝없이 가면, 조붓한 길이 나서고/ 오밀조밀한 고샅길과 고샅길/ 생나무 울타리 황토흙 담장 너머/ 복사꽃 살구꽃 어우러져 피어나는/ 봄이 있었음을/ 묻지 마라'

(「묻지 말아라」)라고 했다. 그러니까 지금 내가 어떤 길을 가고 있다면 그 길이 좁고 험한 길이라도 그 길을 의심하거나 묻지 말 것. 서로의 손을 잡고 그 길에 들어섰다면 걷고 또 걸으며 새로운 길을 함께 열어나갈 것.

내 안의 중심을 잃게 될 때
비로소 우리는 길 위에 서게 된다
— 빌레 아우구스트 감독의 〈리스본행 야간열차〉

영화 〈리스본행 야간열차〉는 한 권의 책과 한 장의 열차 티켓으로 한 작가의 인생의 길을 찾아가는 이야기다. 오랜 시간 고전 문헌학을 강의한 그레고리우스가 폭우가 쏟아지는 어느 날 학교로 출근하는 도중 다리 위에서 떨어지려는 낯선 여인을 구하게 된다.

하지만 그녀는 비에 젖은 붉은 코트와 오래된 책 한 권 그리고 15분 후 출발하는 리스본행 열차 티켓을 남긴 채 사라진다. 그레고리우스는 난생 처음 느껴보는 어떤 강렬한 끌림으로 의문의 여인과 책의 저자인 '아마데우 프라두'를 찾아 리스본행 야간열차를 탄다.

현재는 지나간 많은 과거가 만든 시간이다. 아무리 털

어도 털어지지 않는 물방울처럼 어떤 과거는 계속 남아 현재를 산다. 필연이라고 말하는 많은 일들이 사실은 우연이고 그 우연이라는 것은 무작위적인 어떤 가능성이라는 것. 그러니 이런 대사는 참 반갑다.

"오늘 오전부터 제 인생을 조금 다르게 살고 싶다는 생각이 들었습니다. 이제 더 이상 문두스 노릇을 하고 싶지 않습니다. 새로운 삶이 어떤 모습일지 저도 모릅니다만, 미룰 생각은 조금도 없습니다. 저에게 주어진 시간은 흘러가버릴 것이고, 그러면 새로운 삶에서 남는 건 별로 없을 테니까요"

영화에는 천재적인 언어 능력의 소유자인 의사 프라두와 그가 사랑했던 에스테파니아 그리고 죽을 때까지 자신의 속마음을 다 드러내놓고 대화했던 친구이자 동지인 마리아 주앙이 나온다. 그들은 필연과 우연 속에서 각자 자신의 길을 가며 서로를 응원한다. 그리고 말한다. "실제로 운명이 결정되는 드라마틱한 순간은 믿을 수 없을 만큼 사소할 수 있다"고. 그리고 "엄청난 영향력을 발휘하고 삶에 완전히 새로운 빛을 부여하는 경험은 소리 없이 일어난다. 그 놀라운 고요함 속엔 어떤 고결함이 있다"고.

우리가 사랑을 말하고 싶을 때

— 리처드 링클레이터 감독의 〈비포 선라이즈〉, 〈비포 선셋〉, 〈비포 미드나잇〉

리처드 링클레이터 감독은 〈비포 선라이즈〉(1995년), 〈비포 선셋〉(2004), 〈비포 미드나잇〉(2013)까지 3부작을 9년에 한 편씩, 세 편의 시리즈를 20년이 넘는 긴 시간 동안 만들었다. 여행과 짧은 만남 그리고 같은 주인공들이 다시 재회함으로써 많은 여운을 주었던 최고의 로맨스 영화로 꼽힌다. 한 시리즈를 오랜 시간에 걸쳐 만들면서 배우와 감독 그리고 관객이 함께 늙어간다는 것은 시간에 대한 어떤 사유나 세월의 감각을 가르쳐준다.

무엇보다 이 '비포' 시리즈는 여행이라는 길 위의 우연한 만남을 통해 개별적인 시간이 어떻게 하나의 인연과 인연으로 이어지는지를 알려준다. 〈비포 선라이즈〉는 비엔나행 기차 안에서 우연히 제시와 셀린이 만난다. 서로에게 끌렸던 이들은 어떤 계획도 없이 무작정 비엔나에 같이 내린다. 도시 곳곳을 걸으며 아침부터 저녁을 지나 다시 해가 뜨기까지 함께 많은 대화를 하며 로맨틱한 시간을 보낸다. 사랑과 성 그리고 죽음과 교육을 비롯한 인간관계까지 20대였던 그들이 관심을 가지는 다양한 주제에 대해 밤새 이야기를 나눈다. 정말 마음이 맞는 사람이라면 영화처럼 눈빛으로 마음을 주고받으며 시간가는 줄 모르고 이야기를 나눌 수 있을 것 같다는 생각. 그리고 6개월 후 같은 장소에서 만나기로 하고 헤어진다.

'우연'이라는 선물

전편에서 6개월 뒤 비엔나에서 다시 만나기로 했던 그들은 그 장소에서는 만나지 못한다. 〈비포 선셋〉은 그 후 셀린과의 하룻밤 이야기로 책을 출간한 제시가 베스트셀러 작가가 되어 프랑스의 한 서점에서 기자회견을 하는데 그곳에서 둘은 우연히 만난다. 그들은 떨어져 있었던 시간만큼 서로를 알고 싶어한다. 불행한 결혼생활을 얘기하는 제시의 모습에 안쓰러워하는 셀린. 사랑했던 남자들에게 많은 상처를 받은 셀린의 이야기를 듣는 제시. 누구나 저마다의 특별함이 있기 때문에 누군가와 헤어진 빈자리는 다른 사람이 못 채워준다고 말하는 셀린은 자신이 만든 노래를 기타를 치며 부른다. 하루 동안 만난 남자와 꿈같은 사랑을 나눴고 그날 그 사랑이 자신의 전부였다는 가사의 노래를.

18년 전에 비엔나행 기차에서 우연히 만나고 9년 전 파리에서 재회한 제시와 셀린, 제시는 결국 그녀를 놓치고 싶지 않은 마음에 미국으로 돌아가는 비행기를 타지 않는다. 〈비포 미드나잇〉은 그렇게 부부가 된 두 사람이 쌍둥이 딸을 키우며 티격태격하는, 40대에 접어든 그들의 이야기다. 그리스 남부의 아름다운 도시 카르타 밀리에 머물게 된 그들은 노천카페에서 나란히 앉아 일몰을 바라본다. 그들의 뒷모습은 세상 그 무엇보다 아름답고 또 쓸쓸하다. 그러니 고독과 열정 사이 사랑은 나의 민낯을 보여주는 것이고 한쪽 눈을 감고 붉어지는 서로의 그림자를 그렇게 오래 바라보는 일이겠지.

그러니까, 그 이야기는 계속되어야 한다는 것

영화 속 제시와 셀린과 함께 세월을 지나온 배우 에단 호크와 줄리 델피는 연기뿐만 아니라 시나리오 작업에도 같이 참여하였다고 한다. 실제 현실에 있을 내용의 대본을 같이 고민하며 영화의 완성도를 높였다고 한다. 긴 시간을 거치며 세 시리즈가 나오게 된 것을 두고 에단 호크는 "그 누구도 이렇게까지 되리라고 상상하지 못했다"고 했다. 줄리 델피 역시 "우리도 모르게 우리는 언제나 '비포 시리즈'를 생각하고 있었으며 어느새 함께 시나리오를 쓰고 있었다"는 말로 작품에 대한 깊은 애정을 드러냈다.

'비포' 시리즈는 20대의 불 같은 첫 만남, 서로의 꿈을 향해 나아가며 조심스러웠던 30대 그리고 두 딸의 엄마와 아빠로 뜨겁진 않지만 절제된 감정과 아쉬움이라는 40대의 현실을 잘 풀어내고 있다. 링클레이터 감독이 오랜 시간 동안 영화를 만들며 지속적으로 말하려고 했던 '사랑' 이야기가 아름다운 것은 그 사랑이 완전하지도 또 완벽하지도 않기 때문일 것이다. 그리고 언젠가 우연히 그 길 위에서 누군가를 문득 만날 수 있다는 희망이 또 어딘가에 숨어 있기 때문이다.

'혁명'이라는 또 다른 여행의 시작
— 월터 살레스 감독의 〈모터싸이클 다이어리〉

〈모터싸이클 다이어리〉는 체 게바라의 라틴아메리카 여행기를 다룬 영화다. 아르헨티나 출신 혁명가 '체 게바라'는 민족과 국가의 한계를 넘어 쿠바혁명을 이끌며 세계적인 우상으로 불리기도 했다. 평소 시집을 가까이하고 수많은 명언을 남기며 젊은이들의 가슴에 뜨거운 불씨를 남겼던 그는 1928년 아르헨티나의 로자리오에서 병원장인 아버지와 문학과 사상에 열정적이었던 어머니 사이 미숙아로 태어났다. 본명은 '에르네스토 게바라 데 라 세르나'. 우리가 알고 있는 '체 게바라'는 혁명가로 활동하면서 얻게 된 이름이다.

책을 가까이하고 시를 썼던 그의 문학적 소양은 어머니에게서 영향을 받았다고 할 수 있다. 그는 부르주아 가정의 아들로 태어났지만 의사로서의 안락한 삶을 포기하고 평생의 지병이었던 천식의 고통 속에서 게릴라전의 이론과 전술을 전파했다. '피델 카스트로'와 함께 쿠바혁명을 성공적으로 이끌며 라틴아메리카의 자유를 위해 몸을 던진 그는 당시 전세계 젊은이들의 혁명의 아이콘이었다. 체 게바라는 미국식 자본주의와 제국주의를 풍자하는 무언극을 쓰기도 하고 군사이론에 대한 저술과 뜨거운 청춘의 시를 남기기도 했다.

영화는 '체 게바라'가 어떻게 게릴라 전술가이자 혁명의 아이콘이 될 수 있었는지 젊은 시절의 그의 모습을 담고 있다. 1952년 23살 의대생인 체 게바라와 29살의 생화학자인 친구 알베르토가 '포데로사'라고 이름지은 낡은 모터사이클을 타고 남미 대륙을 여행하기 위해 계획을 세운다. 당시 부에노스아이레스 대학의 유망

한 한센병 전공의였던 체 게바라는 기말시험에 통과한 후 알베르토와 필요한 것은 현장에서 조달하는 것을 원칙으로 여행을 떠난다. 경로는 아르헨티나 부에노스아이레스에서 서쪽 파타고니아를 지나 칠레를 거쳐 안데스 산맥을 따라가 마추픽추에 도착하는 것이었다. 그리고 거기서 페루의 한센병원인 '산파블로병원'으로 간 뒤 남미 대륙의 끝, 베네수엘라 과히라 반도에서 여행을 끝마치는 것이었다.

철저하게 계획을 세웠지만 현실은 만만치 않아 고난의 연속이었다. 연인에게 줄 강아지 '컴백'을 뒤에 싣는 바람에 모터사이클이 개울에 빠지기도 하고 하나밖에 없는 텐트가 강풍에 날아가 마구간에서 잠을 자기도 한다. 먹을 것이 없어 새를 사냥해 호수에서 건져올리기도 하고, 칠레에서는 한 신문에 난 자신들의 기사 덕분에 공짜로 고장난 모터사이클을 수리하기도 한다. 하지만 어느 날 밤, 마을 축제에서 정비사 아내에게 치근댄다는 오해를 받아 줄행랑을 치기도 한다. 또 어렵게 고친 모터사이클의 브레이크가 고장나 이동 중인 소떼를 피하지 못하고 넘어지는 바람에 모터사이클이 완전히 망가져 도보여행으로 바뀌게 된다.

아름다운 혁명, 그것은 바로 내 손끝에 있다

태어나면서부터 천식에 시달렸던 체 게바라는 '나에게는 항상 먼저 극복해야 할 내 몸 안의 적이 있다'고 할 정도로 천식으로 오랫동안 고생했다. 모터사이클이 고장나자, 히치하이킹을 하며 걸는다. 스페인 침략으로 폐허가 된 페루의 잉카 유적지를 거쳐 정치적 이념 때문에 도망다니고 있는 부부 이야기를 듣기도 한다. 또 학교 한번 가보지 않고 소만 키우는 페루인을 만나기도 하고 일자리를 찾아 사람들이 몰리는 광산에서 노동자들의 척박한 삶을 직접 보게 된다. 그들이 알고 있던 현실과 다른 세상을 경험하며 현실의 불합리함에 오랫동안 고통받아온 그들의 삶에서 어떤 분노가 치밀어오름을 느끼기도 한다.

네 자유와 권리는 딱 네가 저항한 만큼 주어진다

7개월 동안의 여행을 마친 두 사람은 자신들이 더 이상 과거의 그들이 아님을 깨닫게 된다. 눈이 내리는 길 위에서 체인이 언 오토바이를 밀거나 끌며 험난한 여정에서 마주한 현실. 그 현실을 통한 내면의 변화는 라틴아메리카의 참담한 정치와 사회적 부패로 신음하는 민중들의 피폐한 삶을 목격했기 때문이다. 체 게바라는 이 여행을 통해 훗날 현명하고 인간적인 지도자로 추앙받으며 '세기의 우상'으로 거듭나게 된다. 영화는 젊은 시절 체 게바라가 마음에 새긴 혁명정신의 기원을 추적하며 그것을 그려내고 있다.

그 후 두 사람이 다시 만난 건 8년 후였다. 1960년 알베르토는 체 게바라의 초청을 받아들여 쿠바에 가서 자신의 연구활동을 계속 이어나간다. 친구 체 게바라는 이미 쿠바혁명의 큰 지도자가 되어 있었다. '영원한 승리의 그날'을 위해 많은 게릴라전에 뛰어든 체 게바라는 결국 1967년 볼리비아군에게 체포되어 사살된다.

그때 그의 나이 서른아홉 살이었다. 처형되기 직전, 한 장교가 체 게바라의 머리에 총구를 겨누고 마지막 질문을 했다. "게바라, 당신은 지금 무슨 생각을 하고 있소?" 그러자 체 게바라는 "혁명의 불멸성에 대하여 생각하는 중이요"라고 했다는 것.

　진정한 혁명은 '사랑'이라는 커다란 감정으로 이룰 수 있다고 한 체 게바라. 그를 생각하면 우리가 변한다는 것, 행동한다는 것은 누구나 알고 있지만 누구나 쉽게 할 수 있는 것은 아니라는 생각이 든다. 그리고 언제나 우정을 지키던 알베르토는 쿠바에 남아 의학대학을 세우고 가족들과 살다가 2011년 향년 89세로 세상을 떠났다.

줄리아 크리스테바(1941~)

행복은 오직 반항의 대가로만 존재한다.
우리들 중 그 누구도 장애물이나 금지사항,
권위, 법규 따위에 대항하지 않고서는
진정한 기쁨을 맛볼 수 없다.
—『반항의 의미와 무의미』중에서

Part 8

각자의 마음으로
함께 울어요
— 슬픔이라는 연대

소설가 은희경은 '모든 감정의 끝은 결국 슬픔'이라고 했다. 이 말은 예술이나 문학에서 이 슬픔이나 결여는 필수적인 것이기에 그것의 가장 강력한 힘은 결국엔 슬픔을 탐구하고 표현하는 것에서 나온다는 것이다.

또 평론가 신형철은 『슬픔을 공부하는 슬픔』에서 영화 〈킬링 디어〉를 통해 타인의 슬픔을 결코 제대로 이해할 수 없는 인간 본연의 한계를 말했다. 하지만 타인의 슬픔을 결코 알 수 없음에도 그 슬픔을 공부하는 것이 인간으로서 우리가 가져야 하는 윤리라고 말한다. 그런 점에서 최상의 산문 문장은 고통과 슬픔도 적확하게 묘파되면 달콤해진다는 것을 입증하는 문장이라는 것. 이것은 타인의 고통에 대해서도 마찬가지. 그러므로 '슬픔을 공부하는 슬픔'은 타인의 슬픔이나 고통을 이해하는 데 실패할 것을 알면서도, 이해하려 애쓰는 것에서 오는 역설적 슬픔이다. 나는 절대로 당신이라는 타인이 될 수 없지만 그래도 당신의 슬픔을 공부해야 함을 성실하면서도 숙연하게 말한다. 그래서 다음과 같은 문장에 또 밑줄을 긋는다.

"아마도 나는 네가 될 수 없겠지만, 그러나 시도해도 실패할 그 일을 계속 시도하지 않는다면, 내가 당신을 사랑한다는 말이 도대체 무슨 의미를 가질 수 있나. 이기적이기도 싫고 그렇다고 위선적이기도 싫지만, 자주 둘 다가 되고 마는 심장의 비참. 이 비참에 진저리치면서 나는 오늘도 당신의 슬픔을 공부한다."(신형철『슬픔을 공부하는 슬픔』중에서)

태초에 슬픔이 있었다

존 버거의 소설, 『A가 X에게』는 최악의 상황에서 가장 기적 같은 연인의 사랑을 그리고 있다. 테러조직 결성 혐의로 이중종신형을 선고받고 감옥에 간 사비에르와 그를 기다리는 약사 아이다. 이중종신형은 죽을 때까지 감옥에 있어야 하고, 죽어서도 살았던 나이만큼 그 시신을 감금하는 형벌이다. 이 소설은 아이다가 쓴 편지가 사비에르에게 전해질지 확신할 수 없는 상황에서 그래도 매일 써내려간 편지 형식의 글이다. 그래서인지 단어 하나하나 글 한 줄 한 줄이 간절하게 읽힌다. 볼 수도 없고 만질 수도 없고 더군다나 만날 기약조차 없는 두 사람. 아이다는 비록 살아서 그를 만날 수 없지만 그가 그곳에 존재한다는 사실 하나만으로 감사하며 그에게 매일 편지를 쓴다. 시간조차 그의 존재 자체를 가릴 수 없다는 듯. 그리고 말한다. '기대'는 몸이 하는 것이고 '희망'은 영혼이 하는 거라고. 그래서 몸이 하는 기대도 그 어떤 희망만큼 오래 지속될 수 있다는 것. 이중종신형을 선고받는 그 순간부터 세상의 시간을 믿지 않기로 했다는 아이다. 그러니 사랑은 시간의 어릿광대가 아니기에 사랑은 긴 세월에도 변하지 않고 운명이 다할 때까지 견디는 거라는 것.

나는 당신의 울음을 기억합니다
— 박준 시인의 「슬픔은 자랑이 될 수 있다」

시인은 그동안 자기 자신으로만 향해 있던 시선을 집을 잃거나 사람을 잃은 사람들과 공동체 속의 타자를 향해 손을 내민다. 하루하루 어떤 일들이 벌어질지 알 수 없는 위험 속에 사는 타자들을 끌어안으며 그 고통과 슬픔을 함께하고자 한다. '작은 눈에서/ 그 많은 눈물을 흘렸던/ 당신의 슬픔은 아직 자랑이 될 수 있다'는 것은 나의 슬픔을 넘어 당신의 슬픔을 그리고 공동체의 문제를 같이 공감하고 그 고통에 동참하겠다는 것이다. 스스로를 열어 공동체와 타자를 향해 나아가려는 노력. 그러니까 새로운 해결책을 함께 모색하기 위해 연대의 가능성을 타진하려는 것이다.

그것은 광주나 용산, 세월호 그리고 제주 4·3사건과 같이 우리 사회에서 일어나는 이해할 수 없는 일들을 함께 견디고 함께 맞서며 그 고통의 시간을 잊지 않고 같이 기억하는 것. 그래서 시인은 말한다. 당신과 우리의 '슬픔'은 때로 자랑이 될 수 있다고. 그러니 이 슬픔으로 인한 연대는 거대한 구조적 폭력에 대항할 수 있다. 어쩌면 나였을지 모를 당신에게, 그리고 어딘가 고독하게 서성이는 모든 슬픔들에게 말해요. '걱정말아요. 슬픔의 공동체

는 언제난 힘이 셉니다!'

산산조각이 나면 산산조각을 얻을 수 있고
— 정호승 시인의 「산산조각」

누구에게나 '산산조각'의 순간은 가장 고통스럽고 견디기 힘든 시간이다. 그래서 이 시를 읽을 때마다 늘 부서지지 않으려고 전전긍긍하며 살았던 자신을 되돌아보게 된다. 살면서 우리는 실패하지 않을 수 없다. 이 시에서처럼 산산조각이 나면 산산조각을 얻고 또 그것으로 살 수 있기 때문에 우리는 그러한 상황에서 조금 더 큰 용기와 여유를 가질 수 있게 된다.

정호승 시인은 지난 경험에 비추어 쓴 이 시를 자신이 쓴 시 중에서 가장 아낀다고 했다. 산사의 범종도 금이 가면 종을 칠 때마다 깨어진 종소리가 나지만 완전히 산산조각이 나면, 그 파편 하나하나를 칠 때마다 제각기 맑은 종소리를 낸다. 때문에 시인은 '내 삶이 하나의 종이라면 그 종은 이미 여러 차례 산산조각이 났다'고 고백했다. '그렇지만 깨어진 종의 그 파편 파편마다 맑은 종소리가 숨어 있기 때문에 산산조각이 난 내 삶의 파편을 더 소중히 거둘 수 있었다'는 것. 그러니 산산조각이었던 지난 시간들 속에 맑은 종소리를 찾은 그대가 세상에서 가장 경이롭고 가장 아름답다는 사실.

나는 싸울 줄 몰라요. 그냥 살 뿐이죠
— 스티븐 스필버그 감독의 〈칼라 퍼플〉

영화 〈칼라 퍼플The Color Purple〉은 앨리스 워커의 소설을 원작으로 근친상간과 가정폭력을 고발하고 있는 작품이다. 그녀는 민권운동가이며, 21세기 여성주의를 결실해온 인물로 평가받기도 한다. 영화는 고립된 시골에서 자란 조지아라는 흑인 여성 셜리가 받아온 정신적, 육체적 고통을 탁월하게 묘사하며 '슬픔이 저렇게 아름다울 수 있을까'라는 수식어를 붙게 했다.

어린 나이의 셜리는 의붓아버지로부터 여러 차례 성폭행을 당하고 두 번이나 아이를 낳았다. 그 아이들을 의붓아버지는 목사에게 입양을 보낸다. 그 후 아이가 셋이나 있는 알버트란 사내가 셜리의 여동생 네티에게 청혼을 하자 의붓아버지는 셜리와 결혼할 것을 강요한다. 전형적인 나쁜 남자인 알버트와 결혼한 셜리

는 지금까지 살아온 것보다 더 힘들고 고통스러운 생활로 내몰리게 된다.

부당함을 알면서도 순종적인 삶을 살았던 셜리는 남편과 전처 사이에서 태어난 아들 하포와 그의 아내 소피아 그리고 남편이 사랑하는 떠돌이 가수 셔그를 보면서 자신이 살아온 삶이 온당치 못

함을 깨닫고 새로운 삶을 찾아나선다.

보라색 코스모스가 가득한 꽃밭을 거닐 때 누군가 설리에게 말한다. "당신이 들판에서 귀한 보랏빛 꽃을 지나치면서 그것을 알아채지 못한다면 아마 주님이 화내실 거예요." 그 말처럼 인간은 누구나 존엄하고 아름답다. 흑인 사회의 차별과 폭력적인 남편에게 인간 이하의 취급을 받던 설리가 최악의 힘든 상황을 견뎌내고 당당히 홀로 서는 모습. 그러니까 언제나 큰 슬픔은 큰 용기로 되돌아온다는 사실.

촛불을 켜도 여긴 여전히 어두워요
― 손택수 시인의 「왔다 간 시」

우리는 어떤 일을 할 때 더 잘하고 싶고 또 실수하지 않으려고 부단히 애를 쓴다. 그렇지만 일이라는 것이 너무 잘하려고 하다 보면 과욕이 생기게 되고 또 계획이나 기대와 달리 결과가 좋지 않을 때도 많다. 그러다보면 크게 실망하는 일이 점점 많아진다.

누군가와 했던 약속을 깜박하기도 하고 병원에 입원한 지인의 소식을 듣고 놀라기도 한다. 힘들 때마다 토닥거려주던 이들의 안부를 매번 잊을 때도 많다. 그렇게 나에게 왔지만 매번 놓쳤던 중요한 것들을 하나씩 떠올릴 때, 난데없이 어쩌면 내가 매사에 너무 진지할지도 모른다는 생각이 든다.

이 시에서는 안산 선수의 말을 재미있게 예로 든다. '올림픽 삼

관왕 양궁 선수 안산이 그랬지/ 대충 쏘려고 노력했다고'. '대충 쏘려고 노력했다'는 이 말은 무엇을 의미하는 것일까. 올림픽에서 우리나라를 대표해 출전한 선수가 사실 대충 쏘기란 쉽지 않다. 이 말은 그만큼 심적 부담을 줄이고 '평상심'이나 '평정심'을 유지하기 위해 노력했다는 말일 것이다. 더 잘하려고 하면 마음의 평정심을 잃게 되거나 부담이 되기 때문에, 그걸 잘 아는 안산 선수는 '대충 쏘려고 노력했'고 한 것이겠지. 여기서 '노력했다'에 방점을 찍으면 그 말은 욕심을 버리고 평상심을 유지했다는 말이 된다. 그래서 우리는 자신이 긴장하거나 힘들어할 때 스스로에게 이런 말이 가끔 필요하다. "너무 잘하려고 애쓰지 마!"

그렇다. 우리는 너무 한곳에 몰두해 있거나 진지해서 나에게 왔지만 온 줄도 모르고 떠나보내거나 놓친 것들이 많다. 누군가의 안부가 그렇고 내 곁에서 서성거리다간 많은 사람들이 그렇다. 그리고 자신의 건강이나 사랑하는 사람들과의 시간 또한 그럴 것이다.

손택수 시인은 이 시가 실려 있는 시집『어떤 슬픔은 함께할 수 없다』를 출판사에 넘겨 편집을 마치고 시집을 받아들자마자 이태원참사가 일어났다고 한다. 당시 이태원참사는 충분한 애도 없이 망각의 시간을 너무 빨리 종용하는 것 같아 마음이 무거웠다고 했다. 이 시집의 제목이 우연찮게도 이 세계에 대한 슬픔의 아이러니를 반어적으로 표현하고 있었다고 했다. 그러니까 '어떤 슬픔은 함께 할 수 없다'는 말은 '어떤 슬픔은 함께할 수 있다'는 강조의 의미라는 것.

그는 시를 쓸 때 가장 주안점을 두는 부분이 '사회적 그늘'이 '개인의 경험적 측면과 얼마나 육화되었는가를 숙고하는 것'이라고 했다. 그런 점에서 세 번째 시집『목련전차』에 실린 시인의 말은 인상적이다. "아버지는 그랬다/ 시란 쓸모없는 것이라고/ 어느 날 아버지가 다시 말했다/ 기왕이면 시작했으니 최선을 다해보라고/ 쓸모없는 짓에 최선을 다하는 것/ 이게 나의 슬픔이고 나를 버티게 한 힘이다"라고.

사람들이 알아주지 않는 '쓸모없다'고 생각하는 그것에 목숨을 걸고 최선을 다하는 시인. 삶의 그늘진 곳이나 주목받지 못하는 이들의 삶까지 따스하게 껴안으려는 시인의 시를 읽을 때, 우리는 비로소 진정성을 느끼고 또 그 지점에 감동하게 된다.

다른 남자하고 헤어질 결심을 하려고 했습니다
— 박찬욱 감독의 〈헤어질 결심〉

제75회 칸 영화제 감독상을 수상한 영화 〈헤어질 결심〉은 박찬욱 감독의 열한 번째 영화다. 박찬욱 감독은 〈아가씨〉 등의 영화에서 통념적인 로맨스에서 조금 빗겨난 사랑 이야기를 주로 보여주었다. 이 영화는 사랑하는 이들의 전형적인 감정들을 '엇갈린 사랑'으로 독특하게 구성한 수사 멜로 장르이다.

산 정상에서 한 남자가 추락해서 사망하게 된다. 이 변사사건

을 담당한 형사 해준은 사망자 아내인 서래와 마주하게 되는데, 경찰들은 남편의 죽음에도 크게 동요하지 않는 서래를 의심하며 용의자로 지목한다. 특히 예상치 않는 그녀의 한국어 표현이나 답변은 상대방을 당황케 하지만 정작 자신은 태연함을 잃지 않아 무엇이 진실이고 거짓인지 헷갈리게 한다. 사건의 진실을 밝히려는 수사 과정에서 두 인물의 감정을 섬세하게 담아내면서 서스펜스와 멜로를 넘나드는 신선한 재미를 준다. 무엇보다 산에서 시작해 바다로 이어지는 공간의 이동이라든지 의심과 관심을 오가는 관계의 변화 그리고 수사 과정에서 드러나게 되는 두 사람의 미묘한 감정이나 표정들 또한 매력적이다.

해준은 스스로의 품위와 자신이 맡은 사건들에 대해 항상 자부심을 가지는 형사다. 이에 대해 박찬욱 감독은 "점잖고 조용하고 깨끗하고 예의바른 친절한 형사" 이야기를 만들고 싶었고 그 이미지에 딱 맞는 배우가 바로 박해일이었다고 했다.

그런 해준은 사건의 결정적 증거인 핸드폰을 서래에게 주면서 아무도 찾지 못하게 바다 깊숙한 곳에 던져버리라고 하며 죄를 덮어준다. 형사로서의 직업적 윤리와 서래에 대한 사랑 사이에서 많은 고민과 갈등을 보여주는 장면이다. 사실 영화 속에서 해준은 서래에게 단 한번도 직접적으로는 '사랑한다'는 말을 하지 않는다. 하지만 형사로 일하는 것이 평생의 긍지였던 해준이 했던 한마디가 이 영화의 중요한 지점을 관통하고 있다. 그것은 서래의 죄를 덮어주며 '나는요, 완전히 붕괴됐어요'라며 절규하듯 던진 말이다. 한편 서래는 이 말을 자신을 사랑한다는 의미로 받아들이고 '무너지고 깨어짐'이라는 파일명으로 녹음해서 그 목소리를 듣고 또 들었다고 해준에게 전한다.

이 영화에서 '안개'는 중요한 매개이다. 이 '안개'는 도시나 마을에 자욱하게 깔린 안개이기도 하지만 인물들의 심리적인 상황을 드러내고 있다는 점에서 해준과 서래의 관계에 대한 은유이다. 특히 영화 후반부에 등장하는 '이포'라는 도시는 오전 내내 안개가 자욱하게 깔려 있는 곳이다. 해준이 불면증과 안구 건조증으로 인공 눈물을 넣는 장면은 마음의 상태가 이 안개 낀 것처럼 흐릿하다는 것을 의미한다. 서래 또한 우리말이 서툰 외국인으로 그녀가 하는 말들과 영화 속 인물들과의 모호한 의사소통 또한 이 안개의 특징들과 잘 맞는 지점이다.

친절한 형사의 심장을 가져다주세요

박찬욱 감독은 이 영화에서도 자신의 장기인 색깔과 미장센을 잘 활용하고 있다. 특히 서래의 집 벽지나 두 번째 남편과 나타났을 때 그녀가 입었던 원피스 색깔 등이 청록색이다. 이 청록색은 인물의 모호한 정체나 심리 변화 등과 관련이 있으며 무엇보다 이 영화의 주제와도 밀접하다.

그리고 외국인 서래의 서툰 한국말에서 느껴지는 시적 울림들. 해준이 "당신은 정말로 훌륭한 사람인데 왜 저런 엉망진창인 사람들과 결혼하는 거죠"라는 말에 서래는 "다른 사람과 헤어질 결심을 했기 때문"이라는 답변. 여기서 등장하는 영화의 제목. 그리고 "친절한 형사의 심장을 가져다주세요"라는 말이나 "당신이 사랑한다고 말할 때 당신의 사랑이 끝났고 당신의 사랑이 끝났을 때 내 사랑이 시작됐다"는 말로 멈출 수 없는 자신의 감정을 전한다. 하지만 자신의 사랑이 이루어질 수 없다는 것을 알고 "나는 당신의 미결 사건이 되고 싶어요"라고 한 말은 내내 마음을 서늘하게 한다.

해변의 모래 아래로 사라지는 서래의 모습은 영화에서 가장 충격적인 장면이다. 그것은 평생 자신을 찾아다니며 잊지 말라는 간절한 사랑의 고백일 것이다. 서로를 욕망하지만 경계할 수밖에 없는 현실에서의 절제된 감정선은 그래서 더 처연하도록 아름답다. 영화의 모티브인 이 '안개'가 흐릿하고 경계도 없이 모호한 것처럼 사건의 전개도 두 사람의 관계도, 사람들 마음속 심리상태도 모두 안개처럼 희미하다. 어떻게 보면 영화뿐 아니라 우리의 삶 또한 그렇기 때문이겠지. 그래서 엔딩크레딧에 나오던 노래 〈안개〉를 다 듣지 않았다면 단언컨대 영화는 반도 보지 못한 것이다.

Part 9

당신과 나 사이
스치고 스며든 것
― 너무 빠르거나 너무 늦은 시간들

시간은 우주가 생긴 이래로 계속 흘렀고 앞으로도 계속 흐를 것이다. 시간은 그 자체로는 변화하지 않지만 변화하고 운동하는 모든 것은 시간 속에서 시간과 함께 변화를 거듭한다. 우리는 그런 '시간'이 정해진 대로 움직이고 그것을 당연한 것으로 받아들인다. 하지만 이 시간은 숫자의 개념을 넘어 훨씬 거대하고 추상적이며 또 상상적이라는 것.

시간의 상대성이론을 말한 아인슈타인은 기존의 근대적 시간의 패러다임을 해체했다. 즉 시간은 절대적인 것이 아니라 상황이나 주관에 따라 다르게 느껴진다는 것. 시끄러운 소리를 들을 때나 끔찍한 고통 속에 있을 때는 단 몇 초라도 길게 느껴지지만, 사랑하는 사람과 같이 있을 때는 몇 시간도 아주 짧게 느껴진다는 것.

그러므로 이 세상에는 두 개의 시간이 존재한다. 그리스 신화에 나오는 신의 이름을 딴 '크로노스의 시간'과 '카이로스의 시간'이 그것이다. 이 크로노스의 시간은 근대 사회가 만들어놓은 획일적이고 규율화된 시간으로 시계나 달력에 맞춰 흐르는 절대적 시간이다. 하지만 '카이로스의 시간'은 상대적 시간이다. 그것은 고정된 것이 아니라 상황에 따라 끊임없이 변화되는 시간이며 과거와 미래를 무한히 열어놓는 시간이다. 기회의 시간이기도 한

이 카이로스의 시간은 기계로 측정할 수 없으며, 분절된 형태여서 규정할 수도 없다.

그렇다면 인간은 왜 시간을 발명했을까. 하이데거는 인간만이 자신의 존재에 대해 고민한다고 했다. 그러니까 인간은 자신이 언젠가는 죽게 되는 유한한 존재임을 인식하는 '현존재'라는 것. 이러한 '역사적' 존재 방식은 죽음이라는 미래를 내다봄으로써 과거를 반추하고, 그것을 통해서 지금, 이 현재를 살아간다는 의미이다. 때문에 인간은 시간에 집착할 수밖에 없다는 것.

그러므로 인간이 가장 익숙하게 인식하고 있는 것이 시간이고 또 가장 기피하고 싶은 것 또한 시간이다. 결국 인간은 이 시간에서 벗어날 수 없다는 말이기도 하다. 어쩌면 세상의 모든 일들은 다 이유가 있고, 일어날 일은 일어난다는 인과율은 미지의 영역에 맞닥뜨린 인간의 가장 현명한 대처방식이자 시간의 지배로부터 자유롭고자 하는 사유일 것이다.

다시 레비나스의 말을 하자면 그는 시간은 타자와 연관되어 있다고 보았다. 타자 혹은 타자의 사건과 마주치는 경험은 우리에게 다람쥐 쳇바퀴처럼 흘러가던 시간을 와해시키면서 전혀 다른 성격의 시간을 열어놓기 때문이다. 우리는 누군가를 사랑하게 되면 자신이 달라질 거라는 것을 스스로 느낀다. 나와 타자는 무한하기 때문에 내가 어떻게 변할지 그리고 타자가 어떤 모습으로 달라질지 변화될 그 시간을 예측할 수 없다.

그래서 어쩌면 동시대에 있지만 우리는 각자 서로 다른 시간을 살고 있는지도 모른다. 느린 고독의 시간과 장롱 속에서 천천히 흐르는 시간, 멍때리는 시간과 나무 그늘이 천천히 움직이는 시간 등. 하지만 그런 유예된 시간 속에서만 어떤 말이 나오고 어떤 생각이 움직이고 또 어떤 시가 나온다. 그리고 그것은 분명 경이로운 일이다.

지금 나는 내 인생의 3시에서 5시쯤을 지나고 있다
— 도종환 시인의 「세 시에서 다섯 시 사이」

이 시를 읽었던 때가 지금으로부터 10년 전쯤이다. 그때로부터 10년이라는 시간이 더 지났으니 도종환 시인과 내 인생의 시간도 그만큼 더 흘렀겠다. 그런 생각을 하면 잡을 수 없는 시간 앞에 좀 서글퍼진다.

시인은 원래 미술을 하려다 대학에 진학하면서 가정 형편이 어려워 미술을 포기했다고 한다. 아마 그런 감각이 시를 쓰는 데 많은 영향을 주었다는 생각이 든다. 그는 1989년 전교조에 참여했다가 해직되었다. 2007년도에는 한국작가회의 초대 사무총장을 지내기도 했다. 대중들에게는 「접시꽃 당신」과 같은 서정시로 많이 알려졌지만, 사실 시인은 오랜 시간을 이 '투사'의 모습으로 살아왔다. 아마 그런 부분들이 오늘날 시인이 정치를 하는 지점과 연관되어 있을 것이다.

절망적인 시대와 현실에서 힘든 시간을 보낸 시인은 시에서만큼은 희망을 더 많이 이야기하고 싶었다고 한다. '담쟁이 잎 하나는 담쟁이 잎 수천 개를 이끌고/ 결국 그 벽을 넘는다'(「담쟁이」)처럼. 그것이 절망의 벽이라고 해도 담쟁이는 서두르지 않고 앞으로 앞으로 나아간다. 푸르게 푸르게 그 절망을 뒤덮을 때까지.

한 사람과 한 시대, 우리는 이웃들과 어떻게 연대하며 이 고난의 시간을 지날 수 있을까. 그것은 한 개인과 한 지역 그리고 한 시대의 사랑을 넘어서는 것이다. 그렇다면 나는 지금 내 인생에서 몇 시를 지나고 있을까. 지나온 시간보다 앞으로 맞이할 시간이 더 적더라도 흔들흔들 우리는 그 길을 가지 않을 수 없다. 그러니 나에게 남은 이 시간을 어떻게 보내야 할지. 어떻게 사랑하고 어떻게 춤 출지 곰곰 생각해보는 흐릿한 저녁이다.

잃어버린 시간을 찾아서
— 로브 라이너 감독의 〈버킷리스트〉

〈버킷리스트〉는 2007년도 개봉된 로브 라이너 감독의 영화다. 잭 니콜슨과 모건 프리먼이 주연을 맡은 이 영화는 죽기 전에 꼭 하고 싶었던 '버킷리스트'를 하나씩 실행해나가는 내용이다. 시한부 판정을 받은 두 노인이 한 병실에서 우연히 만나면서 이야기가 시작된다. 역사학 전공 교수가 되고 싶었지만 생활전선에 뛰어들어 평생 자동차수리공 일만 했던 박학다식한 카터와 그들이 입원해 있는 병원의 대표이자 유능한 사업가였던 에드워드 콜이 주인공이다. 그들은 성격도 다르고 살아온 환경이나 방식도 정반대여서 첫 만남부터 티격태격하며 서로를 불편해한다. 하지만 병원 생활을 해나가면서 겉으로 보이는 것과 다르게 외롭고 힘든 서로의 사정을 하나씩 알게 되며 가까워진다. 우연히 카터가 가지고 있던 버킷리스트를 보게 된 에드워드는 그들의 버킷리스트를 하나씩 실행해보자고 제안하며 병원을 몰래 빠져나온다.

'왜 좀 더 젊었을 때 이걸 작성해보지 않았을까'라고 후회하면서 작성한 그들의 버킷리스트는 이런 내용이다. 장엄한 광경 보기, 눈물이 날 때까지 웃어보기, 카레이싱 해보기, 스카이다이빙 하기, 몸에 문신 새기기, 만리장성 방문하기, 세렝게티 초원에서 호랑이 사냥하기, 로마, 홍콩, 타지마할 여행하기 등. 이 버킷리스트를 하나씩 실행하며 자신들이 그동안 잃어버린 시간을 하나씩 찾게 된다. 인생은 짧고 우리는 우리가 가진 시간을 최대한 잘 가꾸고 활용해야 한다는 것.

무엇보다 영화에서 피라미드의 석양을 바라보며 카터가 말하는 장면이 인상적이다. 사람이 죽어 하늘에 가게 되면 신은 두 가지 질문하는데, 하나는 "너의 인생에서 행복을 찾았는가?"이고 또 하나는 "너의 인생이 다른 사람들을 기쁘게 했는가?"라고 한다. 이 질문을 받는다면 나는 어떻게 대답할 수 있을까.

그러니 잠시 망설이다 말하겠지. 조금만 더 기다려줄래? 네가 좋아하는 체리를 사놓을게. 조금만 더 기다려줄래? '두 번은 없다'고 했던 그 시인의 시를 다 읽을 때까지. 조금만 더 기다려줄래?

사람이 죽어 하늘에 가게 되면
신이 두 가지 질문을 한다는군.
하나는 "너의 인생에서 행복을 찾았는가?",
또 하나는
"너의 인생이 다른 사람을 기쁘게 했는가?"
— 영화 〈버킷리스트〉 중에서

천장이 높고 푸른 강당에서 탱고를 추는 시인의 이름을 알 때까지. 조금만 조금만 더 기다려줄래? 오래된 처음처럼 다시 너의 도시로 돌아갈 때까지.

여행을 마친 후, 카터는 뇌까지 암이 전이되어 더 이상 못 버티게 되자 에드워드에게 마지막 편지를 쓴다. 그 편지를 읽고 두 사람은 정말 눈물 나도록 웃는다.

영화에서는 무엇보다 모든 것을 다 가졌고 또 다 이룬 에드워드가 마지막까지 하지 못한 한 가지. 바로 이혼한 부인과 살고 있는 딸, 그 딸과도 마지막 화해를 하게 된다. 그리고 카터의 장례식에 참석한 에드워드는 그가 살았던 마지막 몇 개월이 자신에겐 최고의 시간이었고 그가 내 인생을 구했다고 말한다. 무엇보다 카터와 친구가 되었다는 것에 무한한 자부심을 느꼈다고 전한다. 서로의 인생에 기쁨을 찾아주었던 둘은 같은 장소에 나란히 묻히며 영화는 끝이 난다.

인생은 살아온 시간을 되돌아보며 후회하고 미련을 가지기보다 우리에게 남은 이 시간을 어떻게 보내느냐에 집중해야 한다고들 한다. 사랑이란 사랑할 수 있는 용기를 말하는 것처럼 인생도 앞으로 더 잘 살아갈 용기가 주어진 자에게 더 아름다울 것이니까. 하지만 우리는 한 살씩 나이 들면서 하고 싶은 것도 꼭 해야 하는 것도 조금씩 줄어든다. 그만큼 체력과 용기가 점점 약해지기 때문이겠지. 그래도 올해는 나 자신을 위해 조금은 대담해져서 멋지게 써둔 버킷리스트를 하나씩 실천해나갈 것!

우리가 빌려 온 시간 속에서
너무 늦거나 이른 건 없어요
— 데이비드 핀처 감독의 〈벤자민 버튼의 시간은 거꾸로 간다〉

영화 〈벤자민 버튼의 시간은 거꾸로 간다〉는 같은 시대를 살지만 서로 반대로 흐르는 시간 속에 갇힌 두 사람의 사랑 이야기다. 모든 사람들이 늙어갈 때 자신의 시간은 반대로 흘러 점점 젊어지는 벤자민. 한마디로 벤자민의 시간은 거꾸로 흐른다. 그러니까 내 인생의 시간이 다른 사람들과 반대로 흐른다면 나는 그것을 어떻게 받아들여야 할까.

영화는 1918년, 미국 남북 최고의 시계공인 개토가 전쟁에서 전사한 자기 아들을 위해 혼을 담아 만든 '거꾸로 가는 시계'를 기차역에 설치하면서 시작된다. 1차 세계대전이 끝난 축제 날, 토마스 버튼의 아이 벤자민 버튼이 80세 노인의 외모로 태어난다. 하지만 토마스는 흉측하게 생긴 갓난아기를 포대기에 싸서 어느 양로원 계단 위에 버리고 간다. 양로원 주인 퀴니는 벤자민을 다른 아이와 좀 다를 뿐, 기적 같은 아이라고 하며 따뜻하게 안아 집안으로 데리고 들어온다. 하지만 노인의 몸을 한 어린 벤자민은 양로원에서 사람들의 많은 오해와 놀림으로 힘들어하고 속상해한다. 그럴 때마다 엄마 퀴니는 "넌 다른 사람과 좀 다르지만, 삶의 종착역은 모두 다 같은 거야"라고 속삭여준다.

어느 날 한 할머니의 6살 손녀 데이지가 양로원을 방문하게 된다. 60살 외모의 벤자민과 6살 데이지의 만남. 둘은 서로의 겉모습에 연연하지 않고 사랑의 감정을 싹 틔운다. 시간이 흘러 데이지는 유명한 발레리나가 되고 벤자민은 선원이 된다. 매번 엇갈리는 만남 속에 그들은 서로를 잊지 못한다. 그러던 중 큰 사고를 당해 다시 발레를 하지 못하는 데이지를 벤자민이 보살피며 둘은 같이 살게 된다. 시간이 갈수록 벤자민은 점점 젊어지고 데이지는 늙어간다. 변함없는 둘의 사랑 속에서 데이지는 딸 캐롤라인을 출산한다. 시간이 갈수록 변하게 될 자신의 모습으로는 아이를 키울 자신이 없어진 벤자민은 전 재산을 데이지와 딸에게 남겨둔 채 그들을 떠난다.

많은 시간이 흐른 어느 날, 데이지는 한 건물에서 자신의 이름과 양로원의 주소가 적힌 수첩이 아이와 함께 발견되었다는 전화를 받는다. 그 아이가 바로 벤자민이었다. 벤자민은 몸은 아이였지만 정신은 노인성 치매를 앓고 있어서 더 이상 데이지를 알아보지 못했다. 이미 할머니가 된 데이지와 6살 벤자민의 모습은 양로원에서 처음 그들이 만났을 때와 정반대였다.

데이지는 자신을 알아보지 못하는 어린 벤자민을 보살핀다. 시간이 더 많이 흘러 갓난아이가 된 벤자민은 데이지의 품에 안긴 채 그녀를 바라본다. 순간 데이지는 벤자민이 자신을 알아본다는 걸 느낀다. 얼마 후 벤자민은 데이지의 품에서 조용히 눈을 감는다. 그 후 2002년 그 기차역에 새 시계가 달리게 되고, 2003년 봄, 벤자민의 시계는 멈춘다.

우리 인생의 시간이 어떤 이들에게는 조금 느리게 또 어떤 이들에게는 조금 더 빠르게 흐를 수도 있지만 어쨌든 이 시간은 지금 이 순간에도 흘러가고 있다. 하지만 벤자민을 키워준 엄마 퀴니가 벤자민이 힘들어할 때마다 항상 해주었던 "운명은 아무도 모른다"는 말. 이 말이 오늘은 가장 절실하게 와닿는다는 것. 그렇지만 이 인생의 시간이 순리대로 흐르든 아니면 거꾸로 흐르든 변하지 않는 것은 지나간 그 시간을 되돌릴 수 없다는 것.

남해 금산, 푸른 돌 속에 묻혀 있는 사랑
— 이성복 시인의 「남해 금산」

이 시는 7줄의 짧은 시이지만 우리 현대시에서 다섯 손가락 안에 들어가는 연애시 중의 한 편이다. 이성복 시인은 이 시를 1984년 어느 날 새벽, 남해 금산에 올랐던 기억을 더듬어 썼다고 한다. 별달리 취미가 없는 시인에게 남해 금산은 정신적 지도의 거점을 이루던 몇 안 되는 장소 중의 하나였다고 한다.

시에서는 돌 속에 묻혀 있는 한 여자를 사랑해서 한 남자가 돌 속으로 들어간다. 영원할 것 같았던 돌 속의 사랑도 시간이 흐르자 식고 여자는 울면서 돌 속에서 떠난다. 왜 여자는 돌 속을 떠났을까. 어쩌자고 해와 달은 그 여자를 이끌어주고 푸른 바닷가에 남자만 남긴 채 사라졌을까. 돌 속에 홀로 남은 그 남자는 푸른 바닷물 속에 잠겨 있다. 믿었던 사랑이 변하듯 모든 것은 시간과 함께 변한다. 누군가 떠난 그 부재의 자리에 혼자 잠겨 있는 시간. 필연이 우연의 옷을 입고 나타나듯 때때로 우연도 필연의 옷을 입고 지금, 이 시간 속으로 걸어올지도 모른다.

얼마나 많은 사람들이 이 시에서처럼 돌이 되었을까. 또 얼마나 많은 사람들이 얼굴과 얼굴을 마주 보며 서로의 바위가 될 수밖에 없었는지. 모든 사랑은 위험하지만 사실 또 사랑 없는 삶도 위험하다. 어긋난 사랑의 피난처가 돌 속이지만 그 깊은 사랑의 슬픔이 저토록 처연하게 아름다울 수 있다니.

또 시인은 '우리가 아픈 것은 삶이 우리를 사랑하기 때문이고' '짐 실은 말 뒷다리가 사람 다리보다 아름다울 때/ 삶은 거기에 묶일 수밖에 없다'고 했다. 사랑도 혁명도 이 시간과 같이 흘러 흐릿해진다는 것. 그래서 어느 날 고백한 한 남자의 사랑이 이토록 아름다울 수밖에 없는 것이다.

그래도 봄날은 가고, 봄날은 또 옵니다
— 허진호 감독의 〈봄날은 간다〉

영화 〈봄날은 간다〉는 사운드 엔지니어 상우와 방송국 라디오 PD 은수의 사랑 이야기를 다룬 2001년도 영화다. 지난 2021년 강릉 국제영화제에서 20주년 기념 특별 상영을 했다. 말하자면 시나리오가 수작이다보니 화려한 화면이나 동적인 장면이 없어도 차분하게 몰입해서 볼 수 있는 영화라는 것. '사랑은 변하지 않는다'고 믿는 상우를 측은하게 바라보면서도 또 그걸 믿고 싶은 우리의

마음 한편을 지켜보게
한다.

영화에서는 소리를 녹
음하는 장면들이 자주
등장한다. 대나무 숲에
서의 바람 소리라든가 비 오는 소리, 발걸음 소리, 자동차 소리와
아이들 떠드는 소리 그리고 깊은 산중의 절 마당에 눈 내리는 소
리 등. 강물 흐르는 소리를 채집할 때 은수가 흐르는 강물을 멍하
게 바라보며 흥얼거리자 상우는 그 소리를 담으려고 마이크를 은
수 쪽으로 돌리는 장면도 무척 인상적이다.

이 영화에서 들리는 음악의 메인 악기는 '아코디언'이다. 어떻
게 보면 묘하게 영화의 제목과 잘 어울린다는 생각이 들기도 한
다. 조성우 음향감독은 '사라지는 것들에 대한 그리움'과 '지나간
시간에 대한 정서'를 가장 잘 담을 수 있는 악기를 오랫동안 찾았
다고 한다. 흐르는 시간과 함께 사라지는 소리를 녹음기 속에 기
억하려는 상우와 이에 반해 점점 기억을 잃어가는 할머니. 사랑
이 변하지 않는다고 믿는 상우의 마음과 다르게 시간은 흐르고
사랑도 변한다.

인간의 기억이라는 것도 어느 순간 잊혀지고 결국 우리도 시간
과 함께 사라진다는 사실. 그런 지점들을 가장 잘 표현할 수 있는
악기가 '아코디언'이라고 본 것이다. 실제 '심성락'이라는 분은 우
리나라에서 거의 독보적인 아코디언 연주자다. 하지만 자신을 잘

드러내지 않는 분이라 그분이 돌아가시면 그런 연주를 다시 들을 수 없다는 생각에, 사라져가는 음색인 아코디언으로 영화의 테마곡을 연주했다고 한다.

'봄날은 간다'라는 영화의 제목은 가수 백설희와 김윤아가 부른 노래의 제목이기도 하다. 봄이 오고 여름이 가고 가을과 겨울이 다시 찾아와 그 시간을 손꼽아 기다려도 그 봄날은 다시 지나갈 것이다. 마치 '연분홍 치마가 봄바람에 휘날리'는 것처럼. 가수 백설희의 노래 〈봄날은 간다〉는 시인들이 뽑은 노랫말이 가장 아름다운 노래이기도 하다. 그러니까 그날은 '사랑도 피고 지는 꽃처럼 아름다워서 슬프기 때문일 거야' 엔딩크레딧에서 들리던 김윤아의 목소리에 눈물이 살짝 났던 날이었다. 그러다가 '라면 먹고 갈래?'라는 은수의 말과 '떠나간 버스와 여자는 잡는 게 아니다'는 상우 할머니에 말에 또 웃음이 나기도 했었던 것 같다.

인생의 가장 아름다운 시간, '화양연화'
— 김사인 시인의 「화양연화」

생각해보면 우리에게 좋은 날들과 시간은 이 시의 '주홍 머리 핀'처럼 언제 잃어버렸는지 또 어디서 떨어뜨렸는지 모른 채 무심하게 지나왔고 지금도 그런 순간들을 지나고 있는 게 아닐까. 더 이상 빛나는 눈으로 우리를 바라봐주지 않는다는, 이 말도 시간은 모두에게 공평해서 가장 빛나고 환한 순간도 지나가버리게 마련이라는 것. 그럼에도 인생에서 그런 행복하고 빛났던 시간을 잘 가라고 다독이며 보내 주는 시인의 마음이 곱고 아름답다. 그 것은 시인의 마음에 이런 정서가 오래 고여 있다가 아주 느리게 시에 스며나왔기 때문일 것이다.

시인의 또『시를 어루만지다』에서 "시인이란 자기 삶의 가장 순결한 형식으로 시를 섬기는 사람이고, 한 인간이 무엇인가 자기 삶을 걸어 애쓸 때 거기엔 그럴 만한 곡절이 있게 마련이다"고 했다. 시란 그런 '시인이라는 사람이 하는 애씀'이라고 했던 시인은 2006년도 대산문학상 수상소감에서도 "비 맞는 풀과 나무들 곁에서 '함께 비 맞고 서 있기'로써 저의 시 쓰기를 삼고자 합니다"라고 했다.

그리고『어린 당나귀 곁에서』에서는 '어린 당나귀가 있고 나는 그 곁에 있습니다. 나는 어쩌다가 고집 세고 욕심 많은 이놈과 있게 되었나요. 곁에 있다는 것은 무슨 뜻일까요. 우리는 서로를 얼마나 견딜 수 있을까요. 언젠가 그를 버리게 될지 모른다는 예감이 몹시도 슬픕니다. 그럼에도 불구하고 서로 곁에 있다는 것에 오늘 나는 이토록 사무쳐 있습니다'라는 말을 했다. 이런 아름다운 구절들. 시인의 이런 곡절한 마음들을 '가만히 좋아하지' 않을 수 없다. 그래서 시간이 흘러도 오래 놓아두고 자주 보고 싶은 그런 시가 바로 김사인 시인의 시라는 것. 그러니 '잘 가렴, 눈물겨운 날들아, 슬픔이 없는 나라로 가서, 철모르는 오누인 듯 그렇게 살아가거라. 아무도 모르게 그렇게.'

지나간 시절은 먼지 쌓인 유리창처럼
볼 수는 있지만 만질 수는 없다
— 왕가위 감독의 〈화양연화〉

영화 〈화양연화〉는 2000년도 개봉한 왕가위 감독의 작품으로 세월이 가도 변함없이 사랑을 받으며 몇 차례 재개봉되었다. 영국 BBC 방송이 선정한 21세기 최고의 영화 100선에서 2위를 차지하기도 했다. 영화는 같은 아파트로 '리첸'과 '차우'가 이사를 오면서 시작된다. 그들은 서로의 배우자가 불륜이라는 사실을 알게 된다. 아파트 복도와 계단에서 자주 스치고 마주친다. "많은 일이 나도 모르게 시작되죠"라는 양조위의 말과 함께.

영화에서 우리를 사로잡은 것 중의 하나는 장만옥이 입었던 '치파오'다. '치파오'는 중국 청나라의 전통 의상으로 시대를 거치면서 그 스타일도 조금씩 변했다. 이 영화에서 장만옥은 20여 벌이 넘는 치파오를 입었는데, 촬영 당시 의상을 담당한 감독은 배우 장만옥의 몸에 꼭 맞는 치파오를 제작하기 위해 정말 많은 공을 들였다고 한다. 치파오의 실루엣은 그 자체로 아름다움을 전달하기도 하지만 관능적 절제미로서 '사랑'의 감정선을 상징적으로 드러낸다.

개봉 직후 이 영화는 각종 영화제에서 촬영상과 편집상을 휩쓸었다. 〈중경삼림〉이나 〈타락천사〉 등에서 보여주었던 감독의 장기인 '스텝프린팅 기법'이 이 영화에서도 사용되고 있다. 느린 배경의 장면과 빠르게 움직이는 장면을 동시에 담으면서 단절된 듯

비현실적인 움직임을 연출한다. 국수통을 들고 가는 장만옥의 모습이나 비 오는 거리를 걷는 양조위의 우수에 찬 모습은 배경 음악과 함께 얼마나 멋졌던가.

또 하나 이 영화에서 놓칠 수 없는 것은 서로를 갈망하지만, 이성적으로 자제하려는 눈빛. 특히 양조위는 눈빛으로 서사를 쓰고 있다고 해야 할까. 자신의 소심했던 사랑의 비밀을 앙코르와트 사원의 벽에 대고 속삭이는 그의 뒷모습. 그가 그 벽에 대고 무슨 말을 했는지는 모르지만 "지나간 시절은 먼지 쌓인 유리창처럼 볼 수는 있지만 만질 수는 없다"고 한 마지막 그의 말이 오래도록 기억에 남는다.

홍콩 영화계를 대표하는 왕가위 감독은 상하이에서 태어나 5살 때 홍콩으로 이주했다. 사람들의 기억 속에 있는 홍콩에 대한 이미지는 그의 영화에서 대부분 나온 것이라고 볼 수 있다. 한 인터뷰에서 이 〈화양연화〉는 식민지시대 이후의 홍콩에 대한 자신의 느낌을 모두 담고 있다고 했다. 한때 프랑스 식민지였던 캄보디아의 앙코르와트에서 이 영화를 마무리한 것도 그런 이유였다고 한다. 이 영화가 슬프고 아름다운 사랑의 외형을 띠고 있지만 장면 장면들 속에는 이처럼 정치적 코드가 숨어 있다.

그런 의도는 이 영화의 속편으로 나온 〈2046〉에도 잘 드러난다. '2046'이라는 숫자는 〈화양연화〉에서 두 사람이 작업을 함께 했던 호텔 방의 번호이자 중국과 홍콩이 일국양제를 마치고 홍콩의 자치권이 사라지는 연도이기도 하다. 감독은 이 홍콩 사람들의 슬픔을 가장 잘 표현한 작품이 바로 이 〈화양연화〉이고, 그만 큼 자신이 가장 아끼는 작품이라고 했다.

우리에게 이 '화양연화'와 같은 아름답고 행복한 시절이 지나갔을 수도 있고 또 먼 곳에서 오고 있을지도 모른다. 가끔 누군가의 등에서도 쓸쓸한 이 '화양연화'의 그림자가 지나간다. 하지만 내 인생의 '화양연화'는 언제나 바로 지금, 이 순간이라는 생각, 때로는 그런 어마무시한 생각에 사로잡혀 있고 싶다는 말씀.

모순된 시간들의 충돌
— 홍상수 감독의 〈지금은맞고그때는틀리다〉

시간은 적어도 영화 안에서는 무한히 반복 재생된다. 그 반복되는 이미지들은 현실이나 실재와 다름없다. 홍상수 감독은 현실의 차이와 반복을 시간과 함께 실험해나가며 자기 세계를 견고하게 구축하였다. 비교적 최근의 영화에서는 모순된 시간들이 서로 충돌하는 다양한 인물과 공간을 통해 과거와 현재 그리고 미래가 혼재된 현실의 다양한 양태를 더 극적으로 보여주고 있다.

그는 1985년 캘리포니아 예술대학교를 졸업하고 시카고예술학교에서 예술학 석사 학위를 받았으며 올해로 데뷔 27년차다. 두 남녀의 엇갈린 기억을 다룬 〈오, 수정!〉과 〈생활의 발견〉 등에서부터 가장 최근에 나온 〈탑〉까지 28편의 장편영화를 제작했다. 그렇게 보면 거의 1년에 한 편의 영화를 만든 셈이다. 홍상수 감독의 영화들은 칸 국제영화제를 비롯해 많은 영화제에서 수상을 했다. 2022년 베를린영화제에서는 〈소설가의 영화〉로 심사위원 대상 은곰상을, 2021년에는 〈인트로덕션〉으로 각본상을 받은 데 이어 2020년 〈도망친 여자〉로 감독상을 받아 3년 연속 수상했다

'홍상수'라는 이름을 영화감독으로 인정한 첫 작품이 구효서 소설가의 「낯선 여름」을 원작으로 1996년 개봉한 〈돼지가 우물에 빠진 날〉이다. 당시 이 영화는 기존 관습이나 영화 문법에서 벗어난 신선한 충격으로 비평계의 큰 호평을 받았다. 그러니까 이 작품이 한국 영화계에 어떤 근원적인 미학적 충격을 주었던 셈이다. 네 인물의 다른 이야기를 에피소드 식으로 엮어내며, 특별한 사건 없이 인물들의 이야기를 무심히 담아낸다. 어쩌면 새로운 차원의 '일상적 리얼리티'를 보여준 이 첫 영화에서부터 '홍상수스타일'을 예고 했는지 모르겠다.

그는 시간이 흘러도 불변하는 인간의 습성이나 통념을 적나라하게 들추어낸다. 〈북촌방향〉을 시작으로 〈누구의 딸도 아닌 해원〉, 〈자유의 언덕〉 등에서는 이 '시간'이 영화의 본질이라는 것을 강조하고 있다. 〈지금은맞고그때는틀리다〉, 〈그 후〉 그리고 〈클레어의 카메라〉와 같은 작품들에서도 '시간'이 반복적으로 차용되며 실험되고 있다. 〈자유의 언덕〉에서는 특정한 시간을 누락시키기도 하고 〈지금은맞고그때는틀리다〉에서도 '지금'과 '그때'를 비교하여 이야기하고 있다.

어떻게 보면 그의 시간은 서사의 선형적 틀과 직선적인 시간의

축에서 벗어나 있는데 그 출발점에 있는 작품이 〈북촌방향〉이다. 그리고 〈누구의 딸도 아닌 해원〉에서는 잠들고 깨어나는 장면들이 여러 번 연출된다. 영화가 시작되면서 잠이 든 해원은 영화가 끝나기 직전에 깨어나는데 결국 그것이 해원의 꿈 이야기일 수도 있다. 혹은 꿈과 현실이 혼재되어 있거나 '꿈 속의 꿈'에 대한 이야기일 수도 있다. 감독은 허구와 실재가 혼재된 시간은 여러 겹의 서로 다른 시간들이 얽혀 있고, 오로지 그것의 해석은 관객의 몫이라고 매번 다른 선택지를 제시한다.

지금은맞고그때는틀리다

영화 〈지금은맞고그때는틀리다〉는 전반부 〈그때가맞고지금은틀리다〉와 후반부 〈지금은맞고그때는틀리다〉로 구성된다. 1부에서는 날짜를 잘못 알고 하루 일찍 수원에 내려간 영화감독 함춘수가 다음날 특강을 기다리며 들린 옛 궁궐에서 화가인 윤희정을 만난다. 전반부에서 후반부로 전개되면서 두 남녀의 태도와 말투

들이 조금씩 솔직해지고 대담해진다.

홍상수 감독의 영화는 흘러가고 스쳐 지나가는 그 '순간'의 시간들이 모두 영화가 되고 스토리가 된다. 이 영화에서 1부와 2부를 나눠서 '지금'과 '그때'의 차이를 각 인물의 관점에서 보여준다. 하지만 '지금은맞고그때는틀리다'가 정답

인지 아니면 '그때는맞고지금은틀리다'가 진짜인지는 사실 그렇게 중요하지 않고, 두 가지 선택과 우연을 관객들에게 던지며 스스로 선택하라고 한다. 제목을 띄어쓰기 하지 않은 것에 대해 "길고 긴 글자를 띄어쓰기가 불편해 붙였다"고 하는데 그것도 홍상수 감독답다는 생각.

잃어버린 시간 속의 시처럼

홍상수 감독은 연출뿐 아니라 편집, 각본, 음악까지 맡아한다. 그는 촬영 며칠 전에 첫 장면이나 시퀀스를 생각해내고 대부분 대본도 촬영 당일 아침에 배우들에게 전달한다고 하는데 어쩌면 이것도 그의 연출기법의 하나일 것이다. 또한 큰 그림이나 의도가 떠오르더라도 그것을 최대한 멀리하고 사소하고 작은 디테일들이 오고가는 것을 좋아한다고 한다, 그리고 '가능한한 의도'를 가지지 않고, 섣부른 정의를 내리지 않기 때문에 앞을 모르는 즐거운 상태에 머물기를 지향한다고 한다.

현실적이면서도 몽환적인 그의 영화는 관계에서 발생하는 감정들과 한국적인 위선이나 보편적인 정서들을 현미경을 들여다보듯이 관찰한다. 대부분 이야기의 기승전결이 없고 같은 장면이나 대사들이 반복적으로 나온다. 평론가들이 말하는 이 '차이와 반복'은 '반복'을 통해서 같은 것을 드러내기도 하지만 다름의 '차이'를 드러내기도 한다는 것. 그래서 대부분 장면들이 평면적이고 상징과 은유도 거의 없다.

일상의 무한한 반복이라는 지점에서 보면 짐 자무쉬 감독의 영화와 비슷한 지점들이 많다. 그래서 그의 영화는 어느 순간 요즘 현대시를 읽는 것 같은 느낌이 든다. 형식적 실험을 통해 인간의 내면을 파고들며 의미가 모호해지는 지점. 현대시 독법 중에 '시의 내용이 무엇인지 정확히 몰라도 된다'는 말이 있다. 사실 시인이 아닌 이상 시의 내용이나 의도를 정확하게 알기는 어려운데 그래서 그의 영화에서 유독 시인이 자주 등장하는 것일까. 과거와 현재 그리고 미래가 혼재된 시간의 모순 속에 우리가 찾고자하는 '시'. 잘 보면 그것이 홍상수 감독의 영화 속에 있다.

미래에서 기다리고 있을게
― 호소다 마모루 감독의 〈시간을 달리는 소녀〉

〈시간을 달리는 소녀〉는 호소다 마모루 감독의 타임리프 영화다. '타임리프'는 현재에 발생한 문제를 해결하기 위해 특정 시간대 주로 과거로 거슬러올라가 자신의 인생을 다시 사는 시간여행을 말한다. 〈어바웃 타임〉, 〈나비효과〉 그리고 기욤 뮈소 원작의 한국 영화 〈당신 거기 있어 줄래요〉 등이 타임리프 영화다. 되돌아간 시간 속에서 다른 선택의 삶을 산다는 것은 진부하기도 하지만 이 '시간'은 인간의 힘으로 어떻게 할 수 없는 영원한 숙명과 같은 주제다. 영화의 원작은 츠츠이 야스타카의 1995년도 소설 『시간을 달리는 소녀』로 발표 이후 영화나 드라마 그리고 만화 등 여러 장르를 넘나들며 재구성될 정도로 큰 인기를 얻은 스터디셀러다.

스스로 자신을 운이 좋은 편이라고 믿는 명랑한 여고생 마코토는 방과 후, 친구 치아키와 코스케와 함께 매일 캐치볼을 한다. 여느 날과 다름없이 늦잠을 자고 일어난 그날은 바로 '나이스데이'. 말 그대로 뭔가 근사한 일들이 일어날 것 같은 날이다. 하지만 학교에서는 좋지 않은 일들만 벌어지는 하루가 된다. 수학시험은 어려워서 제대로 풀지 못하고, 요리 시간에는 튀김 요리를 하다가 잘못 움직이는 바람에 불을 내고 만다. 그리고 길을 가다가 장난치던 남학생들과 부딪혀서 깔리기까지 한다. 하루 운세가 제대로 꼬인 그날. 당번이라 공책을 정리하던 중 인기척이 들려 바로 옆 과학실로 들어가게 된다. 마코토는 조그마한 물체를 발견하고 그것을 주우려다 그만 넘어지며 타임리프를 경험한다.

하지만 천방지축 마코토는 타임리프 능력을 아주 사소하고 엉뚱한 곳에 사용한다. 여동생이 먹던 푸딩을 그것도 여러 번 되돌려 먹기도 하고, 망쳐버린 시험을 100점 맞는다거나 요리 실습 때 실수로 불을 낸 일을 무마시키기도 한다. 또 노래방에서 노래 시간을 연장하는 것처럼 작고 사소한 일들에 사용한다. 그러던 어느 날 친구 치아키가 자전거로 바래다주던 중에 "나하고 사귈래"라는 말을 갑자기 한다. 마코토는 그 순간의 어색함을 피하고자 타임리프를 여러 번 사용한다. 어떻게 보면 이 대단한 능력을 이토록 하찮은 일에 써먹는 소녀의 천진함이야말로 이 '타임리프'

능력을 가질 자격이 있다는 것 아닐까. 작고 사소한 일에서 희열과 고마움을 느낄 줄 아는 순수하고 무구한 영혼만이 시간을 타인과 함께 소중히 공유할 수 있기 때문이다.

무엇보다 칠판에 적혀 있던 'Time waits for no one'이라는 글을 바라보던 마코토의 진지하던 표정. '시간은 망설이고 주저하는 우리를 기다려주지 않는다'는 말. 가끔은 시간은 쏜살같이 흐르는 것이 아니라 드라이아이스처럼 고체에서 바로 기체로 승화해버리는 것 같은 느낌이 들 때도 있다. 그래서 영화는 분명 아득한 과거가 아닌 동시대의 현재를 그리고 있음에도 불구하고 그 선명한 현재를 아련한 과거처럼 못견뎌하는 그런 지점이 있다.

마코토가 온몸에 상처를 입어가면서 깨달은 '시간'의 의미. 잃어버린 나의 시간은 결국 타인의 시간과 이어져 있다는 것. '나의 시간'이라 생각했던 것이 실은 '타인의 시간'과 끊임없이 연결되어 있었다는 것. 그래서 1분 1초도 완전히 '나에게만 귀속된 시간'은 없다는 것. 인간은 시계를 발명하며 그 시간을 지배하고 있다고 생각하지만 거꾸로 그 '발명된 시간'에 지배당하는 존재이기도 하다. 그래서 우리에게 주어진 시간이 주관적이고 또 심리적일 때가 많다.

조셉 캠벨은 『신화의 힘』에서 "우리가 우주로 나갈 때 가져가는 것은 바로 '우리'입니다. 그런데 우리가 변하지 않으면 우주도 우리를 변하게 할 수 없습니다"라고 했다. 아무리 과거의 시간을 되돌려 내가 또 다른 선택을 한다고 해도 내가 변하지 않으면 나는 똑같은 삶을 살 수밖에 없다는 것이다. 그래서 나의 시간은 타인의 시간과 언제나 같이 움직인다. 그러므로 우연히 내가 한 작은 행동이 시간의 흐름은 물론 타인의 인생까지 바꿀 수 있다는 것. 지금 이 순간, 나의 시간과 당신의 시간 그리고 우리의 시간이 모두 연결되어 우리도 모르는 사이 모두 함께 움직이고 있는 것이다.

오늘, 비로소 사랑을 알았어
― 길 정거 감독의 〈이프 온리〉

시간여행과 관련된 영화를 접하다보면 각각의 '시간'이 조금 다르게 작동된다는 것을 알게 된다. '타임워프', '타임리프', '타임슬립' 그리고 '타임루프'로 나누는 시간여행. '타임워프'는 '시공간을 초월한 이동'을 '타임리프'는 '타임머신'과 같은 의도적 시간여행을. 그리고 '타임슬립'은 '불가항력의 시간이동'을 말하고, '타임루프'는 고장난 시계처럼 같은 시간을 '무한반복'한다.

영화 〈이프 온리〉는 타임슬립 영화다. 사랑하는 사람과 헤어진 마지막 그날로 다시 돌아가 그 하루를 보내는 슬픈 로맨스 영화다. 연인에게 소홀했던 한 남자가 연인을 잃고 슬퍼하다 타임슬립되면서 연인이 죽기 전과 현재를 오가며 겪는 이야기다.

이안과 사만다는 서로 사랑하는 사이다. 사만다는 바이올린을 전공한 음악가이자 선생으로 자신의 일을 사랑하지만 그만큼 남자 친구도 끔찍히 사랑하는 로맨티스트다. 한편 이안은 아직 가야 할 길이 먼 젊은 비즈니스맨이다. 그는 사만다를 사랑하지만, 현실과 직장 일에 더 집착하는 보통의 남자다. 사만다는 자신보다 일을 더 중요하게 생각하는 이안을 보며 매번 서운함을 느끼고 이안은 그런 자신을 이해해주지 못하는 사만다를 답답해한다.

사만다의 졸업연주회가 있던 날, 이안은 투자설명회 준비로 그것을 잊어버린다. 사만다는 몹시 실망하지만 그가 잊고 간 중요한 파일을 가져다주기 위해 회사로 달려간다. 하지만 그 파일은 복사본이었고 갑작스러운 사만다의 등장으로 회의를 망쳤다고 오히려 차갑게 대하는 이안. 뒤늦게 자신의 잘못을 알게 된 이안이 사만다의 기분을 풀어주려고 레스토랑에서 저녁 식사를 하던 중 말싸움이 커지게 되고 그동안 참아왔던 사만다의 감정이 폭발해 밖으로 뛰쳐나가다 그만 이안이 보는 앞에서 차와 부딪혀 세상을 떠난다.

자책과 후회로 몹시 괴로워하며 잠이 든 이안은 다음 날 아침 눈을 뜬다. 시간은 사만다가 죽은 날 아침으로 돌아가 있었고 그날과 같은 일들이 순서대로 일어나고 있음을 알게 된다. 그리고 사만다의 죽음을 막기 위해 노력하지만 결국 바꿀 수 없다는 것을 깨달은 이안은 사만다에게 최고의 하루를 선물하기로 마음먹고 즐겁게 하루를 보낸다.

사만다에게 가기 위해 탄 택시 안에서 이안은 기사에게서 "그녀가 있음을 감사하고 계산 없이 사랑하라"는 말을 듣게 된다. 그리고 이안은 자신에게 사랑하는 법과 사랑받는 법을 알려줘서 고

맘다는 말을 사만다에게 한다. 전날에는 연인을 혼자 보냈지만, 이번에는 같이 택시를 탄다. 사고가 되풀이되고 둘은 급히 병원으로 이송된다. 하지만 이번에는 이안이 죽고 사만다만 혼자 살아남는다.

시간은 가장 소중한 선물이다. 특히 사랑하는 사람과 갖는 시간은 더없이 소중하고 감사하다. 'if- only' 그러니까 '~라면 좋을 텐데'라는 후회를 우리는 항상 뒤늦게 한다. 후회 없는 삶을 사는 것이 얼마나 어려운 것인지 그것이 사랑과 관련된 것일 때는 더더욱. 이안이 자신의 잃어버린 시간을 찾으러가는 길에서 만난 것은 다름아닌 잃어버린 타인 즉 연인이었다. 타인의 시간을 되찾는 것이 곧 자신의 시간을 되찾는 것이라는 것. 타인의 시간이 없다면 자신의 시간도 없으며 누군가와의 사랑의 시간이 없다면 자신의 존재에 대한 사랑도 알 수 없다는 것.

인생에서 순수한 현재란 존재하지 않는다. 미처 제 몫을 다하지 못한 과거는 오늘을 살고, 아직 오지 않는 미래의 가능성은 현재의 우리 몸으로 재현된다. 때로는 사랑의 이름으로 때로는 시와 예술의 이름으로. 잃어버린 타인의 시간은 곧 잃어버린 나의 시간이기에 우리는 어느 날 문득 어디선가 또 그렇게 우연히 만날 것이다.

Part 10

우리 너머에 우리

─ 가깝고도 먼 차별과 소통 이야기

권여선의 소설 『아직 멀었다는 말』을 읽으며 '사는 게 왜 모두 이 모양일까'라는 질문을 책을 덮는 순간까지 했다. 책에는 여성과 아이들, 동성애자들, 빈민 고아, 집 나간 자식, 알바생과 기간제 노동자들에서 왕따까지. 그들은 대부분 가난과 병, 가출과 폭력의 피해자들이다. 살면서 몇 번쯤은 비슷한 심경에 놓인 적 있는 우리들의 그렇고 그런 이야기다. 무엇을 말하려다 그만두는 이들, 속으로만 생각하는 이들, 말끝을 흐리며 얼버무리다가 입을 다무는 사람들. 그들은 대체로 사람들과의 소통에 자신이 없는 이들이다.

이 사회의 부당함과 차별에 부르르 몸을 떨면서도 제대로 항의할 수도 항의하고 싶지도 않은 사람들. 어쩌면 그들은 언젠가부터 그 차별과 부당함을 인정해버렸는지도 모른다. 그러니까 '아직 멀었다는 말'은 아무것도 끝나지 않은 지금 이곳에 살고 있는 내가, 살아 있는 당신을 위해 무엇을 해야 할지를 정확하게 고민하게 하는 말이기도 하다.

심장으로, 심장으로 길을 이루며 흐르는 투쟁의 소리
— 테렌스 데이비스 감독의 〈조용한 열정〉

영화 〈조용한 열정〉은 시인 에밀리 디킨슨의 생을 그린 2017년도 작품이다. 첫 장면부터 타협이 없는 괄괄한 디킨슨의 모습이 등장한다. 에밀리 디킨슨이라는 예민한 영혼에게 19세기 기독교 중심의 당시 미국 사회는 여성을 억누르고 가두려고 했던 감옥 같은 곳이었다. 하지만 집과 가족은 디킨슨을 보호하고 자유를 누릴 수 있게 한 유일한 장소이자 사랑이었다. 어떻게 보면 디킨슨은 은둔한 것이 아니라 세계로부터 스스로를 지키고 부당한 불의와 투쟁하며 자신의 진실을 말하려고 했던 것일지도 모른다.

시대에 저항하고 세상에 상처입은 그 순간들을 언어로 옮기는 것은 쉽지 않은 일이다. 무엇보다 시를 위해서는 자신뿐 아니라 주위 많은 것들을 희생시켜야 하는 경우도 많다. 디킨슨이 살았던 19세기는 더더욱 그랬을 것이다. 그녀는 당시 달리 치료방법이 없었던 브라이트병이라는 신장염을 앓으며 평생 독신으로 살았다. 이런 삶이 비극일지 모르지만 그녀는 시가 있기 때문에 자신이 살아 있다는 것을 증명할 수 있고 또 그것이 자신이 숨을 쉬며 살아가는 유일한 이유라고 했다. 새벽녘까지 혼자 시를 쓰는 디킨슨. 시는 그의 삶이고 역사이고 신앙이며 기쁨이었다. 그러니까 시는 그가 세상과 소통하는 유일한 수단이었던 것이다.

데이비스 감독이 '에밀리 디킨슨'의 생애를 영화로 만든다고 했을 때 주위 감독들이 대부분 반대했다고 한다. 외출을 극도로 자

제하고 의사도 집으로 찾아와 열린 문틈으로 진찰했을 정도로 대
인기피증세가 심했던 디킨슨의 삶을 영화로 만들기란 쉽지 않기
때문이다. 하지만 데이비스 감독은 누구보다 이 디킨슨의 일생을
깊이 이해하고 그녀가 쓴 시의 호흡을 거르지 않으면서 느리고
섬세하게 그 감정들을 카메라로 담아낸다. 멍한 표정들이나 무언
가를 응시하는 듯한 뒷모습 그리고 어머니의 손을 잡고 있는 힘
없는 손길 등. 비어 있는 순간들을 한 호흡 한 호흡 깊게 표현하
고 있다. 어쩌면 그 순간들이 자신을 치열하게 들여다보는 황홀
한 고독의 순간이자 '조용한 열정' 시간이기 때문이다. 그러므로
디킨슨은 극심한 추위의 땅에서도, 거센 파도의 바다에서도 희망
을 버리지 않았다는 것. 아주 곤궁한 처지에서도 그런 희망은 그
에게 빵을 구걸하지 않는 힘을 주었다. 그리고 디킨슨은 묻는다.
"당신도 여전히 혼자인가요?"

사진은 계속되어야 합니다. 이 악몽과 더불어
― 존 말루프 감독의 〈비비안 마이어를 찾아서〉

존 말루프는 2007년도 한 벼룩시장에서 창고에 방치되었던 필
름 상자를 경매로 산다. 놀랍게도 그 상자에는 네거티브 필름 10
만 통이 들어 있었다. 그 중 수만 장의 사진은 아직 현상조차 하지
않은 필름 상태로 남아 있었다. 그 상자들에는 카메라가 귀했던
1950년대 미국의 거리 풍경과 다양한 사람들의 모습을 세련된 구

도로 찍은 필름과 사진들로 가득 채워
져 있었다.

2009년 10월, 존은 인터넷에 그 중
몇 장의 사진을 올렸고 그 사진들은 순
식간에 화제에 올랐으며 많은 사진전
문가들을 감탄케 했다. 이후 그는 사진
의 주인인 비비안 마이어를 찾게 된다.
하지만 뜻밖에 그 이름을 찾은 곳은 불
과 이틀 전에 사망했다는 부고란이었다. 놀랍게도 비비안 마이어
는 전문 사진작가가 아니었으며 평범한 보모였다. 그녀는 약 200
상자, 15만 장 분량의 사진을 남기고 세상을 떠났다. 그렇게 20세
기 위대한 거리 사진작가의 반열에 올라서게 된 그녀는 죽기 전까
지 세상에 알려지지 않은 사진가였고 자신이 찍은 사진을 세상에
알릴 생각조차 하지 않았다.

영화 〈비비안 마이어〉는 평생 세상 속에 머무르지 못하고 떠돌
던 마이어의 모순적이고, 대담하고, 또 신비롭고 유별난 사진들
이 어떻게 나오게 되었는지를 추적한 다큐 영화다. 결혼도 하지
않고 평생 보모와 가정부와 간병인으로 일하며 그 외의 시간엔
사진만 찍었던 마이어. 그에게는 숨기고 싶었던 것이 있었는데
바로 가족사였다. 알코올중독 아버지와 마약중독과 조현병을 앓
고 있던 오빠까지 정신적 병력이 있는 가족사를 알면 보모살이를
하지 못하기 때문이고 무엇보다 그런 가족의 시달림으로부터 벗

어나기 위해 은둔했던 것이다. 불필요한 질문이나 관심에서 벗어나 가정도 친구도 만들지 않고 평생을 외롭게 살았던 그가 세상과 소통할 수 있는 유일한 통로가 바로 '사진'이었다.

그녀는 일상의 위트, 행복, 고통과 가난 그리고 부와 애정, 혐오와 풍경 등 자신의 눈에 보이는 모든 것을 사진으로 기록했다. 때문에 그의 사진에는 일상 속의 사람들 모습. 그들의 사랑과 분노 그리고 슬픔과 죽음까지 다양한 주제들이 담겨 있다. 이처럼 찰나의 순간을 포착해낸 수만 장의 사진은 그 자체로 한 편 한 편의 시詩다. 밝음과 어둠, 귀함과 천함 그리고 부와 가난 등 모든 경계와 편견을 지우고 카메라의 렌즈를 통해 세상과 외롭게 소통한 비비안 마이어. '인생은 바퀴와 같다'고 한 그녀가 오직 카메라의 눈을 통해 사진으로만 말하고 싶은 그 지점들이 바로 시적 순간이었던 것이다. 영화 〈캐롤〉의 감독이 그녀의 사진에서 영감을 받은 것도 바로 그 지점일 것이다.

가족이 없었던 사람은 없습니다
— 김언 시인의 「가족」

가족이 없는 사람은 있어도 가족이 없었던 사람은 없다. 가끔 당신의 어린 시절은 어땠나요?라는 질문을 받으면 뭐라고 답해야 할지 잠깐 망설여진다. 만약 내가 다른 부모, 다른 형제와 가정에서 태어나고 자랐다면 지금의 내 인생은 달라졌을까? 더 좋은 가족을 만났더라면 지금보다 더 행복했을까. 이런 생각들은 한 사람의 운명이나 인생에서 가족이 큰 영향을 미친다는 말이다.

'가족'은 사전적으로 '부부를 중심으로 결혼, 혈연 그리고 입양 등을 통해 친족 관계에 있는 집단 또는 구성원'을 의미한다. 우리는 흔히 이 가족을 한 집에서 생활하거나 같은 주민등록부에 올려진 사람들을 말한다. 이 시에서처럼 나는 가족과 더불어 태어났고 가족과 더불어 현실을 살고 또 가족과 더불어 고뇌하고 행복해하지만 그 가족을 스스로 선택한 적이 없다. 하지만 나는 그런 가족들이 있어 지금껏 무사히 살고 있고 또 지금껏 힘들게 살고 있는지도 모른다. 그래서 가족은 가장 가깝고도 먼 사람들이다.

이 시에서처럼 '자고 일어나니까 나만 빼놓고 모두 죽은' 가족은 죽을 때조차 나를 소외시킨다. 배운 적도 없고 잊은 적도 없으며 심지어 누구도 가르쳐준 적 없는 '가족'은 한 사람의 희생으로 이루어지는 것도 아니고, 한 사람의 노력으로 행복해지는 것도 아니다.

하지만 가족들이 서로에 대한 원망과 분노가 오래 쌓이면 더 이상 회복할 수 없는 불통으로 이어진다. 어쩌면 살얼음판에 놓인 가족 간의 관계는 한 발짝 내디딜 때마다 쉽게 금이 갈지도 모른다. '가족'이라는 말은 언제 들어도 눈물이 핑 돌고 아프다. 조금은 낯설지만 어딘가 익숙한 우리 사회의 많은 가족의 이야기는 그래서 조금 슬프고 때때로 쓸쓸하다.

나는 한국인이 아닙니다 나는 시인입니다
— 송경동 시인의 「사소한 물음에 답함」

노동하는 현장과 거리에서 희망버스를 조직하고 대추리와 기륭
전자 그리고 용산재개발지구 등에서 시가 삶의 현장에 함께할 수
있다는 것을 온몸으로 보여주고 있는 이가 바로 송경동 시인이다.

오늘날 자본주의 사회에서는 흔히 출생 계급에서부터 비롯되
는, 학벌이나 인맥 그리고 취향도 사실은 이 자본에 속한다. 프랑
스 사회학자 피에르 부르디외는 그런 자본을 '상징자본'이라고 했
다. 이 시에 나오는 '자칭 맑스주의자'도 이런 상징자본가 중의 한
사람으로 자신의 학벌에 어떤 특권의식을 가지고 있는 자이다.
우리 사회의 학벌에 대한 이런 차별적 시선은 사실 진보의 민중
단체나 사회진영 안에서도 여전히 존재하고 있음을 시인은 예리
하게 말한다.

송경동 시인은 지난 2011년에 한진중공업 정리해고에 반대하
며, '희망버스'를 기획했다가 불법집회를 주도했다는 혐의로 대
법원에서 징역 1년 6개월에 집행유예 2년을 선고받았다. 사회 비
판적 목소리를 지속적으로 내고 있는 시인은 집안 사정이 여의치
않아 어렸을 적부터 생계를 고민했다고 한다. 광양제철이나 여수
석유화학단지에서 비정규직으로 오랫동안 일했다. '구로노동문
학회' 활동하면서 차별받는 이들의 분노나 슬픔을 시로 대변하게
되었다고 한다. 송 시인의 시는 1970대와 1980년대 노동시와 현

실비판시를 쓴 김남주와 박노해 시를 발전적으로 계승하면서 지금 이 현실의 차별을 시인의 경험에 비추어 자신의 색깔로 그려내고 있다.

또한 송경동 시인은 2017년도 미당문학상 후보를 거절했다. 미당문학상은 서정주 시인의 시세계를 기리기 위해 제정된 문학상이다. 2017년도 당시 송경동 시인이 1차 심사 후보에 선정되었고 당시 상금이 3000만 원이었다. 미당 서정주 시인은 우리 문단에서 문학적으로 큰 영향력을 미친 시인임은 분명하다. 하지만 친일부역자로 친일인명사전에 이름이 올려지기도 하고 전두환을 찬양하는 시를 쓰기도 했다. 그런 이유로 송경동 시인은 자신은 미당문학상과 전혀 맞지 않다고 상의 후보를 정중하게 거절했다.

지금도 시인은 우리 사회의 약자편에서 모두가 외면하는 사건들을 해결하고자 현장에서 몸으로 시를 쓰고 있다. 그는 현장의 사건과 목소리가 바로 시가 되기 때문에 자신의 시는 자신만의 시가 아니라는 말을 하기도 한다. 그런 시인을 움직이게 하는 힘은 어떤 조직이나 이념 그리고 학벌이 아니다. 이 시에서처럼 저 살아 숨쉬는 자유의 바람과 낮은 곳으로 흐르는 강물처럼 차별 없는 세상에 대한 믿음과 신념이 아닐까.

그는 여전히 '나는 한국인이 아니다'라고 한다. 그것은 대한민국의 한 사람으로 부당한 제도나 권력과 싸우며 국가 질서 너머의 세계에서 '나는 한국인이다'라고 당당하게 말할 때까지 투쟁할 것이라는 의미이다. '부디 내가 더 많은 소환장과/ 체포영장과 구속영장의 주인이 되기를' 바라며 '어떤 위대한 시보다 더 넓고 큰 죄 짓기를 마다하지 않는' 송경동 시인. 그가 말하는 시의 진정성이란 바로 자신이 '죄인'이기를 포기하지 않는 것이다. 또한 '운동은 온몸 바쳐야 한다는 말을/ 쉽게 입에 담지' 않는 것이다. 그러니 이 시인 앞에서 '소통'이나 '연민'이라는 말을 너무 쉽게 하지 말기를. 그런 시인을 두고 정희성 시인은 말한다. "젊은 시인들이 모두 송경동처럼 목청을 높여야 한다고 말하고 싶지는 않지만, 송경동 같은 시인이 하나도 없는 세상은 너무 적막하다"고.

사람들의 마음을 움직이려면 용기가 필요해
— 피터 패럴리 감독의 〈그린북〉

영화 〈그린북〉은 1960년대 흑인의 인종차별에 대한 실화를 바탕으로 한 2018년 피터 패럴리 감독의 작품이다. 영화의 제목이기도 한 '그린북'은 당시 흑인 여행자들이 출입할 수 있는 음식점과 숙박시설을 지역별로 모아놓은 가이드북이다. 이 책은 백인들이 흑인과 차별을 두기 위해 만든 것이다. 영화에는 허풍과 주먹으로 밑바닥 인생을 살아가던 이탈리아 백인 이민자 토니 발레롱가와 교양과 우아함을 갖춘 성공한 흑인 천재 피아니스트 돈 셜리가 나온다. 당시 돈 셜리는 최고의 명성을 떨치고 있었고 전국 콘서트 공연을 위해 보디가드 겸 운전기사로 토니를 고용한다. 취향도 성격도 너무 다른 두 남자가 이 그린북을 가지고 8주간 미국 남부 투어 공연을 떠나면서 이야기가 시작된다.

지금도 인종차별은 세계 곳곳에서 일어나고 있다. 외국인 이주노동자 처우문제를 보면 우리나라도 인종차별과 거리가 있다고 보긴 힘들다. 영화의 배경이 된 1960년대의 미국은 상황이 더 심했고 특히 남부 지역이 흑인에 대한 차별이 더 극심했다. 셜리는 당시 피아니스트로서 당대 최고 명성을 누렸음에도 흑인이라는 이유로 수많은 편견과 차별에 부딪히고 구타까지 당하게 된다. 양복을 사겠다는 셜리에게 점원은 새로 재단을 해야 살 수 있다며 판매 거부 의사를 드러내기도 한다. 공연장에서도 창고를 대기실로 내주는가 하면 공연장 내부 화장실은 백인 전용이기 때문에 흑인들은 외부에 있는 화장실을 사용해야 한다는 것이다. 또한 당시는 흑인들에게만 통금제도가 시행되었다. 공연 마지막 날, 식사를 하기 위해 들어간 공연장 레스토랑에서 셜리의 입장이 거부된다. 공연의 주인공이라고 해도 그 레스토랑은 흑인 출입이 안 된다는 것이다.

그럼에도 셜리는 최고의 피아니스트답게 예술인의 품위를 지킨다. '스타인웨이 피아노'가 없으면 연주를 하지 않는다는 스스로의 엄격한 기준도 가지고 있었다. 그가 연주한 영화의 OST가 그래서 더 훌륭하다. 무엇보다 성격이 다른 두 사람이 티격태격하면서도 서로를 조금씩 이해하고 소통해나가는 모습에서는 웃음이 터지기도 한다. 한번도 프라이드치킨을 먹어보지 않았다고 하는 설리에게 토니가 치킨을 먹어보라고 끝까지 권하는 장면. 사실 우리가 좋아하는 이 프라이드치킨은 흑인들에 의해 탄생한 음식이다. 흑인 노예시절 그들이 값싸게 구입할 수 있는 유일한 육류가 바로 닭이었다고 한다. 당시 유통과 냉장이 발달하지 않은 무더운 남부에서 튀김이라는 조리법이 다른 요리보다 보관이나 유통에 수월했기 때문에 프라이드 요리법이 발달한 것이다. 때문에 이 프라이드치킨은 흑인들에 대한 차별과 고단함이 묻어있는 음식으로 설리가 치킨을 꺼려했던 이유가 바로 그것이었다.

영화에서 돈 설리가 연주했던 곡들. 전설적인 피아니스트인 스트라빈스키도 "설리의 기교는 신의 경지"라고 말할 정도로 훌륭하다. 영화의 제작진들은 이런 설리가 가장 즐겨 연주했던 곡들을 OST로 사용했다. 그리고 둘은 실제 현실에서도 아주 오랫동안 돈독한 우정을 유지했다고 한다.

살아가면서 알게 되는 것 중에 하나는 내가 안다거나 혹은 섣불리 이해한다고 할 수 없는 그런 차별에서 오는 타인들의 고통이 무척 많다는 것이다. 하지만 그 고통이 나와 절대 무관하지 않다고 생각할 때 차별로부터 시작된 어떤 부당함을 사회적 차원에서 해결할 수 있을 것이다.

'비정규'라는 불통과 '비정규'라는 소통
— 최지인 시인의 「비정규」

이 시는 최지인 시인이 스물여덟 살 때 펴낸 첫 시집『나는 벽에 붙어 잤다』에 실려 있다. 시에서는 아등바등 현실에 매달려도 삶의 다른 길을 찾지 못하는 아버지와 나는 서로의 '비정규'를 인정하고 싶어하지 않는다. 매일매일 발이 닿는 곳이 위태로운 삶의 현장이라는 것을 비정규직인 시인은 누구보다 잘 알기 때문이다.

아버지는 철거 일을 하는 공사판 노동자다. 비정규직 아들과 아버지는 좁은 방에서 함께 밥을 먹고 잠을 잔다. 방이 좁다보니 조금만 뒤척여도 살이 닿아 벽에 바짝 달라붙어 잠을 자는 시인의 모습이 시에서 잘 그려진다. 우리나라 통계에 의하면 아직도 전체 고용시장에서 비정규직 비중은 40퍼센트가 넘는다. 시에서는 이 '비정규'의 고용 형태뿐만 아니라 언제 퇴출될지 모르는, 희망 없는 불안을 감수하며 하루하루 벽이 되어 살아가야 하는 정신적 고통까지를 이야기한다.

2016년 구의역 사고로부터 2018년 태안화력발전소 그리고 평택항 부두에서 청소작업을 하던 대학교 3학년 이선호 군의 사고 등 위험에 노출된 업무를 비정규직이 떠안는 경우가 많다. 그래서 산업현장 곳곳에서는 비정규직의 사망사고가 끊이지 않고 있으며 코로나 때도 그들이 해고 대상 1순위였다.

아버지는 많이 배운 아들은 반듯하고 안정적인 직장을 다닐 것이라고 믿고 있다. 그런 아버지를 실망시키고 싶지 않아 비정규직 일을 숨기고 저녁이 될 때까지 배를 곯으며 계속 걸어야 했던 시인. 아버지에게 '외근'이라고 거짓말을 하고 집에 들어와 밥을 먹는 시인의 마음엔 그 누구보다 이 세상의 '벽'이 많다. 누런 밥알을 오래 씹으며 아버지 앞에서 늦은 저녁을 먹는 스물여덟 비정규직 시인의 '벽'들. 한평생 공사현장에서 오함마로 벽을 부수어온 아버지보다 어쩌면 앞으로 젊은 이 시인 앞에 가로놓일 우리 사회의 벽이 더 많을지도 모른다. 그러니까 스물여덟 시인에게 이 사회에서 어떻게 움직여도 그 불통의 벽들과 부딪칠 수밖에 없다는 것.

안녕하십니까. 고객님!
오늘도 행복한 하루 되십시오
― 부지영 감독의 〈카트〉

영화 〈카트〉는 전태일 열사 44주기인 2014년에 개봉되었으며 2007년 이랜드 홈에버 비정규직 파업을 모티브로 하고 있다. 두 아이의 엄마인 선희, 싱글맘 혜미 그리고 청소노동자 순례 등 대형 마트 비정규직 여성노동자의 차별과 애환을 통해 그들의 부당해고에 대한 투쟁기를 담은 첫 상업영화다. 개봉 당시부터 많은 언론매체와 관객들로부터 관심을 받았다.

영화에서는 우리 주위 대형 마트 노동자들이 고객들로부터 받는 많은 컴플레인과 무시 속에서도 참을 수밖에 없는 상황을 아주 사실적으로 그리고 있다. 대형 할인점이라는 장소만 다를 뿐 사실 이러한 노동 환경이나 조건은 우리 사회 어디서나 일어나는 일들이다. 살아가면서 우리는 대부분 한번쯤은 아르바이트나 인턴과 같은 비정규직 일을 경험하게 된다. 영화는 많은 수모와 멸시에 부딪힐 수밖에 없는 비정규직의 답답하고 부당한 현실을 호소력 있게 잘 이끌어내고 있다.

주인공 선희는 5년 동안 마트와 본사에서 요구하는 일은 뭐든다 착실하게 해서 벌점 하나 없는 비정규직이다. 연장 노동에 대한 대가를 제대로 받지 못해도 정규직을 보장해준다는 회사의 약속만 믿고 묵묵하게 일한다. 하지만 어느 날 날아온 것은 청천벽력 같은 '해고' 통보 문자이다. 부당 해고 문자를 받은 선희와 같은 마트의 비정규직 노동자들 대부분은 이 상황을 어떻게 받아들여야 할지 모두 우왕좌왕한다. 그러다 단체협약으로 자신들의 주장을 요구할 수 있다는 것을 알게 되고 노조를 결성하여 파업을 계획한다. 하지만 회사는 공권력 투입과 갖은 음모로 이들을 강제로 해체시키려 한다.

노동자가 약자라면 비정규직은 더 약자이고 더군다나 청소년 비정규 노동자인 아르바이트 학생들은 더욱더 약자다. 주인공 선희의 아들 태영은 수학여행비를 마련하기 위해 편의점에서 아르바이트를 처음 시작한다. 하지만 밤 늦게까지 일을 하고도 임금을 제대로 받지 못하자 편의점 유리창을 깨버린다. 편의점 사장과 시비가 붙어 경찰서까지 간 아들에게 선희는 "왜 그랬냐"고 문자 "억울해서"라고 말하는 장면. 뭉클하다.

어쩌면 우리의 삶이 태어나는 순간부터 아무것도 정해져 있지 않는 비정규라는 생각. 우리 사회에는 노동이나 복지와 관련한 노동법이 있긴 하지만 최저임금이나 근로기준법과 같은 지금 이 현실에 꼭 필요한 내용이나 조건이 사실상 부족하다. 영국은 '시민교육'이라는 교과목을 정규과목으로 채택하고 프랑스는 중학교 때부터 매주 3시간씩 '시민교육'을 받는다. 우리도 학생들과 시민들을 위한 노동인권교육이 더 활발하게 이루어지고 나아가 우리의 노동에 대한 대가를 사회 어디에서나 정당하게 요구하고 또 보상받아야 한다는 데 한 표!

이 얼굴들을 보라!
— 이혁래, 김정영 감독의 〈미싱타는 여자들〉

영화 〈미싱타는 여자들〉은 이혁래, 김정영 감독의 2020년 다큐로 부제는 '전태일의 누이들'이다. 1971년 재단사 전태일은 서울 청계천 평화시장 앞길에서 불길에 휩싸인 채 "근로기준법을 지켜라"라고 외치며 분신했다. 사실 그동안 1970년대 노동과 인권에 대해서는 전태일 열사만을 기억하는 경향이 많았다. 하지만 이 영화에서는 당시 청계천 평화시장에서 일하던 어린 여성노동자들의 삶과 투쟁의 모습을 그리고 있다.

그들은 대부분 12살에서 15살 정도의 어린 여공들인데 집이 가난하다는 이유로 학업과 자신의 꿈마저 포기하고 취업한 이들이다. 아침 일찍 평화시장으로 출근해 하루 13~14시간씩 열악한 노동환경 속에서 기계처럼 일을 한다. 전태일 열사가 '우리는 기계가 아니다'라고 외치며 분신한 그날도 아침 8시에 출근해 밤 11시까지 일했다고 한다. 그러다 청계피복노동조합과 노동교실을 만난 후 현실을 보는 눈이 달라지고 그들의 삶도 달라지게 된다. 정부가 노조를 탄압하기 위해 노동교실을 강제로 폐쇄하자 그들은 당시 서슬퍼런 공권력에 정면으로 맞서 '빨갱이'라는 누명과 협박에도 흔들리지 않았다고 한다.

영화에서는 신순애, 이숙희, 임미경 등 이미 중년이 된 그 시절 어린 노동자들이 노동인권에 눈떠가던 과정을 생생하게 그리고 있다. 그들은 더 이상 전태일 이름 뒤에 따라다니는 존재가 아니다. 여성노동운동을 이끌며 인권과 노동해방의 선구적 운동가로 투쟁한 그들의 숨가쁘던 하루하루를 증언하고 있다.

김남주 시인은 자본주의 사회를 비판하며 우리 사회는 주인이 따로 있는 것이 아니라 '개에게 개밥을 주는 사람이 주인이듯' 사람도 자신에게 '봉급을 주는 사람이 그 주인'이라고 했다. 1970년대 청계천의 평화시장 어린 소녀 시다들뿐만 아니라 1980년 이후 산업재해현장의 노동자들은 이러한 사회적 차별과 멸시로부터 자신의 노동과 권리를 주장하며 우리 사회의 부당한 대우와 차별에 저항했다. 무엇보다 어린 소녀 시다들이 자신의 노동권리를 찾으려고 투쟁한 그 시간과 노력에 우리는 많이 빚지고 있는 셈이다. 그래서 봉준호 감독도 이 영화를 보고 "근래 본 가장 아름다운 다큐"라고 했을 것이다.

우리들의 희망과 우리들의 단결을 위해
— 박노해 시인의 「노동의 새벽」

비정규와 열악한 노동이라는 주제는 사실 어제 오늘의 문제는 아니다. 인간은 이 노동을 통해 삶의 가치와 인생의 행복을 찾는다. 하지만 개인의 노동에 대한 대가나 환경이 스스로의 존엄이나 행복을 보장받지 못했을 때 우리는 그것에 분노하고 저항하게 된다.

「노동의 새벽」을 쓴 박노해 시인은 1983년 동인지 『시와경계』에 「시다의 꿈」 등 6편의 시를 발표하며 '얼굴 없는 시인'으로 문단에 나왔다. 그리고 이듬해에 시집 『노동의 새벽』으로 저임금과 장시간 노동 그리고 열악한 노동현장의 실상을 직시하며 1970년대 전태일을 이은 노동자문학의 대표 시인으로 자리매김했다. 박노해라는 필명 역시 "박해받는 노동자 해방"이라는 뜻이다. 그리고 그는 '우리들의 사랑'과 '우리들의 분노' 그리고 '우리들의 희망과 단결'을 지속적으로 주장했다.

이 시가 발표된 1980년대는 노동자들의 눈물과 땀으로 산업화가 이루어진 고도성장의 시기였지만 그들은 항상 소외되어 왔다.

시인에게 시는 이러한 노동현실과 부당한 질서에 대한 저항의 목소리였다. 그런 측면에서『노동의 새벽』은 '노동문학'이라는 새로운 영역이 우리 문학사에 자리매김하는 계기가 되었다.

김남주와 신경림 그리고 김지하 같은 시인들 또한 노동 그리고 부당한 권력이나 부패에 대한 비판적 시를 썼지만, 박노해 시인이 그 시인들과 차별화되는 지점이 있다. 시인은 열다섯 살에 상경해서 야간 상고를 졸업하고 다양한 현장 일을 하며 노동운동과 문학에 온몸을 바쳤다. 때문에 시인의 시는 관념이나 추상적인 진술의 시가 아니라, 노동자로서 자신이 직접 경험한 현장의 삶이 그대로 시의 언어가 되었다. 무엇보다 그것은 1960~70년대 민족문학의 성과를 이으면서 1970년대 중반 이후 나오기 시작한 노동자들의 자연발생적인 글쓰기에 그 뿌리가 있다고 볼 수 있다.

시집『노동의 새벽』은 어두운 새벽 빛에 오윤 판화가의 작품을 표지에 실었다. "노동 속에 문드러져" "지문이 나오지 않"는 노동자들의 생생한 절규를 '구체적인 현장성'과 '실천적 운동성'의 언어로 담아냈다. 고된 노동과 잔업에 지쳐 "차라리 포근한 죽음을 갈구"하고 싶다는 노동현장의 모습들은 1970년대 민족민중문학에 갇혀 있던 당시 문단에 신선한 충격을 주었다. 하지만 그의 시가 표현의 투박함과 세계를 '절대 악'과 '절대 선'의 이분법적 대립 관계로만 파악하고 있다는 지적을 많이 받았다. 때문에 현실 이해의 단순성에서 크게 벗어나지 못하고 단지 감상과 고발에 머물러 있다는 부정적 평가를 피할 수 없었다.

시인은 1991년 '사노맹' 사건으로 체포되어 무기징역이 선고될 때 "나는 노동자이자 시인이며 혁명가입니다"라는 최후 진술로 스스로를 변호하기도 했다. 그 후 1998년 광복절 특사로 나오며 감옥에서 1만 권이 넘는 책을 읽었다고 한 그는 "개인이 있는 우리"여야 하며 변화의 빅뱅에 참여하기 위해서는 "우리가 먼저 변해야 한다"고 했다. 또한 『참된 시작』과 『사람만이 희망이다』에서는 "과거를 팔아 오늘을 살지 않겠다"는 결연한 의지를 드러내기도 했다.

박노해 시인은 현재 세계의 빈곤지역과 분쟁지역을 돌며 공동체와 생명 그리고 평화의 나눔활동을 펼치고 있다. 2010년 이후에는 '칼데라의 바람', '다른 길', '카슈미르의 봄', '하루' '검은 독서' 등의 사진전을 지속적으로 열고 있다.

'도시'라는 불통의 얼굴들
— 이수명 시인의 「도시가스」

시 「도시가스」는 같은 제목의 시집에 실려 있는 연작시이다. 이수명 시인은 2018년에 전작인 시집 『물류창고』에서도 '물류창고'라는 동명의 시 열 편을 수록하며 현대인의 반복적 행동들이 무한히 노출되어 있는 공간을 통해 이 현실세계의 특징을 드러낸 바 있다.

우리는 매일 음식을 조리하고 보일러를 켜기 위해 가스 밸브를 열고 잠그는 행동을 반복한다. 도시에서 우리가 사용하는 가스들은 땅 아래 촘촘히 메워진 가스관을 타고 흐른다. 평소에 인지하지 못했던 가스를 생각하고 감지하는 순간은 안전점검 주기가 돌아왔을 때다. 이 시는 가스검침원이 방문한 상황을 그리고 있다. 검침원이 가스가 새고 있는지 점검할 때마다 내가 누리고 있는 지금 "이곳에서"의 "안녕"과 "안정"이 사실은 위태로움 위에 있다는 것을 문득 깨닫게 된다. 우리 생활에서 없어서는 안 되는 '가스'는 사실은 너무나 많은 위험에 노출되어 있다는 것. 그래서 같은 제목의 또 다른 시에서 '가스통을 너무 많이 싣고 간다/ 위험한 오토바이 위험한 가스통"(「도시가스」)이라고 했다.

하지만 표현과 달리 그 불안에 큰 심각성을 보이지는 않는다. 우리 또한 가스통을 싣고 가는 오토바이를 많이 봐왔지만, 폭발에 대한 불안을 크게 느끼지 않았던 것처럼. 설령 가스가 새는 징후가 발견된다고 해도 이 시에서처럼 노후한 "배관을 교체하면" 위험은 쉽게 해소될 수 있다고 생각하기 때문이다.

또 시인은 '매일 가스를 공급받을 수 있어/ 다행이다'라고 한다. '가스는 색깔이 없고 냄새와 무게도 없고 가스는 소리가 없고 보이지도 않기' 때문에 우리는 그 가스를 중요하게 생각하지 않는다. 위험에 대해서도 크게 불안을 느끼지 않는다. 시인은 이러한 일상의 무한반복에 따른 무감각과 무차별적 관리가 바로 현대 시스템이 가지는 문제라고 본다.

모양도 색깔도 냄새도 없이 곳곳에 퍼져 있는 '도시가스'. 우리는 거리의 맨홀 뚜껑에 '도시가스'라고 쓰여져 있는 것을 어렵지 않게 본다. 그러고보면 이 도시는 24시간 "가스관"에 노출되어 있지만 대부분 그것을 인지하지 못한다. 아니 무감각한 것이다. 단지 행동의 이유나 당위보다는 무감각적인 일상에서의 반복적 행위만이 가능한 일이라는 듯. 그러므로 우리는 지금, 이 도시에 도착할 과거도, 미래도 존재하지 않는 그런 불통의 현실 속에 살고 있다는 것. 그리고 문득 언제 터질지 모르는 가스통을 하나씩 안고 살아가고 있다는 생각이 든다.

Part 11

역사가 붙들어야 할
'그날'의 기억

─ 아우슈비츠 그리고 5·18 민주화운동

파울첼란 「죽음의 푸가」

스티븐 달드리 감독 〈더 리더 ; 책 읽어 주는 남자〉

라즐로 네메스 감독 〈사울의 아들〉

마가레테 폰 토로라 감독 〈한나 아렌트〉

장선우 감독 〈꽃잎〉, 이창동 감독 〈박하사탕〉,

김지훈 감독 〈화려한 휴가〉 조근현 감독〈26년〉,

장훈 감독 〈택시 운전사〉

『죽음의 수용소』의 저자 빅터 프랭클은 참혹한 아우슈비츠의 고통에 대한 경험을 기록하며 "우리가 갖고 있는 것은 글자 그대로 우리 자신의 벌거벗은 실존뿐"이라고 술회하였다. 오스트리아에서 태어난 그는 빈대학에서 의학박사와 철학박사 학위를 받았으며 프로이트와 아들러의 심리학에 이은 정신요법 제3학파라 불리는 로고테라피학파를 창시했다.

그는 2차 세계대전 당시 가족이 유대인이라는 이유로 나치의 강제수용소로 끌려간 후, 3년 동안 네 군데 수용소를 거쳤지만 결국 살아남았다. 사람들이 수용소에 들어오면 처음엔 '그리움'이 찾아오고, 다음은 자신을 둘러싸고 있는 것에 대한 '혐오감'이 그리고 마지막에는 참담한 광경에도 눈 하나 깜짝하지 않는 '무감각'에 이른다고 했다.

무엇보다 가장 힘든 것은 육체적인 고통보다 구타를 당할 때 느끼는 '모멸감'이라고 했다. 그는 우스꽝스럽게 헐벗은 자신의 생명과 더 잃을 것이 없는 인간의 적나라한 악행과 죽음 곁에서도 홀연한 인간 존엄성의 위대함을 몸소 체험하였다. 그리고 말한다. '인간은 어떠한 환경에서도 적응할 수 있다'고. 이 말은 극단적인 인간성의 파괴와 죽음의 공포 속에서 살아 있음의 의미를 어떻게 찾아야 하는지, 동시에 또 그것이 얼마나 참담하고 공허한 일인지를 생각하게 한다.

죽음은 독일에서 온 명인. 너의 눈은 파랗구나
— 파울 첼란의 「죽음의 푸가」

　파울 첼란의 시 「죽음의 푸가」는 아우슈비츠의 기억을 내면화하며 아름다운 서정의 언어로 재구성하고 있다. 첼란 역시 수용소에서 살아남기 위해 자신의 성을 바꾸었으며 가해자와는 다른 각도에서 누구보다 치열하게 아우슈비츠 이후의 글쓰기의 가능성에 대해 천착하였다. 수용소에서 양친을 잃고도 적의 언어인 독일어로 시를 썼던 파울 첼란. '아우슈비츠 이후에 서정시를 쓰는 것은 야만이다'라는 아도르노의 말을 파울첼란은 「죽음의 푸가」를 통해 반증했다.

　시집 『양귀비와 기억』에 수록되어 있는 이 시는 생존자가 겪어야 했던 당시 상황에 대한 묘사와 재현적 의미가 두드러진 작품이다. 시에는 '우리'라는 집단적 화자를 통한 죽음의 공포감이 극적으로 드러난다. 첼란의 부모는 모두 1942년 유대인수용소 가스실에서 목숨을 잃었다. 그는 다행히 몸을 피해 살아남지만 혼자 살아남았다는 죄책감은 평생 그를 따라다녔으며 50세가 되던 해 센강에 스스로 몸을 던져 그 고통으로부터 벗어났다. 그의 작품은 '아우슈비츠'라는 한정된 틀에 갇혀 있는 특수성의 세계에서 벗어나 모두가 공감할 수 있는 보편성의 지평으로까지 확장된다. 때문에 백양나무 사이 '침묵으로 시간을 통과한' 그의 시가 '지옥 끝에서 들려오는 희망의 노래'가 될 수 있었던 것이다.

"책 많이 읽으시잖아요?", "듣는 걸 더 좋아하지"
― 스티븐 달드리 감독의 〈더 리더 ; 책 읽어주는 남자〉

스티븐 달드리 감독의 영화 〈더 리더〉는 독일의 소설가이자 법학자인 베른하르트 슐링크의 대표작인 『책 읽어주는 남자』가 원작이다. 2차 세계대전이 휩쓸고 간 독일의 1950~60년대를 배경으로 36세의 여인과 15세 소년의 사랑을 담아낸 이 소설은 1995년 출간 당시 많은 논란이 되었던 작품이다. 전쟁세대를 대표하는 여인과 그다음 세대를 대표하는 소년의 사랑이 역사와 시대를 진정으로 뛰어넘을 수 있는가라는 시대적 딜레마를 담아내며 다양한 이슈를 불러일으켰다.

스티븐 달드리 감독은 40이 넘은 늦깎이로 시작했지만, 배우들의 연기력을 탁월하게 이끌어냈다. 〈빌리 엘리어트〉, 〈디 아워스〉 등에서는 문학적 영상미가 돋보인다. 특히 이 영화에서 케이트 윈슬렛의 연기는 한 인간의 복잡한 내면을 세월과 함께 바래가는 자연스러운 아름다움으로 잘 승화시키고 있다.

십대 소년 마이클은 비를 맞은 채 떨면서 심한 구토를 하고 있었다. 그때 자신을 도와준 30대 여인 한나와 사랑에 빠지게 된다.

한나는 마이클에게 책을 읽어주길 부탁한다. 마이클이 책을 읽는 동안 한나는 알 수 없는 생각에 잠기기도 하고 행복한 미소나 표정을 짓기도 한다. 전차 검표원인 한나는 누구에게도 말하지 못하는 비밀이 있었는데 바로 글을 읽지 못한다는 것이었다.

어느 날 상사로부터 사무직으로 승진되었다는 이야기를 듣고 한나는 생각이 복잡해진다. 글을 모르니까 사무직을 할 수 없었던 것이다. 그래서 결국 마이클과의 관계를 정리하고 떠나려고 결심한다. 그런 한나는 자신만의 이별의 방식을 택한다. 마이클의 몸과 발을 씻겨주는 것이었다. '씻는다'는 것은 과거의 기억이나 감정들을 깨끗하게 지우는 것이다. 외로웠던 자신의 삶에서 유일한 위안이었던 마이클에게 '잘 있으라'는 편지를 쓸 수 없기 때문에 선택한 한나만의 방식이었다.

마이클은 그렇게 홀연히 떠난 안나와 8년 후 재회한다. 법대생이 된 마이클은 예상치 못한 장소에서 한나를 목격한다. 바로 재판 참관 수업에서 나치전범 재판의 피의자 신분으로 앉아 있는 한나를 재판장에서 만난 것이다. 사실 이 영화에서 가장 중요하고 절대 피해갈 수 없는 문제가 바로 '아우슈비츠' 문제이고, 영화는 그 지점을 정면으로 건드리고 있다.

한나는 2차대전 때 아우슈비츠에서 유대인을 감시하는 교도관으로 복무한 사람이었다. 교도관으로 일하던 당시 그녀는 자신이 감시하던 수용소의 어린아이들에게 밤마다 책을 읽게 했고, 또 불이 났을 때 수감자들을 풀어주지 않아 유대인들이 불타 죽게 된

사실 등이 밝혀진다. 그녀는 자신의 직무였기 때문에 그렇게 할 수밖에 없었다고 한다. 하지만 같이 근무했던 교도관들은 모두 입을 모아 그녀를 모함하기 시작한다. 한나는 억울함을 호소했고 그 사실을 확인하고자 당시 보고서에 있던 사인을 대조하기 위해 한나에게 글자를 써보라고 한다. 하지만 한나는 자신이 글자를 모른다는 사실을 밝히고 싶지 않아 결국 자신이 한 것이라 인정하고 무기징역을 선고받는다.

영화에서는 글을 읽지 못하는 지점을 중요하게 부각시킨다. '문맹' 즉 '무지'로 저지른 잘못을 어디까지 인정하고 또 책임을 물어야 하는지. 그리고 가해자로 연루된 사람은 그것을 어떻게 받아들이고 반성할 것인가에 대한 딜레마를 잘 보여준다. 사실 영화에서 한나는 자신의 행위가 어떤 의미인지 또 그 행동들이 어떻게 윤리에 위배되는지를 깨닫지 못한다. 한나가 글을 읽지 못한다는 결정적인 사실을 마이클은 알고 있었지만, 재판 과정을 보며 깊은 고민과 함께 결국 침묵한다. 마이클의 한나에 대한 진심 어린 연민과 사랑을 느낄 수 있는 부분이다. 그 후 마이클은 그녀가 교도소에서 스스로 속죄하기를 바라며 출소할 때까지 오랜 시간을 기다린다.

'글을 모른다'는 것은 자신의 행위가 어떤 의미인지 또 어떤 잘못으로 이어지는지를 이해하지 못한다는 의미이다. 그리고 책을 읽어주는 것은 사랑의 감정보다 더 많은 의미를 담고 있다. 무지의 폐해에 대해 경계해야 한다는 말이기도 하다. 교도소에 수감된 한나는 글을 배우기 시작한다. 그녀가 글을 배우는 자체가 바로 '속죄의 과정'을 상징한다고 볼 수 있다. 이와 관련하여 인상적으로 다가오는 장면이 있다. 중년이 된 마이클이 한나를 위해 책 『오딧세이』를 녹음해서 교도소로 보내준다. 한나는 마이클이 보내준 녹음테이프 속의 목소리를 들으며 책의 글자를 유추해가며 'the'라는 단어에 필사적으로 동그라미를 친다. 그 장면에서는 문맹으로 살았던 자신의 무지로 인해 벌어졌던 악행에서 벗어나려는 어떤 절박함 같은 것이 느껴진다.

20년이 흘러 한나는 모범수로서 출소를 며칠 앞두게 되고 둘은 다시 만나게 된다. 면회를 온 마이클을 보고 "꼬마가 어른이 다 됐네"라며 손을 내밀어 도와달라고 하는 늙은 한나의 모습. 마이클은 그녀가 거처할 집과 일할 직장까지 준비해둔 상태로 한나와의 재회를 설레게 기다렸던 것이다. 하지만 마이클은 그녀가 글을 아는데도 불구하고 자신이 한 일에 부끄러움이 없다는 사실에 다시 실망하게 된다. 한편 한나는 마이클과의 대화를 통해 자신의 잘못이 무엇인지 스스로 깨닫게 되고 유일하게 자신에게 꿈을 알려준 마이클이 실망하는 모습을 보고 출소 전 결국 자살한다.

생각하는 대로 살지 않는다면, 사는 대로 생각하게 된다

무엇보다 영화에서는 '법'을 긍정적으로 보지 않는다. 마이클의 수업시간에 법대 교수는 말한다. "사회는 도덕성이 아니라 법에 의해 운영됩니다. 문제는 잘못했냐는 것이 아니라 법을 어겼냐는 겁니다. 현재의 법이 아니라 그 당시의 법의 기준으로 말입니다." 이 말은 위법 여부가 진실보다 우선한다는 것이다. 또 한나가 책임자로 몰리는 전범재판을 본 후 한 학생이 이런 말을 한다. "법이라는 게 역겨워요. 6명의 여성을 골라서 법정에 세우고 그녀들만 악마고, 그녀들만 유죄라는 거 아닙니까. 그 현장에서 일했던 사람들만 법정에 세우고 나머진 모두 빠져나가겠단 것이잖아요. 우리 부모, 선생 모두 다 알면서도 그때 내버려 뒀다구요." 이 말은 법이라는 것은 정의를 관철하는 가장 합리적인 방법의 하나이지만 그 자체로 완전한 것은 아니라는 의미이다. 나치 치하 때의 법은 수많은 학살을 막거나 심판하지 못했다. 우리가 흔히 법하면 정의를 구현한다고 생각하지만, 법도 어느 부분은 한계와 오점을 가질 수밖에 없다는 것이다.

"생각하는 대로 살지 않는다면, 사는 대로 생각하게 된다"는 폴 발레리의 말은 성실하게만 사는 것이 중요한 것이 아니라 '어떤 자리에서 어떤 태도로 사는가'가 더 중요하다는 것을 말하는 지점이다. 무엇보다 어떤 잘못에 대한 사죄는 형식적인 사회적 보상이나 돈이 아니라 바로 개인의 진심. 그것이어야 한다는 것. 그것은 상대방의 고통을 이해하고 같이 눈물을 흘린다는 의미이기도 하다.

그럴 때 정말 필요한 것은 자신에게 가장 소중한 것을 상대에게 내어주어야 한다는 것이다. 영화의 마지막에는 유대인 희생자의 딸이 하나가 사죄로 남긴 돈은 받지 않고 그녀의 참회 기억이 담긴 낡은 홍차 케이스를 받았던 것처럼 진심 어린 마음만이 상대의 얼었던 마음을 녹일 수 있다는 것.

슬픔조차 금지된 이곳에서 우린
이미 예전에 모두 죽었어
— 라즐로 네메스 감독의 〈사울의 아들〉

영화 〈사울의 아들〉은 1944년 아우슈비츠의 제1시체 소각장에서 시체 처리반인 존더 코만도로 일하던 사울이 수많은 주검 속에서 자신의 아들을 발견하고 아들의 장례를 치르기 위해 랍비를 찾으러 다니는 상황을 그린 작품이다.

감독 라즐로 네메스는 아우슈비츠 피해자 집안 출신으로 어렸을 때부터 이 홀로코스트를 영화로 다루고 싶었다고 한다. 10여 년에 걸쳐 이 영화의 각본을 조금씩 써왔다고 하는 그는 아우슈비츠 생존자들의 증언을 담은 『잿더미로부터의 음성』을 통해 본격적으로 영화 작업을 시작했다. 그는 〈인생은 아름다워〉나 〈쉰들러 리스트〉 등 홀로코스트를 감동적 코드로 다룬 영화 대신 관객들에게 비극 속에서 마지막까지 고통받았던 한 인간의 얼굴을 현장성 있게 보여줌으로써 관객들을 이 홀로코스트의 새로운 증인으로 세우고 싶었다고 했다.

아우슈비츠에는 '카포'와 '존더 코만도'같이 나치의 명령을 직접 받는 유대인들이 있었다. 나치들 또한 수용소에서 같은 유대인들을 감시하던 이 카포를 지옥의 악마보다 양심이 메마른 자들이라고 했다. 그들은 유대인 수감자들을 구타하거나 굶기는 등의 특권을 가지고 있었다. 나치는 자신들의 업무를 줄이면서 수감 중인 유대인들 간의 '반목과 갈등'을 위해 이 같은 '카포' 제도를 만들어 운영했다. 빅터 프랭클도 '카포'들이 사실 나치보다 더 잔혹하게 유대인들을 괴롭히고 고문했다고 진술했다.

'존더 코만도' 또한 유대인 특수 직무반으로 그들의 시체처리와 희생자 분류작업 그리고 학살보조 업무 등을 떠맡았다. 사실 이들도 수용자들과 분리되어 생활하지만 대개 몇 달 노역 후 처형당했다고 한다. 이들은 머지않아 자신들도 같은 운명이 될 것을 알면서도 학살작업을 매우 능숙하게 처리했던 것이다. 그러한 과정에서 연고자의 시체를 발견하거나 재수 없으면 탈의실에서 살아 있는 모습으로 자신의 연고자들을 상봉하기도 하는데 아내의 시체를 보고도 아무 일 없는 것처럼 행동하는 남자도 있었다고 한다.

이들은 또 종전이 닥치자 황급히 아우슈비츠의 유대인 시신을 마당에 쌓아놓고 불태워 흔적을 없앴다. 그때 존더 코만도 중의 한 사람이 그 상황을 사진으로 찍었고 흔들리던 그 사진들은 홀로코스트의 결정적인 증거가 되었다. 그런 점에서 이 영화는 존

더 코만도로서 마지막 양심을 지키고 싶었던 한 인간의 절규라고 할 수 있을 것이다.

'사유'하지 않음이 곧 '악'이다
— 마가레테 폰 토로라 감독의 〈한나 아렌트〉

영화 〈한나 아렌트〉는 제2차 세계대전 때 나치의 유대인 집단 학살 주요 가담자였던 아돌프 아이히만에 대한 이야기로 시작한다. 그는 전쟁 후 아르헨티나로까지 도망가지만, 그곳에서 이스라엘 정보부에 납치되고, 그가 저지른 끔찍한 행위에 대한 재판을 받기 위해 이스라엘 수도인 예루살렘으로 이송되는 시점을 영화화하고 있다.

그때 한나 아렌트는 잡지 『뉴요크』에 특파원 자격으로 자신이 직접 아이히만 재판에 참관하여 쓴 글을 기고하고 싶다고 했다. 한편 한나의 남편은 그 재판을 참관하는 것은 그녀가 수용소에서 겪었던 끔찍한 경험을 다시 떠올리게 하는 것이라고 만류하지만 그녀는 이스라엘로 떠난다. 하지만 자신이 생각해왔던 모습과 다르게 매우 평범하고 무심해보이는 아이히만을 보고 한나는 충격에 빠지게 된다. "신 앞에서는 유죄지만 법 앞에서는 무죄입니다"라는 말로 자기 행위의 정당성을 주장하는 아이히만. 또한 "저는 상부가 시키는 일을 성실히 수행했을 뿐입니다. 나치정권에서는 히틀러의 말은 곧 법이었고 법을 지키는 것은 공직자가 해야 하

한나 아렌트(1906~1975)

악이란 악마처럼 뿔 달리고 괴이한 존재가 아니라
평범한 사람도 사유하지 않고 행동한다면,
누구나 저지를 수 있는 것이다.

는 덕목입니다"라고 말하는 그는 어떤 뉘우침도 후회도 없이 담담하다.

그 재판을 보고 충격에 빠진 한나 아렌트는 단지 스스로 생각하기를 포기하여 개인의 양심을 버리는 것, 어떤 동기도 없이 행해진 악, 수동적으로 저지른 이런 악에는 신념도 악의도 악마의 의미도 없지만 그것은 '단지 사람이기를 거부한 인간의 행위'이며 그것을 '악의 평범성'이라고 했다.

그리고 말한다. "아이히만은 한 개인이 되는 것을 거부함으로써 오직 하나뿐인 인간의 존엄 즉 사유하는 능력을 포기했습니다. 바로 그것이 많은 평범한 사람들이 예전에 볼 수 없던 거대한 규모의 악행을 저지를 가능성을 열어주었습니다."

조직된 위계질서 안에서 자신에게 주어진 일만을 묵묵히 하는 사람들. 우리는 주위에서 그런 '지극히 평범한 사람들'을 쉽게 볼 수 있다. 하지만 인간은 스스로 생각하지 않고, 생각하기를 멈춘다면 도덕적인 판단을 할 수 없다. 이것은 자신이 악행을 저질러도 무엇을 잘못했는지 알지 못한다는 의미다. 조직의 명령이 정당한 것인지 사고하고 판단하지 않는 이 '무지가 바로 악의 뿌리'라는 것이다. 그래서 한나 아렌트는『예루렘의 아이히만』에서 다른 사람의 처지를 생각할 줄 모르는 '생각의 무능은 말하기의 무능을 낳고 행동의 무능을 낳는다'고 했던 것이다.

지나간 그 '봄'들

— 5·18 민주화운동을 그린 영화들

1980년 5월의 광주를 우리는 어떻게 기억해야 할까. '모든 역사는 현대사'라는 말은 모든 역사는 당대의 가치관에 의하여 재해석된다는 것이고 그런 역사는 현대사의 연속이기도 하다. 한때 광주민주화운동은 무장반란이나 북한에 의해 조종된 폭동으로 매도되기도 하며 편협한 권력의 이데올로기로 왜곡되었다.

2011년 5월, 유네스코는 5·18 민주화운동 관련 기록물을 세계기록유산에 등재했다. 5·18 민주화운동이 동아시아 국가들의 냉전체제를 해체하고 민주화를 이루는 데 많은 영향을 주었다는 것이다. 아울러 인간의 존엄성을 유린하는 국가폭력에 대한 민중의 숭고한 저항을 담은 기록이므로 인류가 보존하고 후세에 교육해야 한다는 것이 그 이유이다. 역사는 오늘 여기 내가 없이는 존재하지 않는다. 5·18 피해자들에 대한 돌봄의 부재 그리고 고의적 혹은 구조적으로 배제되는 기억들. 5·18로 인한 개인적 트라우마가 '민주화운동'이라는 이름으로 희생된 지점들. 이러한 국가폭력의 피해자들을 우리는 또 어떻게 규명해야 할까. 그러니 다시 말하자면 '쓰여진 역사보다 쓰여지지 않은 역사에 더 집중해야 한다는 것.' 그런 점에서 5·18 민주화운동을 다룬 몇 편의 영화에서는 지나간 그 '봄'을 뜨겁게 다시 소환하고 있다.

영화 〈오 꿈의 나라〉 이후 광주민주화운동을 소재로 한 첫 상업영화가 바로 1996년 장선우 감독의 〈꽃잎〉이다. 이 영화는 정신적 충격을 받은 17살 소녀가 동네 오빠들 앞에서 김추자의 〈꽃잎〉을 부르며 춤추는 장면으로 시작한다. 남루한 옷을 입은 소녀의 모습 사이 당시 광주의 비극적 장면들을 플래시백으로 보여준다. 총알이 날아다니던 거리를 뛰어가다 총에 맞아 쓰러지던 엄마를 바로 옆에서 목격했던 소녀는 그 충격으로 가끔씩 발작증세를 보인다. 영화에서는 왜 소녀가 삶의 희망을 놓아버렸는지, 국가의 폭력이 한 개인에게 더군다나 고아가 되어버린 어린 소녀에게 얼마나 치유할 수 없는 큰 아픔과 트라우마를 남겼는지를 잘 그려내고 있다.

2000년도 개봉되었던 이창동 감독의 영화 〈박하사탕〉은 한국 영화사에서 설경구라는 배우를 제대로 알린 작품이다. "나 다시 돌아갈래"라는 유명한 장면이 나오는 이 영화에서 박하사탕을 싸는 일을 하던 순임은 곧 죽음을 앞두고 있다. 첫사랑 순임을 좋아한 순수했던 청년 영호는 5·18 민주화운동 때 진압군으로 동원되었다가 실수로 여고생을 쏘아죽이게 된다. 그는 경찰이 된 뒤에도 그 괴로움에서 벗어나지 못하고 결국 IMF 때 집도 재산도 모두 잃게 되자 달려오는 열차에 뛰어들며 자살에 이르는 과정을 역순의 방식으로 보여주고 있다.

〈화려한 휴가〉는 2007년도 개봉된 김지훈 감독의 작품이다. 제목인 '화려한 휴가'는 1980년 5월 18일 신군부에 의해 진행된 작전명이다. 당시 전두환의 군사정권 수립을 반대하던 광주의 대학생들과 시민들을 폭력적으로 진압하던 계엄군에 분노한 광주 시민

들과 학생들이 거리로 쏟아져나오면서 5·18 민주화운동이 시작된
다. 영화에서는 가두방송을 하는 장면에서부터 비상계엄 속에서
총칼로 무장한 시위대가 진압군인들에게 폭행과 죽임을 당하는
수많은 희생자들의 모습을 생생하게 그리고 있다. 한 아이가 자기
몸집만 한 영정 사진을 들고 앉아 있는 장면. 그 사진 속의 인물은
바로 아이의 아버지인데. 외국인 기자가 찍은 이 사진을 통해 당
시 우리나라의 절박한 현실이 외국으로 알려지게 되었다.

그리고 2012년에 개봉된 조근현 감독의 〈26년〉은 웹툰작가 강
풀의 "26년"을 모티브로 제작된 실사영화다. 배우 장광의 모습이
전두환과 너무 닮아서 보면서도 깜짝 놀랐던 기억. 영화에서는
5·18 민주화운동 희생자의 2세들이 나온다. 광주 수호파 중간보
스 곽진배, 국가대표 사격선수 심미진, 서대문 소속 경찰 권정혁
이 그들이다. 26년이 흐른 '현재'. 남은 유족들은 사건의 책임자를
단죄하기 위해 어떤 복수를 할 수 있을까. 그렇지만 살아남은 자
들에게는 살아남은 자체가 아픔이고 상처다. 가려진 슬픈 얼굴들
이 서로가 서로의 비밀이 되어가는 것처럼.

마지막 영화는 바로 2017년 장훈 감독의 〈택시 운전사〉다. 이
영화는 실제 그 당시 택시 운전사였던 김사복 씨와 독일인 신문기
자였던 위르겐 한츠 페터가 주인공이다. 한츠 페터는 독일 제1공
영방송의 일본 특파원이었다. 박정희 대통령 공안사건들에 대한
기록과 가택연금 중이었던 김영삼과의 인터뷰 등을 녹음하기 위
해 한국에 있었다고 한다. 그는 5·18 민주화운동을 생생히 목격하

면서 기자 생활을 하는 동안 이처럼 끔찍하고 참혹한 현장은 처음 봤다고 했다. 영상을 찍으면서도 눈물이 계속 터져나와 중간중간에 촬영을 중단하기도 했다고 한다. 그때 이 한츠 페터가 보낸 필름이 독일 제1공영방송을 통해 보도되면서 5·18의 참상이 여러 나라로 전파되었다. 후일 심장질환으로 몹시 위독했을 때 그는 자신이 죽으면 망월동 5·18 묘지에 묻히고 싶다는 말을 전했다.

한강의 『소년이 온다』에는 5·18 당시 시신을 임시로 안치하던 상무관에 대한 이야기가 나온다. 이 소설은 시신을 수습하고 계엄군이 전남도청을 진압한 밤에도 끝까지 그곳에 남았던 사람들의 이야기를 다루고 있다. 사랑했던 이들의 시체를 찾지 못해 장례식을 못 치르는 그때부터 봄이 와도 꽃도 빗방울도 눈송이도 모든 아름다운 것들이 사사로운 원한이 되었다는 것. 소설은 어둠과 폭력의 세계에서 상처입은 존재들의 마음을 지극하고 섬세하게 위로하고 있다.

평론가 백지연은 이 소설을 두고 증언해야 하는 자의 소명의식과 듣는 자의 상상력이 치열하게 어우러지는 간절한 고백으로 잊을 수 없는 '그 도시의 열흘'을 고통스럽게 되살려낸다고 하였다. 시적 초혼과 산문적 증언을 동시에 보여주는 한강의 이 '광주 이야기'는 때로 우리의 몸과 마음을 휘청이게 한다. 그것은 지금 우리가 붙들어야 할 역사적 기억이 무엇인지를 절실하게 환기시키고 있기 때문이다.

그래서 어떤 문장들은 오랫동안 아프다. '나는 싸우고 있습니다. 날마다 혼자서 싸웁니다. 살아남았다는, 아직도 살아 있다는 치욕과 싸웁니다. 내가 인간이라는 사실과 싸웁니다. 오직 죽음만이 그 사실로부터 앞당겨 벗어날 유일한 길이란 생각과 싸웁니다'라는 문장, 거기서 잠시 또 침묵하게 된다.

Part 12

악마가 부른 천사의 노래
─ 음악들

누군가를 알기 위해서는 그가 좋아하는 음악이나 책을 물어보면 된다. 좋아하는 시와 음악이 겹친다면 분명 당신과 나는 좋은 관계가 될 수 있을 거라는 것. 그러니까 음악은 당신이 듣는 모든 것과 내가 이해하는 그 모든 것 사이에 존재하는 무엇이다. 최근에 〈음악은 우리를 어떻게 사로잡는가〉라는 다큐를 봤다. 음악은 우리 삶의 배경이고 그런 음악을 듣는 것은 여행을 떠나는 것과 같은 것이어서 우리는 음악을 통해서 막막한 현실과 무한한 자유를 건넌다. 나와 너의 그림자를 보며 발걸음의 보폭을 맞춰서 멜로디를 따라 걸었던 그날. 돌아올 듯 돌아오지 않는 그 많은 길들 속에 이어폰을 한 쪽씩 꽂고 바다를 보며 들었던 그 음악들처럼.

화성和聲의 변화보다 조화를 중요하게 생각했던 바로크 시대를 지나 인간 감정이 더 극적으로 드러났던 고전주의와 낭만주의. 그리고 음악을 낯설게 만들었던 인상주의를 지나 현대음악에서는 기존 음악의 화성 체계에서 벗어나 새롭고 낯선 질서를 만들고 있다. 무질서도 하나의 질서가 되는 것이니까. 다양한 장르의 음악을 들으며 우리는 슬픔과 기쁨을 때로는 격정적인 숭고함을 느끼게 된다. 이처럼 음악은 우리를 최대한 더 낯설고 아름다운 곳으로 초대한다.

그러니까 음악은 인간의 또 다른 언어이고 또 다른 세상이다. 무엇보다 감상자나 관객에게 연주자가 곡을 잘 전달해야 하고 연주자들끼리도 공감하고 잘 맞아야 한다. 그 호흡의 정도를 귀 밝은 관객들은 귀신같이 찾아내고 느낀다. 때문에 음악은 만든 사람의 꿈과 연주하는 사람의 진심 그리고 듣는 이들의 간절함이 공명되는 순간 무한한 아름다움으로 탄생된다. 음악을 정말 사랑한 그 시인은 아직도 우리가 모르는 그 무엇이 음악 속에 있을 거라고 음악 속에서 매일 길을 찾고 또 음악 속에서 매일 길을 잃는다. 그러니 오늘 초대합니다. 웰컴 투 뮤직!

아무도 침범하지 못하는 내 작은 나라의 봉창을 열면
— 박정대 시인의 「음악들」

박정대 시인은 '선반에 쌓여 있는 약간의 먼지'(「체 게바라 만세」)도 음악이라고 할 정도로 이 음악에 대한 탁월한 감수성과 남다른 애정을 가진 시인이다. 악기는 우리 도처에 있고 음악은 이 모든 것에서 나오는 소리이기에. 우리가 끄덕이는 고개짓 때로는 침묵마저도 모두 음악이 된다고 말한다. 그러니까 '음악'이라는 것은 모든 관계에서 일어나는 사소한 마찰음이고 그것이 우리들을 행복하게 해준다고 믿는 시인. 문학이 그래도 예술에 근접이라도 하려면 음악 쪽으로 가야 한다고 그는 말한다.

이 시에서도 '아무도 침범하지 못한 내 작은 나라'의 봉창을 열면 거기 '처마 끝 고드름에 매달려 있는' 시인의 음악들이 있다. 그의 음악들은 어떤 리듬과 음색을 가지고 있을까. 우리는 또 그 음악을 무엇이라고 불러야 할지. 다시 시인은 말한다. '내 청춘의 격렬비열도엔 아직도 음악 같은 눈'이 내린다고. 이 시에 나오는 '격렬비열도'는 우리나라 최서단에 있는 섬이다. 이 시를 읽고 많은 사람들이 그곳을 알게 되었다고 한다. 시인은 그 섬의 장소가 중요한 것이 아니라 "내 청춘의 격렬비열도"라는 말에서 '격렬'하기도 하고, 한편으로는 '비열'하기도 한 청춘의 한 자락을 말하고 싶었다고 한다. 한참 청춘을 통과하고 있을 때 자신의 '청춘'을 되돌아보니 '격렬'하면서도 '비열'하다는 생각. 음악이나 시도 청춘과 마찬가지로 '격렬비열'하게 아름답고 낭만적이라는 것.

또 다른 시 「산초나무에서 듣는 음악」에서는 '사랑은 얼마나 비열한 소통인가' 너의 파아란 잎과 향기를 위해 날마다 한 통의 물을 길어 나르면서 너를 들여다보면 너는 어느새 '은밀한 가시'를 키우고 있었다고 말한다. 그럴거다. 그에게 사랑은 고독한 음악으로 늘 자리하기 때문에 '아무르 강가'에서 부르는 노래가 시가 되고 시가 곧 노래가 된 것이라고. 그래서 조용히 쌀을 씻어 안치는 이 새벽엔 문득 다시 청춘의 격렬비열도로 떠나는 그의 뒷모습이 보일 것 같다는 말.

날 매달아주오, 날 매달아주오
— 에단 코엔, 조엘 코엔 감독의 〈인사이드 르윈〉

영화 〈인사이드 르윈〉은 〈파고〉나 〈노인을 위한 나라는 없다〉를 제작한 코엔 형제의 작품이다. 이 영화의 OST는 대부분 주인공으로 출연한 르윈 역의 오스카 아이삭이 직접 부른 노래들이다. 주인공 '르윈'은 1960년대 활동했던 미국의 포크송 가수인 에이브 반 롱크Dave VanRonk를 실제 모델로 한다. 그는 포크계의 빅뱅이라고 불리는 밥 딜런이 나오기 직전에 활동했던 가수다. 오로지 음악만을, 음악으로만 인정받기 위해 고군분투하는 그의 음악 여정을 다룬 작품으로 코엔 형제의 첫 음악영화이다. 영화에 출연한 아이삭은 줄리아드 음대 출신으로 밴드 활동까지 했었다고 한다. 또 아이돌 출신의 저스틴 팀버레이크는 직접 통기타를 치면서 노래한다.

헤어나올 수 없는 우리 삶의 고단함과 절망들은 마치 '시지프스 신화'의 큰 바위처럼 산 위로 올려도 끊임없이 다시 아래로 내려온다. 영화는 그런 투쟁에 가까운 삶의 실존적 모습을 그리고 있다. 사실 가수를 비롯한 예술가들의 삶이 성공한다면 그보다 더 좋을 수는 없겠지만 현실에서 그런 성공을 꿈꾸기란 쉽지 않다.

같이 활동하던 친구의 자살로 듀엣마저 깨지고, 임신한 애인의 낙태까지 고민하게 되는 상황. 하지만 그 상황에서도 엄살 한번 떨지 않고 더 유머러스하게 그 슬픔을 노래로 흐느끼고 노래로 말하는 르윈.

영화에서는 우리 삶의 부조리 이면에 있는 오해와 오인들을 비유적으로 잘 보여준다. 교수의 잃어버린 고양이를 찾아 데리고 가자, 그 고양이의 암수가 바뀌어 있고, 여자 친구 '진'이 임신한 아이가 전 남자친구의 아이인지 자신의 아이인지 모르는 상황이 되기도 한다.

'인사이드 르윈'은 에이브 반 롱크Dave VanRonk가 낸 솔로 앨범의 제목이다. 그것은 바깥의 환경이나 외양이 아니라 내면의 생각이나 모습을 들여다보자는 의미일까. 사실 영화에서 그는 끝없이 대타 인생을 살아간다. 르윈이 클럽에서 노래를 부를 수 있었던 것도 누군가가 취소한 자리였던 것처럼. 무엇보다 그렇게 벗어나고 싶었던 아버지의 굴레에서도 결국 벗어나지 못한다.

영화는 제일 처음과 마지막 장면이 그대로 반복된다. 르윈이 공연을 하다 잠시 밖에 나갔다가 누군가에게 아주 심하게 구타당한다. 이 장면이 영화의 시작이자 마지막 장면인데, 두 장면이 같은 사건을 두 번 묘사한 것인지 아니면 같은 사건이 두 번 일어난 것인지는 명확하지 않다. 사건의 선후 관계가 조금 차이가 있긴 하지만 마지막에 "또 보자"는 말을 하며 앞과 뒤가 연결되는 뫼비우스와 같은 구조를 만들어낸다. 안타깝지만 이것은 르윈의 삶은 시간이 흘러도 계속 이 언저리에서 맴돌며 지금 현실에서 헤어나올 수 없을 거라는 암시라는 것.

악마가 부른 천사의 노래
― 로버트 뷔드로 감독의 〈본 투 비 블루〉

〈본 투 비 블루〉는 '20세기가 낳은 가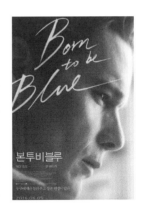
장 아름다운 흐느낌'이라는 찬사를 받은
쳇 베이커의 생애를 그린 영화다. 재즈
음악사를 대표하는 트럼펫 연주자인 그
는 1952년 찰리 파커와의 공연으로 이
름을 알리게 된 후 잘생긴 외모와 타고
난 음악적 재능으로 '재즈계의 제임스
딘'으로 불리게 되었다.

〈My Funny Valentine〉와 〈I've Never Been In Love Before〉
그리고 〈Over the Rainbow〉 등의 익숙한 선율이 흐르는 영화는
그의 생애에서 가장 뜨거웠던 시절을 배경으로 하고 있다. 그가
영화를 찍는 장면을 시작으로 뉴욕 최고의 재즈클럽인 '버드랜드'
에 컴백하며 끝이 난다. 평소 쳇 베이커는 재즈 역사상 가장 위대
한 연주자라 불리는 '마일스 데이비스'에게 많은 열등감을 느꼈다
고 한다. 때문에 그는 같은 무대에서 데이비스와 연주하는 것을
몹시 두려워했다는 것이다.

이 영화는 쳇 베이커 삶의 터닝포인트가 된 몇 개의 사건을 기
점으로 파란만장했던 그의 사랑과 음악 이야기뿐만 아니라 1960
년대 당시 문화와 사회적 분위기 등을 잘 그려내고 있다.

인생의 정점에서 약물중독에 빠진 쳇 베이커는 치아가 부러지

는 등 트럼펫 연주자로서는 치명적인 행동과 사건들을 통해 한순간에 쌓아올린 모든 것을 잃게 되기도 한다. 끝없는 좌절과 상처를 음악으로 녹여냈기 때문에 연주의 음색은 더욱 깊어진다. 이 기적인 사랑과 끝없이 시달린 열등감 그리고 약물중독의 굴레에서 완성된 쳇 베이커의 음악은 그래서 진정한 '악마가 부른 천사'의 노래가 될 수 있었던 것.

우리가 사랑한 모든 것 MUSIC, LOVE, YOUTH
— 키릴 세레브렌니코프 감독의 〈레토〉

한인 3세이자 구소련의 록시대를 연 아티스트, 빅토르 최의 젊은 시절을 그린 영화 〈레토〉는 러시아 키릴 세레브렌니코프 감독의 영화다. 빅토르 최는 페레스트로이카 정책으로 소련 사회의 개혁과 개방 분위기가 급격히 전개되자, 서방의 록음악을 소개하고 유행시켰던 고려인 가수다. 첫 앨범인 〈45〉를 발표할 1982년 당시는 대중의 큰 관심을 받지 못했다. 그 후 1984년에 4인조 그룹 '키노KINO'를 결성하고 레닌그라드 록축제에서 첫 수상을 했다. 연이어 1985년 〈밤〉과 〈이건 사랑이 아니지요〉를 발표하며 다음 해에 같은 축제에서 최고의 가사상을 수상한다. 1987년 발표한 〈혈액형〉은 당시 아프가니스탄 분쟁에 관여한 소련 사회에 반전 메시지를 전하며 대중들의 전폭적인 관심을 받았다. 그해 빅토르 최는 영화 〈이글라〉에 출연하며 활동 범위를 점점 넓혀갔다.

'레토'는 러시아어로 '여름'을 뜻한다. 1980년대 억압적 분위기의 소비에트에 음악으로 대중들의 마음을 사로잡았던 '마이크'와 '빅토르 최'. 빅토르 최는 영화 속에서 유일한 동양인으로 배우 유태오가 연기를 했다. 영화는 빅토르 최가 자신이 만든 음악을 듣고 당대 최고의 록가수였던 '마이크'를 만나러 여름 해변으로 가는 장면으로 시작한다. 그가 그룹 '키노'의 리더로 대중 앞에 설 수 있기까지의 초기의 모습들이 대부분이어서 우리가 익히 많이 알고 있는 그의 유명한 노래들은 나오지 않는다.

두 인물의 이야기를 기본 구도로 다양하게 시도되는 연출은 몇 편의 뮤직비디오를 보는 것 같다. 일러스트레이션으로 영상을 처리하는 방식들도 색다른 재미를 준다. 또한 암울한 러시아의 현실과 대조적으로 초현실적인 상상의 장면들이 많이 나온다. 흑백 영상과 조화를 이루는 록음악과 다양하고 기발한 편집 아이디어들은 그만큼 영화에 대한 감독의 고민들이 많이 드러나는 지점이다.

빅토르 최는 1980년대 억압적인 러시아 사회의 변화를 갈망하던 청춘의 아이콘이다. 그는 1962년 소련 레닌그라드에서 아버지 로베르트 막시모비치 최(최동열) 그리고 우크라이나계 러시아인 출신인 어머니 사이에서 외동아들로 태어났다. 친조부 막심 최(최승준)는 함경북도 성진 출생으로 일제 강점기 초기에 러시아로 건너간 고려인 출신이었다. 빅토르 최는 학창 시절부터 예술에 많은 관심을 가졌고 그림과 조각에 관한 공부도 꾸준히 하며 노래를 불렀다. 하지만 그가 학교에 다니던 당시 러시아에서는 록음악을 하면 퇴학을 시키는 분위기였다. 그런 와중에서도 보일러 수리공 일을 하며 첫 앨범 〈45〉를 발매한다. '45'는 앨범의 녹음 시간인 45분을 의미했지만, 당시 시대 상황으로 대중의 관심을 끌지는 못했다.

빅토르 최가 직접 작사 작곡한 노래의 시적인 가사들은 대부분 자신의 이야기다. 그는 〈혈액형〉, 〈여름이 곧 끝날 거야〉, 〈나는 변화를 원한다〉 등을 발표하며 점점 더 많은 활동을 이어간다. 그 후 미국과 일본 등을 방문하여 공연하였고 프랑스에 머물면서 앨범 〈마지막 영웅〉을 녹음하기도 했다. 당시 젊은이들은 그의 음악과 함께 성장했고 그의 노래로 한 시대를 살았다고 해도 과언이 아니다. 한마디로 '키노'는 러시아뿐 아니라 16개 공화국의 젊은이들에게 하나의 '사회현상'이었다.

1980년대 중반은 소련 사회의 급진적 개혁의 시기였다. 그 시기 레닌그라드 클럽에서 공연하기 위해서는 노래 가사를 일일이 검열받았으며 공연 도중에도 박수를 치거나 손을 흔드는 것과 같은 반응은 금지였다. 키릴 세레브렌니코프 감독은 그런 환경에서도 음악을 포기하지 않고 대중들과 함께했던 뮤지션들을 기리고 싶었다고 했다. 그는 러시아정부에 현실비판적 인사로 낙인찍혀 영화를 찍던 도중에도 경찰에 연행되거나 가택 구금되었다. 그럼에도 감독이 이 영화를 끝까지 밀고 나간 것은 빅토르 최, 그를 바라보고 이해하는 지점이 남달랐기 때문이다. 그것은 단순한 음악 이야기뿐 아니라 시대의 금기를 넘기 위한 그 무엇이었을 것이다. 특정한 개인이 아니라 그 개인들이 겪어내야만 했던 시대에 대한 저항으로서의 '하나의 아이콘'이 바로 '빅토르 최'였고 이 영화는 바로 그에 대한 헌사였다는 것.

1990년 모스크바올림픽 스타디움을 가득 메운 공연이 빅토르 최 생애 최고의 무대이자 마지막 무대였다. 지금도 유튜브를 통해 그때의 장면들을 생생하게 볼 수 있다. 그는 그 공연을 마치고 한 달 뒤, 휴가 중인 라트비아에서 큰 버스와 충돌해 그 자리에서 숨졌다. 그의 죽음을 두고 타살이라는 의혹들도 많았지만, 아직도 경찰은 그 사고에 대해 침묵하고 있다. 마지막 곡들은 그가 죽은 후 〈검은 앨범〉이라는 이름으로 나왔다. 지금도 모스크바 아르바트 거리에 있는 빅토르 최의 벽에는 그를 추모하는 전 세계인들의 그림과 글씨들이 빼곡하다. 해마다 8월 15일에는 그를 추모하는 모임을 개최하고 있으며 지난 2017년에는 알마티 툴레우바 거리에 빅토르 최의 기념비가 세워졌다.

최근 문학계와 학자들 사이에서도 그의 노래를 최고의 문학작품으로 재평가하고 있다. 2022년 1월 21일 카자흐스탄의 유명한 문학신문인 〈카자흐 문학〉에 빅토르 최의 노래를 카자흐어로 번역하여 문학적으로 조명했다. '차가운 조국'이라는 글의 제목으로 이 포털 사이트에 실린 노래는 〈뻐꾸기〉, 〈태양이라는 별〉, 〈슬픔〉, 〈아버지〉, 〈새가 되어라〉 다섯 곡이다. 이 노래들에는 당시 소련의 삶을 은유한 가사와 반전에 대한 철학적 메시지 등 사회적 현상에 대한 고발과 문학의 미학적인 면이 부각되고 있다는

나의 태양이여, 나를 보라
내 손바닥이 주먹으로 바뀌었다
화약이 있다면 불을 다오
— 노래 〈뻐꾸기〉 중에서

호평이 이어지며 현재 대학에서 강의되고 있다.

〈레토〉는 영화 초반부에 여러 친구들이 해변가에 다 같이 모여 불렀던 노래의 제목이기도 하다. 해변에서 노래를 부르던 그 청춘들은 그 순간 누구보다도 자유롭다. 그래서 여름을 뜻하는 '레토'는 곧 '자유'를 상징한다. 그 시절 빅토르 최에 대한 열광은 소비에트 사회의 변화를 원했던 동시대 사람들의 마음이자 어떤 희망이었다. 어느 시대 어느 사회에서나 변화와 함께 새로운 자유를 갈망한다. 빅토르 최가 30년 전에 불렀던 그 노래들은 오늘날 러시아와 우크라이나의 전쟁뿐 아니라 지금도 지구촌 어디선가 끊이지 않는 전쟁에 대한 반전의 메시지로 아직도 살아 있는 '청춘의 아이콘', 바로 그것이다.

음악은 우리 주위 어디에나 있어요
그저 귀를 기울이기만 하면 돼요
— 커스틴 쉐리단 감독의 〈어거스트 러쉬〉

〈어거스트 러쉬〉는 영화 음악의 거장 '한스 짐머'가 뮤직 컨설턴트로 참여하는 등 할리우드 최고 스탭들이 출연했던 2007년도 영화다. 순정파 로맨티스트로 변신한 '조나선 리스 마이어스'와 〈찰리와 초콜릿공장〉의 '프레디 하이모어' 그리고 미국의 국민 배우였던 '로빈 윌리엄스'가 열연했다. 연출을 맡은 커스틴 쉐리단은 〈나의 왼발〉과 〈아버지의 이름으로〉 등을 탄생시킨 거장 '짐

쉐리단'의 딸로 20대 초반에 연출을 시작해서 각종 영화제에서 30회 이상 수상을 한 경력이 있는 감독이다.

매력적인 밴드의 싱어이자 기타리스트인 '루이스'와 촉망받는 첼리스트였던 '라일라'는 우연히 한 파티에서 만나 서로 사랑에 빠진다. 하지만 라일라 아버지의 반대로 두 사람은 곧 헤어지게 되고 몇 달 뒤 라일라는 아이를 낳게 된다. 깨어난 라일라에게 그녀의 아버지는 아이가 죽었다고 거짓말을 한다. 한편 태어나자마자 부모와 이별한 11살 소년 어거스트는 세상의 모든 소리들이 음악으로 들린다고 한다. 사람들이 동화를 믿듯 음악을 믿는다는 어거스트는 부모님이 자신을 버린 게 아니라고 믿으며 그 부모를 찾으러 뉴욕으로 간다. 그곳에서 거리의 악사 '위저드'를 만나면서 음악의 천재적 재능을 발견하게 된다.

극 중 어거스트는 기타의 몸체를 타악기처럼 치는 '핑거스타일'을 선보여서 관객들뿐만 아니라 기타리스트들에게도 큰 호응을 받았다. 이 '핑거스타일'은 기타 줄을 퉁기는 것만이 아닌, 기타 바디나 줄을 때리는 식의 퍼커션(드럼 치는 것 같은 방법)이 추가된 연주 방식이다. 어거스트 역을 한 프레디 하이모어는 촬영을 앞두고 기타와 파이프 오르간 연주를 위해 정말 피나는 노력을 해서 영화에서 악기 연주하는 장면을 대부분 직접 소화했다고 한다.

록부터 웅장한 오케스트라까지 아름다운 음악의 결정판을 선보이는 영화의 중반부에서는 서로가 부자지간이라는 것을 모른 채 아버지와 아들의 환상적인 연주 장면이 나온다. '루이스'의 열정적인 록 공연과 자신의 곡을 연주하는 오케스트라를 지휘하는 환희에 찬 '어거스트' 그리고 첼로 연주를 앞두고 숨을 고르는 '라일라'의 모습까지. 각자 다른 공간에서 자신의 음악에 최선을 다하는 세 사람의 모습이 오버랩된다. 11년간 헤어져 있었지만 음악에 대한 믿음으로 다시 만나게 되는 세 사람은 영화에서 기적 같은 하모니를 담아낸다.

영화의 제목이기도 한 '어거스트 러쉬'는 '여름이 한창인 8월, 더위를 피해서 바다로 휴가를 오라'는 숙어이다. 수천 명의 인파가 몰려드는 센트럴파크 야외음악회의 생동감 넘치는 영상과 웅장한 오케스트라 합주는 귀를 황홀하게 만드는 명장면 중의 하나다. '음악은 사랑을 낳고, 사랑은 운명을 부른다'는 말처럼 간절한 바람이 만들어내는 수백만 개의 선율인 음악은 귀를 열고 마음을 열면 더 잘 들린다.

우리의 영혼을 사로잡고 삶을 환기시켜주는 음악은 그 자체로 진실이자 사랑이다. 어떤 이가 자살하려는 순간, 바닥에 떨어져 있던 자신의 휴대폰에서 흘러나오는 어느 가수의 노래 때문에 죽음을 떨쳐낼 수 있었다는 고백처럼. 음악이 가지는 힘은 크다. 노래와 음악은 시나 말처럼 어떤 것을 설명하지 않으면서 우리의 마음과 영혼을 치유하고 때로는 삶을 매혹하기 때문이다.

Part 13

'시인'이라는 타자의 시간
— 독락당과 육첩방 사이

오규원 시인 「프란츠 카프카」

조정권 시인 「獨樂堂」

이창동 감독 〈시〉

백석 시인 「나와 나타샤와 흰 당나귀」

윤동주 시인 「쉽게 씌어진 시」 「서시」

김수영 시인 「폭포」 「푸른 하늘을」 「풀」

김종삼 시인 「행복」 「묵화」

마이클 래드포드 감독 〈일 포스티노〉

시인이란 어떤 사람인가를 말할 때 항상 생각나는 시가 한 편 있다. 폴란드 시인인 타데우시 루제비치의 「시인이란 누구인가」이다. 이 시에서는 시인을 여러 모습으로 그려놓는다. 시인은 시를 쓰는 사람이고 동시에 시를 쓰지 않는 사람이다. 또 시인이란 어떤 매듭을 끊는 사람이면서 스스로 매듭을 연결하는 사람이다. 그리고 시인은 믿음을 가진 사람이지만 동시에 아무것도 믿지 않는 사람이다. 무엇보다 시인은 거짓을 말하는 사람이지만 거짓에 잘 속아넘어가는 사람이기도 하다. 그래서 언제나 넘어지는 사람이고 다시 일어나는 사람이 시인이다. 그런 시인은 매일 이곳을 떠나가는 사람이지만 결코 이곳을 떠나지 못하는 사람이다.

매일 시를 읽고 시를 쓴다. 시집 한 장 한 장을 읽을 때마다 손끝이 뜨거워지는 순간들도 있다. 하지만 그 많은 시간을 서성이며 시를 읽고 썼지만, 아직 시가 무엇인지 잘 모르겠다. 그래서 인간이 서로를 느끼는 가장 어렵고 가장 아름다운 방식 중의 하나가 바로 '시'라고 말하는 것이겠지.

청어들의 푸른 등을 보았다

또 누군가는 '시'라는 영원한 물음 앞에 매일 죽어야 하는 존재들을 '시인'이라고 했다. 그들은 누구도 알아주지 않는 '길'을 만들고 지우며 이 '길' 없는 '길'에서 매일 흔들린다. 무엇이 시인으로 하여금 시에 목숨 걸게 하는 걸까? 도대체 무엇 때문에 그는 단어를 고르고 조사를 고민하며 단 하나의 점과 단 하나의 문장을 위해 밤낮으로 고통스러워하는 걸까? 그렇게 해서 결국 그가 말하려고 하는 것은 또 무엇일까?

반갑습니다. 오늘의 시 메뉴는 프란츠 카프카입니다
— 오규원 시인의 「프란츠 카프카」

   "- MENU -/ 샤를르 보들레르 800원/ 칼 샌드버그 800원/ 프란츠 카프카 800원"(오규원 「프란츠 카프카」 중에서)

   한 시인이 시를 공부하겠다는 '미친 제자'와 앉아 '프란츠 카프카'라는 커피를 마시고 있는 것이 이 시의 내용이다. 1연에서 3연까지는 문학과 사상가들의 이름을 메뉴화하고 있다. 모든 것이 물질적 가치로 평가하는 시대에 문학과 사상 또한 상품화되어 교환가치로만 평가된다. 이 물질만능주의시대에 시와 문학을 논하는 것 자체가 무의미할지 모른다. 더 안타까운 것은 그런 시를 쓰겠다는 '제자'에게 스승은 달리 무슨 말을 또 어떻게 해야 할지 난감할 따름이다. 시와 문학을 논한다는 것 더 나아가 그 시와 문학

을 한다는 것 자체가 현대사회에서 얼마나 힘들고 서글픈 일인
지. 무엇보다 그 힘든 것을 하겠다는 제자의 결심을 '미쳤다'고 밖
에 할 수 없는 시인의 말에는 시에 대한 어떤 숭고함과 제자에 대
한 연민이 동시에 느껴진다.

저 까마득한 벼랑 끝에 홀로 있는 이
— 조정권 시인의 「독락당獨樂堂」

시에 나오는 독락당獨樂堂은 벼랑꼭대기에 있는 집이다. 그 집
의 주인은 분명 시인 자신일 것이다. 벼랑꼭대기에 있는 그 집에
오래 전부터 홀로 은거하며 내려오는 길을 부숴버린 시인. 그는
세상과 고립되어 홀로 저 집에서 어떤 즐거움을 누리는 걸까. 그
는 자신과 삶을 보듬고 쓰다듬는 자가 아니라 자신과 '삶을 변화
시키는 시'를 쓰기 위해 '벼랑꼭대기'에 홀로 은둔하며 자신을 벼
리고 또 벼리는 이다. 홀로 두문불출하는 이. 그의 '독락당'은 내
려오는 길이 부서졌기에 그 누구도 갈 수 없다.

시인의 또다른 시 「산정묘지」에서는 '가장 높은 것들은 추운 곳
에서 얼음처럼 빛난다'고 했다. '얼어붙은 폭포의 단호한 침묵'처
럼 '가장 높은 정신'은 가장 추운 곳에서 살아 움직인다는 것. 산정
에 있는 얼음처럼 위대한 시의 정신은 늘 높고 위태롭게 존재한
다. 그처럼 저 까마득한 벼랑 끝에 은거하는 시인은 자기 자신을
벼랑까지 밀고 올라가서 안일한 정신과 타협하지 않기 위해 내려

가는 길을 부숴버린 것이다. 그런 자존이 있기에 그는 어떤 것에도 얽매이지 않고 무심하게 홀로 있을 수 있다. 그러니까 '독락당'과 '산정묘지'는 숭고한 시의 정신을 상징하는 시인의 가장 멀고 깊은 세계이자 미지의 장소일 것이다.

우리가 실패한 자리마다 '시'가 있고
— 이창동 감독의 〈시〉

이창동 감독의 영화 〈시〉에서 미자는 시를 쓰고 싶어 문화센터 시창작 수업에 등록한다. 시창작 선생님은 '시는 아름다운 것을 쓰는 것'이지만 시를 쓰기 위해서는 대상을 "진짜로 볼 줄 알아야 한다"고 말한다. 그 말을 듣고 미자는 '아름다움'을 찾으러 다닌다. 꽃과 나무를 찾으러 다니고 식탁 위에 사과를 놓고 들여다보기도 하고 새소리를 듣기도 하지만 시는 찾아오지 않는다.

그렇게 아름다움을 보려는 미자의 눈에 불편한 진실들이 하나씩 보이기 시작한다. 죽은 자식의 시체를 보고 실성한 엄마의 모습이 들어오고 성폭행 혐의에 가담했던 손주와 그 친구들의 부모들이 물밑거래하는 정황 등. 그리고 이 세상이 결코 아름다움만으로 이루어진 곳이 아니라는 것을. 성폭행에 가담한 자식들의 부모들이 일말의 죄책감도 느끼지 않는 모습들을 마주하며 미자는 시를 쓴다. 시를 쓰면서 그 불편한 현실에서 무엇이 시의 아름다움인지를 조금씩 깨닫게 된다. 그러니까 시는 자신의 부끄러움이 무엇인지 그리고 그 부끄러움을 통해 진정한 아름다움이 무엇인지를 찾아가는 노정이라는 것.

스스로 땅에 떨어지고 깨어져 밟히는 살구. 시인도 이 살구와 같이 고통스러운 순간에 자신을 부수고 으깨며 시를 쓰는 자라는 것을 미자는 차츰 알게 된다. 자기 앞에 있는 고통의 현실을 피하거나 방관하지 않고 스스로 온몸으로 고통과 함께 부서지는 자. 그런 점에서 영화는 가해자의 편에 선 미자가 그 자신의 부끄러움이 무엇인지 그 부끄러움을 위해 자신이 할 수 있는 것이 무엇인지를 고민하게 한다.

손자의 합의금을 마련하기 위해 자신의 간병인에게 몸을 던질 때 미자는 자신이 추구하던 '아름다움'과 이 현실이 너무 멀다는 것을 깨닫는다. 하지만 그 절망의 순간에 시를 통해 또 다른 아름다운 세계를 보게 된다. 현실을 새롭게 본 미자는 자신이 알고 있던 그 '아름다움'으로부터 멀어진 뒤에서야 비로소 시를 완성할 수 있었던 것이다.

그러다 문득 '눈에 보이지 않는 아름다움을 어떻게 표현할까'를 고민하다 다른 시모임을 찾아간다. 그들은 자신에게 아름다운 순간을 이야기한다고 했지만 아이러니하게도 그것은 대부분 힘들고 슬펐던 기억들이었다. 그러니까 시는 겉으로 드러나는 아름다움만으로는 쓸 수 없다는 것. 사람들이 가지고 있는 모든 아름다움에는 어떤 그늘이 존재한다는 것. 슬픔이나 아픔과 같이 눈에 보이지 않는 그것을 천천히 느끼며, 낡고 작은 것들의 미묘한 떨

림을 가슴으로 깊이 받아적을 때 한 편의
시가 우리를 찾아온다는 사실.

미자는 자신이 쓴 시 '아네스의 노래'를
마지막 장면에서 낭독한다. 어느 순간 미
자의 목소리가 죽은 소녀의 목소리로 바
뀌고 낭독이 끝난 후 소녀는 화면 속에서
우리를 바라보며 웃는다. 시창작 수업의 과제였던 시 한 편을 쓴
후 미자는 자신의 시의 내용처럼 죽음을 선택한다.

유난히 메타포가 많은 이 영화에서는 인간의 구원과 용서 그리
고 시와 현실에 대한 근원적인 질문들이 많다. 삶의 가치와 인간
의 존엄이 무너져가는 이 현실에서 시는 무엇을 할 수 있을지. 여
전히 시를 써야 한다면 어떻게 그리고 무엇을 위해 써야 할지. 시
의 죽음은 근본적인 가치의 죽음이고, 시가 죽어간다는 것은 우
리 사회의 근본적인 윤리가 죽어간다는 것. 그러니 다시 묻는다.
'이 시대 시는 무엇이고 시인은 어떤 존재일까. 그리고 우리는 어
떤 시를 읽고 써야 할까.'

천억보다 위대한 백석의 시 한 줄
— 백석 시인의 「나와 나타샤와 흰 당나귀」

백석 시인은 1912년 평안북도 정주에서 태어났다. 본명은 백
기행이고 필명인 '백석白石'은 '흰 돌'이라는 뜻이다. 1935년 조선

일보에 시 「정주성」을 발표하면서 작품 활동을 시작했다. 백석은 김소월과 같은 오산학교를 다녔고, 자신보다 5살 많았던 선배 김소월의 시작 노트를 보면서 많은 자극을 받았다고 했다. 일본 아오야마대학 영문과를 졸업한 백석은 190센티미터 가까운 훤칠한 키와 잘생긴 외모로 당대 최고의 '모던보이'로 통했다. 당시로도 아주 비싼 양복을 맞춰 입었는데 그가 지나가면 많은 여성들이 눈을 떼지 못했다고 한다.

무엇보다 '현대 100년 최고의 시집'으로 꼽히는 백석의 『사슴』은 1936년 출간 당시 100부 한정판으로 찍었다. 그 당시에도 시를 쓰는 사람이면 누구나 탐냈다고 하는데 윤동주 시인도 이 시집을 구하지 못해 필사했다는 유명한 일화가 있다. 출간할 때 2원이었던 초판본 『사슴』은 지난 2014년 한국 근현대 문학서적 경매 최고가인 7,000만 원에 낙찰되기도 했다.

"가난한 내가/ 아름다운 나타샤를 사랑해서/ 오늘 밤은 푹푹 눈이 나린다// 나타샤를 사랑은 하고/ 눈은 푹푹 날리고/ 나는 혼자 쓸쓸히 앉아 소주를 마신다/ 소주를 마시며 생각한다/ 나타샤와 나는/ 눈이 푹푹 쌓이는 밤 흰 당나귀 타고/ 산골로 가자 출출이 우는 깊은 산골로 가 마가리에 살자"(백석 「나와 나타샤와 흰 당나귀」 중에서)

한 여인에 대한 사랑과 그리움이 쓸쓸하지만 아름답게 형상화된 시이다. "출출이 우는 깊은 산골로 가 마가리"에 살며 "세상 같은 건 더러워 버린"다는 내면의 목소리에는 사랑의 실현과 순수 세계로의 열망이 담겨 있다. 이 시에 나오는 '나타샤'는 러시아문학 번역에 조예가 깊었던 백석이 톨스토이 소설 『전쟁과 평화』의 '나타샤 로스트바'를 모델로 그의 이상적 여인으로 삼은 것이라는 견해가 있다. 한편 1930년대 후반 '만주'라는 이 시를 쓴 시기와 장소를 고려해 기생 '자야'라고 하는 이들도 있다. 부모님이 정해준 혼인을 거역할 수 없어 다른 여자와 결혼식을 올리고, 자야에게 달려가 만주로 도망가서 살자고 했지만 자야는 백석의 앞길을 막지 않기 위해 먼저 만주로 가 있으라고 했던 것이다.

자야는 서울에서 태어났으며 본명은 김영한이다. 아버지를 일찍 여의었으며 1932년 '진향'이라는 기명으로 기생이 되었다. 그녀는 한국 정악계의 대부였던 하규일 문하로 들어갔으며 가무에도 능통했고 당시 문학지에 수필을 발표해 '문학기생'으로 명성을 얻기도 했다. 함흥 영생여자고등학교 영어 교사였던 백석은 회식 자리였던 함흥관에서 자야를 보고 한눈에 반했다고 한다. 당시 백석은 26세, 자야는 22세였다. '자야'라는 이름은 백석이 당나라 이백의 「자야오가子夜吳歌」라는 시에서 가져온 것으로 그녀의 맑고 단아한 모습을 보고 지었다고 한다.

자다가도 일어나 바다로 가고 싶은 곳, 통영

백석은 살면서 두 번의 깊고 아픈 사랑을 했다. 그는 당시 많은 여성들의 인기를 한몸에 받았지만, 자신이 좋아했던 여성은 따로 있었다. 신문사에 근무할 무렵 친구의 결혼식에서 만난 당시 이화여고 학생이었던 신여성 박경련이었다. 그녀의 고향이 바로 통영이었고 충렬사 앞 백석의 시비에 나오는 '란'이 바로 박경련이다. 그녀를 만나기 위해 백석은 세 번이나 통영에 갔지만 한번도 만나지 못하고 용기를 내어 구혼까지 하지만 거절당한다. 그녀는 백석과 조선일보에 근무하던 가까운 친구 신현중과 사귀다가 결혼했는데 그 충격으로 백석은 힘든 날들을 보낸다. 그 후 자야를 만나 동거를 시작하고 백석의 부모는 그런 아들과 기생을 떼어놓으려고 애를 썼다. 그 후 만주로 간 백석은 관료 일도 잠시 하지만 혼자 많은 방황을 하며 시에 몰입했는데 「나와 나타샤와 흰 당나귀」는 그 당시 쓴 시다.

만주로 갈 때 자야와 시 100편을 쓰고 돌아오겠다고 약속을 한 백석은 해방 후 함흥으로 찾아갔지만 자야는 서울로 떠났고 그는 혼자 고향 정주로 돌아오게 된다. 그후 6·25가 일어나고 백석은 북으로 자야는 남으로, 둘은 더는 오고 갈 수 없는 사이가 되어 영원한 이별을 하게 된 것이다. 백석의 시가 우리에게 널리 알려지게 된 것은 1988년 해금 이후부터다. 하지만 남한에서와 달리 백석의 시가 북에서는 그리 인정받지 못했다. 그는 주로 동시를 쓰거나 번역을 하다 1996년 생을 마감했다.

한편 남한으로 온 자야는 중앙대 영문과를 졸업하고 서울 성북동 산골짜기의 한식당을 사들여서 고급 요릿집인 대원각을 운영한다. 자야는 이 대원각 운영으로 엄청난 부를 축적했지만 백석을 향한 그리움은 무엇으로도 채울 수 없었다.

　김자야의 산문집 『내 사랑 백석』에는 그런 백석과의 짧은 만남과 긴 이별에 대한 회한과 추억이 담겨 있다. 1995년 자야는 법정 스님의 『무소유』를 읽고 깊이 감명받아 스님을 찾아가 대원각을 시주하겠다고 한다. 그녀는 대원각 대지 7,000평과 지상 건물 등 당시 대부분의 재산을 모두 불도량으로 기증했다. 이후 대원각은 지금의 길상사로 바뀌었는데 당시 대원각의 시가가 거의 천억 원 대였다. 그때 천억의 돈이 아깝지 않으냐고 물음에 그녀는 "천억의 돈이 그 사람 시 한 줄보다 못하다"고 했다. 그 뒤 자야는 시에서처럼 눈이 푹푹 내리던 날 자신의 유해를 길상사 경내에 뿌려달라는 유언을 남기고 눈을 감았다. 길상사 측에서는 자야의 49재 후 첫눈이 포근하게 길상사를 감싸던 날 언덕바지에 유골을 뿌리고 그 자리에 「나와 나타샤와 흰 당나귀」 시비를 세웠다.

부끄러움과 부끄러움을 위해
— 윤동주 시인의 「쉽게 씌어진 시」, 「서시」

　윤동주는 「별 헤는 밤」이나 '죽는 날까지/ 하늘을 우러러 한 점 부끄럼 없기'를 바랐던 「서시」의 시인이자 식민지시대 대표적 저항시인이다. 그는 한국인뿐만 아니라 일본인과 중국인들도 좋아했던 시인이다. 1917년 북간도 명동촌에서 태어나 연희전문(연세대)학교를 졸업하고 일본 도시샤대학 재학 중에 한글로 시를 쓴 것이 항일과 독립운동의 혐의가 되어 일본 경찰에 체포된다. 당시 후쿠오카 형무소에서 복역하다가 1945년 2월에 29살 나이로 생을 마감했다.

일본 유학 시절에 쓴 이 시의 '육첩방'은 3평 정도 크기의 일본의 다다미방을 말한다. 시인을 '육첩방의 시인'이라고 하는 이유가 그 때문인데, 이 시에서는 비가 내리는 밤 육첩방에 홀로 앉아 시를 쓰는 시인의 모습이 그려진다. 먼 이국 땅에서 독립운동을 하거나 고국에서 힘든 삶을 살고 있는 이들을 생각한다. 그리고 '인생은 살기 어렵다는데' 이렇게 시를 쉽게 쓰고 있는 자신을 부끄러워 한다. 이런 모습은 「자화상」이나 「참회록」 등의 시에서도 잘 드러난다.

윤동주 시인은 어렸을 때도 내성적이고 조용한 성격이었다고 한다. 유학 시절에도 생각이 많고 수줍음이 많아서 수업 시간에도 항상 강의실 맨 뒤에 앉아 수업을 들었고 간혹 노래를 부르라고 하면 〈아리랑〉과 〈내 고향으로 날 보내주〉 등을 불렀다고 한다. 평소 부모님의 말씀을 잘 듣던 윤동주가 끝까지 자신의 고집을 굽히지 않은 것이 있었는데 바로 의사나 변호사가 되라는 아버지의 말을 따르지 않고 '시'를 끝까지 썼던 것이다.

이준익 감독의 영화 〈동주〉에서는 송몽규와 윤동주와의 관계를 잘 그려내고 있다. 송몽규는 잘 알려지지 않았던 인물인데 이 영화를 통해 많이 알려졌다. 둘은 한집에서 태어나고 자란 동갑

내기 고종사촌으로 우애가 깊었지만, 눈에 보이지 않은 경쟁을 했다. 또한 윤동주는 시인 정지용을 아주 좋아했다. 그가 유학을 갔던 도시샤 대학도 시인 정지용이 다녔던 대학이었다. 교토에 있는 이 대학 안에는 윤동주 시비가 세워져 있다. 그는 학교 수업을 들으면서도 민족의 독립을 염원하며 일본말이 아닌 조선말로 시를 썼다. 그런 윤동주를 기리기 위해 1995년 남한과 북한의 학생들이 힘을 모아 설립한 이 시비에는 윤동주의 자필본 「서시」가 새겨져 있다.

윤동주의 유작을 1947년 경향신문에 처음 소개한 이는 정지용 시인이다. 그리고 이듬해 1948년 첫 시집이자 마지막 시집인 『하늘과 바람과 별과 시』가 정음사에서 간행되었다. 그는 자신에게 주어진 길과 운명을 묵묵히 받아들이며 일본 감옥에서 우리말로 시를 쓰며 일제에 마지막까지 저항했다. 그것은 나라는 빼앗겼을지 모르지만, 정신과 문화만큼은 잃지 않겠다는 시인의 마지막 저항이자 다짐이었을 것이다. 때문에 시인 윤동주에게 이 '부끄러움'은 자신의 시와 삶을 지탱해주는 근원적인 힘이다. 창씨개명까지 해서 일본 땅으로 유학간 그는 조선말로 시를 쓰며 한없는 부끄러움 속에 있었다. 그의 이 '부끄러움'이 오늘날 우리에게 주는 의미가 무엇인지, 우리는 지금 무엇을 부끄러워해야 하는지. 그 생각들에 또 부끄러워진다는 사실.

시인들의 시인, 김수영
— 김수영 시인의 「폭포」, 「푸른 하늘을」, 「풀」

 김수영 시인의 미발표작이었던 시 「은배銀盃를 닦듯이」에는 '마지막 힘을 다하여 억지로 살아가는 사람들을 숭배하여라/ 너도 그러한 사람 중의 한 사람이기 때문'이라는 말이 나온다. '마지막 힘을 다하여' 으스러지게 '설움'에 몸을 태우며 시를 썼던 김수영 시인은 시인들이 꼽는 이 시대의 '진정한 시인'이다.

 1921년 서울 종로에서 태어난 그는 4·19혁명을 기점으로 현실에 대한 저항으로 참여적인 시를 썼다. 또한 현대문명과 인간성 상실 등을 비판하며 한국시의 모더니즘을 개척한 시인이기도 하다. 그의 시에 담긴 이 현실비판적 성찰은 진정한 근대와 시의 새로움을 추구하고자 했던 열망이었고 그 시대 최소한의 민주주의에 대한 희망이었다.

 1956년 5월에 발표한 시 「폭포」는 김수영이 성북동에 잠시 살던 당시 집 옆에 있던 폭포를 좋아해서 시간을 내어 산책하러 나가곤 했는데 그때 쓴 시라고 한다. 발표 당시에도 평이 좋았던 이 시는 '폭포는 곧은 절벽을 무서운 기색도 없이 떨어진다'는 첫 행부터 팽팽한 긴장이 느껴진다. 윤동주 시인이 '우물'을, 시인 이상이 '거울'을 통해 자신을 바라봤다면 김수영은 이 '폭포'를 통해 자신을 성찰했다.

 시에서처럼 '폭포'는 아무것에도 걸리지 않고 '규정할 수 없는 물결'이다. 어떤 가치나 윤리로 제한할 수 없는 물결로서 그것이 세차게 떨어지는 것을 보면 어떤 힘을 느낄 수 있다. 그래서 시인은 계절과 주야를 가리지 않고 쉴 새 없이 떨어지는 폭포를 '고매한 정신'에 비유했다. '금잔화도 인가도 보이지 않는 밤'과 같은 어두운 현실에서 이 '폭포'는 곧은 소리에 비유된다. 번개와 같이 떨어지는 물방울, 그 물방울은 깨지면서도 청정한 소리를 낸다. 시인은 이 짧은 시에 '곧은'이라는 말을 무려 다섯 번이나 반복하며 부조리한 현실과 타협하지 않겠다는 의지를 보였다.

이 시를 썼던 1950년은 우리 현대사의 가장 큰 사건이라 할 수 있는 한국전쟁이 일어났다. '전쟁'은 개인들에게 많은 영향을 미칠 수밖에 없었는데 특히 김수영에게는 그의 삶과 시에 가장 큰 영향을 끼친 사건이었다. 그는 한국전쟁 당시 의용군으로 붙들려 평안남도 북원리까지 갔다가 두 번의 탈출 끝에 간신히 서울로 돌아왔다. 하지만 곧 이태원 육군형무소에 수감되었다가 부산 거제리수용소를 거쳐 1951년에 거제도 포로수용소로 이송되었는데 거의 25개월가량의 수용소 생활을 했다.

전쟁으로 인해 생사를 넘나들었던 포로수용소의 체험은 지식인의 슬픈 자화상이라고 할 수 있다. 그후로도 그는 많은 상처와 설움으로 분단과 '반공국가'라는 이데올로기의 현실을 살아야 했다. 도쿄 유학을 다녀왔으며 연세대 영문과를 다녔던 그는 미국 유명한 잡지를 번역해서 읽을 만큼 철학이나 세계사에도 아주 능통했다. 그런 그가 거의 3년 동안 포로수용소에서 이념과 종교, 그리고 인간적 삶이 완전히 무너지는 삶을 경험했던 것이다. 더

군다나 석방되어 돌아와보니 부인은 친한 선배와 살고 있었고 남동생 두 명이 모두 납북된 것 때문에 연좌제로 취직도 못하고 아주 힘든 시기를 보내며 시를 썼다.

생계를 위해 영어 교사와 기자 생활을 잠깐 하기도 하고 대부분 번역을 하거나 시를 써서 생계를 이어갔다. 1995년부터 세상을 떠날 때까지 거주했던 서울 마포구 구수동에서 부인과 닭을 키우면서 작품을 썼다. 이 시기를 추억하며 산문 「양계 변명」에서 '난생 처음으로 직업을 가진 것 같다'고 했다. 하지만 김수영은 자신이 번역을 하고 글을 써서 원고료 받는 일을 '매문賣文' 즉 글을 파는 행위라고 했다. 출판사나 잡지사가 정해준 글을 쓰고 돈을 받는 일은 대부분의 작가들이 하는 일이었지만 김수영은 그것조차 속물적인 행위라고 할 정도로 염결적 태도를 지닌 시인이었다.

절망은 끝까지 그 자신을 반성하지 않는다

「목마와 숙녀」를 쓴 박인환 시인은 김수영보다 5살 아래였고 '마리서사'라는 서점을 운영했다. 그 서점에는 당시 모더니즘 운동을 하던 많은 예술가들이 모였고 김수영도 마리서사에 자주 가서 그들을 만났다. 그렇지만 김수영은 자신의 산문과 시에서 박인환을 많이 비판했다. 그 이유는 박인환이 모더니즘을 통해 시를 얻지 않고 겉멋만 얻었다고 보았기 때문이다. 1956년에 박인환이 심장마비로 세상을 갑자기 뜨고 많은 사람들이 그를 천재 시인이라고 할 때도 김수영은 거기에 동조하지 않았고 박인환과 관련된 원고 청탁도 수락하지 않았다.

그는 「거대한 뿌리」에서 더러운 진창에 있는 우리의 역사와 전통 그리고 민초들의 뿌리를 정직하게 보지 않고 외국의 진보적인 이념을 그대로 이식하려는 태도는 자기기만에 불과하다고 했다. 그처럼 당시 서양의 모더니즘을 그대로 따라하려던 일부 시인들의 시를 인정하지 않았고 그 중심에 박인환이 있었다. 하지만 김수영은 박인환의 시에 대한 생각은 바뀌지 않았지만 그가 했던 모더니즘 운동이나 감각적인 시어 사용에 대한 열정은 인정한다고 했던 것처럼 작품과 사람을 대하는 태도가 엄격했다.

시는 새로움이며, 시는 자유

흔히 김수영을 '4·19시인, 저항시인, 민중시인' 등으로 알려져 있는데 이 모두를 관통할 수 있는 단어가 바로 '자유'일 것이다. 얼마 전에 작고한 이어령 선생과 김수영 시인이 1960년 중반에 '순수·참여 논쟁'을 벌였다. 이 논쟁은 한국문학사에서 아주 큰 사건이었는데 당시 이어령 선생은 "김수영에게 있어서 시는 자유요, 그 자체"라고 했다. 김수영 시인이 왜 이 '자유'를 그렇게 외쳤을까?

1960년대는 군부독재의 시대였고 그 독재에 맞서 4·19혁명이 일어났다. 「푸른 하늘을」은 4·19 직후에 쓴 시로 자유를 위한 고독한 혁명과 투쟁 의지가 잘 드러난 시이다. 어느 시대이건 앞서가는 시인은 당대의 부정적 현실을 비판한다. 김수영은 4·19 당시 머리를 삭발할 정도로 이 혁명에 많은 기대를 걸었었고 그 실패만큼 좌절 또한 컸다. 이 시는 그런 혁명의 환희와 비애, 자유와 억압이라는 감정이 공존하며 혁명의 본질을 잘 규명하고 있다.

실패한 4·19혁명과 1961년 5·16 군사쿠데타를 겪으면서 40대에 들어선 김수영은 무엇을 생각했을까? 우리 사회에는 늘 보이지 않는 억압이 존재했고 그 억압 속의 자유는 사실 고통스럽다. 김수영은 「사령」이라는 시에서 '행동의 죽음은/ 자유가 없어 이끌려서 사는 삶'이라고 했다. 자유 없이 이끌려 산다는 스스로의 자각. 힘들지만 그 자각으로부터 자유가 시작되는 것이다.

풀은 바람보다 더 빨리 울고 바람보다 먼저 일어난다

김수영 시인은 「풀」이라는 시를 통해 '풀'에 대한 의미를 새로 만들었다. 그는 이 시를 써놓고 매우 만족했다고 한다. 그의 유고 시였던 이 시는 쉽게 읽히고 복잡한 수식어가 없다. 풀은 이 세상에서 가장 흔하면서도 강한 생명력을 지닌 자연이다. 시에서는 오랜 역사에 걸쳐 권력에 억압받으면서도 인내하며 싸워온 역사 속 개인들의 힘을 풀의 생명력을 통해 보여주고 있다. 풀뿌리와 같이 연약하고 작은 존재들이 마침내 바위를 뚫을 수 있는 거대한 힘이라는 것을 직시하고 있다.

그러므로 시를 쓰는 '시작詩作'은 '머리'로 하는 것이 아니고 '심장'으로 하는 것도 아니고, 바로 '몸'으로, '온몸'으로 밀고 나가는 것이라는 것. 시 쓰는 행위 자체를 자유라고 했던 김수영은 우리

김수영(1921~1968)

우리의 적은 바로 우리 안에 있다.

의 근대화 과정에서 흘린 피와 눈물과 투쟁을 시로 담아냈다. '왜 나는 조그만 일에만 분개하는가'라고 모래와 바람에 자신의 비겁함을 말했던 시인의 시는 예술의 진정성이 사라져가는 이 시대에 하나의 진실한 전언이 아닐까. '삶'과 '시'와 '혁명'을 하나의 동일체로 인식하고 실천했던 그의 시는 언제나 현재진행형이다. 그것이 바로 김수영과 김수영 시의 영원한 생명력일 것이다.

시는 살아온 '기적'과 살아갈 '기적'과 함께
— 김종삼 시인의 「행복」, 「묵화」

1921년 황해도 은율에서 태어난 김종삼 시인은 김수영과 같은 나이로 두 시인 모두 1960년대를 대표한다. 김종삼 시인의 형이 육군 중령 출신의 김종문 시인이다. 그들은 '반동가족'이라는 위험 때문에 월남하게 되는데, 이때 이야기가 「민간인」이라는 시에 드러난다. 김종삼은 1938년 일본으로 건너가 요시마상업학교를 졸업한 뒤 도쿄문화원 문학부에 입학한다. 하지만 작곡을 하고 싶어 음악 공부에 매진하고 있었는데 그것을 알게 된 아버지는 학비 송금을 끊었다고 한다. 그는 생활비를 벌기 위해 출판사일도 하고 한동안 부두에서 막노동을 하며 지내기도 했다.

특히 고전음악에 심취해 있던 그는 도쿄에 있던 '르네상스' 다방을 문턱이 닳도록 드나들었다. 어려서부터 음악을 좋아했고, 월남 후에는 방송국에서 오랫동안 음악을 담당했다. 음악과 함께 했을 때 그는 가장 행복했다. 가난도 그에게는 문제가 되지 않았다.

"오늘은 용돈이 든든하다/ 낡은 신발이나마 닦아 신자/ 헌 옷이나마 다려 입자 털어 입자/ 산책을 하자/ 북한산성행 버스를 타보자/ 나는 행복하다/ 혼자가 더 행복하다/ 이 세상이 고맙고 예쁘다"(김종삼 「행복」 중에서)

적은 '용돈'에도 행복해하고 '이 세상이 고맙고 예쁘다'고 하는 시인에게 가난은 전혀 힘들거나 불편한 것이 아니다. '낡은 신발이나마 닦아 신고' '헌 옷이나마 다려 입고 털어 입자'고 하는 시인에게 일상의 작은 위안과 행복은 '아름다운 선율'처럼 멀리멀리 퍼져나가는 것. 그처럼 시인이 이 곤궁한 삶에서 길어올린 '행복'의 메시지는 그 바탕에 깔린 시인의 진정성만큼이나 깊은 울림을 준다.

하지만 이런 김종삼 시인은 현실에 무관심하고 또 현실에 적응하는 감각을 전혀 지니지 못한 시인이라는 평가를 받기도 한다. 그는 생의 마지막까지 월세방을 면치 못할 정도로 돈이나 재산에는 관심이 없었다. 그리고 지나친 음주로 행려병자 수용소에서 깨어나 며칠 만에 집에 돌아오기도 했다. 그의 현실과 동떨어진 이런 행동들은 한국전쟁과 월남의 경험, 어머니와 동생의 죽음뿐 아니라 계속되는 가난과 병고의 영향 때문이었다. 또한 자본과 급속한 문명의 발달로 인한 소외의식에서 비롯된 것이기도 하다.

흔히 김종삼 시인의 시세계가 삶의 참상과 예술의 아름다움을 관통하고 있다고 말한다. 이런 '윤리적 실천'과 '미학적 아름다움'이 통합되는 지점이 바로 '비극적 아름다움'이다. 특히 김종삼 시인은 전후 시인들이 전쟁의 참상과 자신의 트라우마에 대한 시를 대부분 1950년대에 쓴 것과 대조적으로 1960년대 이후에도 지속적으로 창작했다. 동시대 시인들이 더 이상 전쟁에 관해 관심을 두지 않을 때 그는 아우슈비츠와 한국 전쟁을 모티브로 한 시들을 꾸준히 발표했다. 「돌각담」, 「지대」, 「아우슈비츠」, 「아우슈비츠 라게르」 등의 시에서는 대부분 전쟁에 대한 죄의식이나 윤리적 시선들이 드러난다. 그러니까 그는 전쟁의 경험과 더불어 가난의 비애를 주시하며 불가능할지도 모르는 어떤 꿈을 아름답게 꾸고 있었을지도 모른다. 그런 세계와 시의 공백에 대한 김종삼의 사유가 바로 「북 치는 소년」에 나오는 '내용 없는 아름다움'의 세계이다.

또한 그의 고전 음악에 대한 전봉건 시인의 일화가 있다. 한국 전쟁 중에 폐허가 된 명동의 어느 지하실 다방에 나타난 김종삼의 옆구리에는 언제나 몇 장의 클래식 음반이 끼워져 있었다는 것이다. 전봉건 시인이 제대한 후에 다시 대구에서 만났을 때도 여전히 레코드판을 끼고 있었다고 한다. 하루는 간신히 입수했다면서 얇은 레코드 자켓을 건네주었는데 그 안에는 바하의 〈두 개의 바이올린을 위한 협주곡〉이 들어 있었다는 것. 그때 파이프에 불을 붙이는 그의 표정이 더없이 행복하고 태평스러웠다고 한다.

시인은 평생 말할 수 없을 만큼의 생활고와 병고에 시달렸다. 이러한 삶에 '술'을 빼놓을 수 없고 또 그에 대한 에피소드도 많다. 「극형」이라는 시에 "구멍가게에 들어가/ 소주 한 병을 도둑질했다/ 마누라한테 덜미를 잡혔다/ 주머니에 들어 있던 토큰 몇 개와/ 반쯤 남은 술병도 몰수당했다"라는 구절이 있다. 그의 삶에서 '술'은 유일한 도피처이자 위안이었다. 한번은 집을 나간 김종삼 시인이 며칠째 들어오지 않았다고 한다. 열흘이 지나도록 찾을 수가 없어서 경찰에 신고했는데, 며칠 뒤에야 식구들은 시립병원에서 그를 찾았다고 한다. 술에 만취해서 주검처럼 길가에 널브러져 있는 그를 누군가가 병원에 입원시켰다는 것이다. 무연고 행려병자로 열흘이 넘게 병원에서 사경을 헤맨 끝에 가까스로 깨어나 가족에게 연락이 닿았던 것이다.

누군가 나에게 물었다, 시가 뭐냐고

「묵화」는 김종삼의 시세계를 가장 잘 함축하고 있는 시이다. 한적한 어느 산골 마을에 써레나 쟁기를 하루 종일 끌었을 소와 밭고랑에 쪼그려앉아 풀을 뽑고 돌을 캐내며 호미질을 했을 할머니가 있다. 날이 저물고 하루의 노동을 끝내고 돌아온 그들은 서로의 부은 발잔등을 바라본다. '물 먹는 소 목덜미'에 얹힌 할머니의 손 또한 더없이 적막하다. 서로를 말없이 바라보는 모습이 시의 제목처럼 '묵화'의 여백으로 남는다. 동고동락한 세월을 거친 이심전심의 순간들. 하루하루 같이 늙어간다는 적적하고 적막한 연대의 마음이 조용히 스민다.

또 「누군가 나에게 물었다」라는 시에서 김종삼은 '시가 뭐냐'고 묻는 누군가의 질문에 자신은 시인이 못됨으로 '잘 모른다'고 답한다. 그리고는 종로와 명동과 남산과 서울역 앞을 걷다 문득 저녁 무렵 남대문 시장 안에서 고된 하루 일을 마치고 빈대떡을 먹는 그런 사람들, 그들은 고생스러워도 언제나 순하고 명랑하고 인정 있으며 슬기롭게 사는데 바로 그런 사람들이 다름 아닌 '시인'이라고 말한다.

이처럼 개인의 고통을 지극히 들여다보고 그 삶을 하나씩 호명할 줄 아는 시인에게는 전쟁도 죽음도 삶도 모두 실존이었고 하나의 시였다. 그러므로 우리 중 누구도 김종삼과 같은 시인은 아니지만 여전히 누구도 김종삼이 생각한 시인에서 자유로울 수는 없을 것이다.

그러니까, 그때 시가 나를 찾아왔던 거야
— 마이클 래드포드 감독의 〈일 포스티노〉

영화 〈일 포스티노〉는 마이클 래드포드 감독의 1994년도 작품이다. 시인 파블로 네루다와 우편배달부 마리오의 우정을 한 편의 시처럼 그리고 있다. 이탈리아 남부의 '칼리 디 소토'라는 작은 섬의 자연 풍광과 배우들의 명연기 그리고 아카데미 음악상을 받은 음악이 잘 어우러진 작품이다. 자연과 시, 인간과 정치, 사랑과 우정 등 인간이 살아가면서 느끼는 감정과 정서들이 아름답게 녹아 있다. 무엇보다 〈시네마 천국〉에서 영사기 기사, 알프레도 역을 했던 필립 느와레가 시인 '네루다' 역을 맡았다.

1971년 노벨문학상을 받은 파블로 네루다는 칠레의 민중시인으로 국가적 영웅으로까지 칭송받았다. 라틴아메리카 대륙의 운명과 희망을 생생하고 설득력 있는 언어로 구사하며 근대 남미 문학을 대표하는 작가이다. 초기에는 순수 서정시를 창작했지만 1930년대 중반 이후에는 좌우 이데올로기의 대립으로 정치, 경제적 상황이 불안했던 칠레의 정치 활동에 적극 가담했다. 이 시기 네루다는 외교관으로 활동하다가 정치적 망명을 떠난다. 이 영화는 그 당시를 배경으로 하고 있다.

매일 시를 읽고 쓰는 네루다를 보면서 우편배달부 마리오는 시를 읽게 되고 차츰 자신도 시인이 되고 싶어한다. 그러던 어느 날 바닷가 모래 위에 앉아 마리오는 시가 뭐냐고 네루다에게 묻는다. 그러자 네루다는 "시는 설명하면 진부해지고, 시를 이해하는 가장 좋은 방법은 그 감정을 직접 경험해보는 것"이라고 한다. 그리고 시에서 가장 중요한 것은 '은유'이고 이 '은유'는 '비가 온다'를 '하늘이 운다'처럼 다른 것에 비유해서 표현하는 것이라고 한다.

하루하루 일상이 지루했던 마리오가 이 '은유'를 배우며 날마다 새로운 모습으로 발전해간다. 그리고 마을에서 베아트리체를 보는 순간 사랑에 빠진 마리오가 하는 말은 그 자체로 시가 된다. "아니요. 치료약은 안 돼요. 낫고 싶지 않으니까요. 계속 아프고 싶어요", "제 겉은 창백해도 속은 붉어요."처럼.

마리오의 마음 안에는 시가 있었고 네루다는 이미 있는 그것이 시라는 것을 일깨워준 것이다. 마리오가 점점 시인이 되어가던 어느 날 네루다는 망명 기간을 끝내고 고향으로 돌아간다. 그는 네루다를 그리워하며 그가 두고 간 짐을 정리하기 위해 시인의 집에 갔다가 녹음기를 발견하게 된다. 그리고 네루다에게 보내기 위해 섬의 구석구석에서 들리는 소리들을 녹음한다. 파도 소리와 배의 그물질 소리, 밤하늘의 별들이 빛나는 소리와 만삭이 된 아내 베아트리체의 배에서 들리는 아기의 심장 소리 등. 사물을 보고 느낄 줄 아는 시인의 눈을 가진 마리오는 네루다에게 바치는 「바다」라는 시를 쓴다. 그리고 그 시를 집회에서 읽기로 했지만 몸이 약했던 마리오는 시위 군중들에 치여 그만 안타깝게 생을 마감하게 된다.

영화의 마지막 장면에서 네루다는 마리오와 함께 있었던 바닷가에서 「시」라는 작품을 낭독한다. 이 작품은 시가 어떻게 처음 시인을 찾아왔는지, 그때 어떻게 새로운 세계를 만들 수 있었는지에 대한 과정을 그리고 있다. 네루다의 삶과 시세계를 논할 때 빠지지 않는 작품으로 이 영화에서 시와 은유에 의해 새롭게 태어난 마리오라는 캐릭터와도 잘 어울린다.

시인 네루다는 우편배달부 마리오에게 아름다움을 느낄 줄 아는 마음을 남겼다. 마리오는 시인의 영혼을 갖게 되었지만, 험난한 세상과 맞서지는 못했다. 마리오의 죽음은 "의지가 있으면 세상을 바꿀 수 있다"는 시인 네루다의 말이 얼마나 실현되기 어려운 일인가를 역설적으로 보여준다. 하지만 비록 마리오가 세상에 제대로 된 시 한 편 남기지 못했지만, 세상은 그에게 눈부신 한 편의 시였을 것이다.

김지율 詩네마 에세이

나는 천사의 말을 극장에서 배웠지

지은이_ 김지율
펴낸이_ 조현석
펴낸곳_ 북인
디자인_ 푸른영토

1판 1쇄_ 2023년 12월 15일

출판등록번호_ 313-2004-000111
주소_ 121-838 서울 마포구 서교동 460-34, 501호
전화_ 02-323-7767
팩스_ 02-323-7845

ISBN 979-11-6512-083-2   03810
ⓒ김지율, 2023

이 책은 경남문예진흥원의 지원금을 보조받아 출간됩니다.

책값은 뒤표지에 있습니다.
저자와 협의 아래 인지를 생략합니다.

이 책의 글과 그림에 관한 저작권은 저자와 출판사에 있습니다.
저자 허락과 출판사 동의 없이 내용의 일부를 인용, 발췌를 금합니다.